KNAUR

Von Sven Koch sind bereits folgende Titel erschienen:

Purpurdrache
Brennen muss die Hexe
Totenmond

Dünengrab
Dünentod
Dünenkiller
Dünenfeuer

Über den Autor:
Sven Koch, geboren 1969, arbeitet als Redakteur bei einer Tageszeitung. Auch als Fotograf und Rockmusiker hat er sich einen Namen gemacht. Sven Koch lebt mit seiner Familie in Detmold.

Mehr Infos über den Autor unter: www.sven-koch.com

SVEN KOCH

DÜNENFLUCH

KRIMINALROMAN

KNAUR

Besuchen Sie uns im Internet:
www.knaur.de

FSC
www.fsc.org
MIX
Papier aus verantwortungsvollen Quellen
FSC® C083411

Originalausgabe April 2017
Knaur Taschenbuch

Ein Imprint der Verlagsgruppe Droemer Knaur GmbH & Co. KG, München

Redaktion: Regine Weisbrod
Covergestaltung: ZERO Werbeagentur, München
Coverabbildung: plainpicture / Oscar
Satz: Adobe InDesign im Verlag
Druck und Bindung: CPI books GmbH, Leck
ISBN 978-3-426-52019-2

2 4 5 3 1

1.

Enno Berkens spürte sofort, dass an diesem Morgen etwas anders war als sonst. Gerade ging die Sonne auf. Der Himmel färbte sich violett und explodierte in Rottönen. Das warme Licht ergoss sich im flachen Winkel über das Land und warf die Schatten der Zaunpfähle wie in einem surrealistischen Bild von Salvador Dalí auf die Weide, in deren Gras der Tau glitzerte. Er sah zu den Pferden. Wenn es tagsüber heiß war wie am Ende dieses mörderischen Septembers, grasten die Tiere draußen, auch über Nacht. Für gewöhnlich standen sie träge auf der Weide, schlugen sich den Bauch voll und spitzten allenfalls die Ohren, wenn Berkens auf seinem quietschenden Fahrrad um die Ecke bog, um das *Wittmunder Echo* auszutragen, die Werlesieler Heimatzeitung.

Doch heute war es anders. Heute lagen sie alle seitlich flach auf dem Boden. Pferde schliefen manchmal so, aber gewiss nicht alle gleichzeitig und überall auf der Weide verteilt.

Berkens war Rentner und trug das *Echo* in erster Linie deswegen aus, weil ihm langweilig war. Außerdem hielt ihn das Radeln fit, und ein paar Euro nebenbei konnten nicht schaden – die Flachmänner im Supermarkt und am Hafenkiosk gab es nicht umsonst. Auf der Titelseite der Zeitung war ein Luftbild des Maisfeldlabyrinths an der Festscheune abgebildet. Wahrscheinlich hatte es Carsten Harm, dem der »Dünenhof« gehörte, vom Gleitschirm aus mit seiner Profiausrüstung geschossen. Das Foto erinnerte an Aufnahmen dieser Kornfeldkreise, die angeblich von Außerirdischen angelegt wurden. Nun, beim Labyrinth war das eindeutig nicht der Fall, denn das fräste Ernst Hespe jedes Jahr in den Futtermais und kassierte bei den Touristen dafür ab, dass sie kichernd wie die Idioten in dem zehn Hektar großen Irrgarten umherliefen und dabei immer weniger kicherten, wenn sie nach einer halben Stunde immer noch keinen Ausweg gefunden hatten. Die Werlesieler selbst waren da routinierter, und es wurde jedes Jahr beim Scheunenfest darauf gewettet, wer wohl den traditionellen Maisfeldlauf gewinnen würde. Allerdings, und davon handelte der zum Bild gehörende Artikel, war unklar, ob das Scheunenfest nächste Woche auch tatsächlich stattfinden konnte.

Berkens nahm eine Hand vom Lenker, um in Richtung der Pferde auf zwei Fingern zu pfeifen. Aber es regte sich nichts. Er ließ einen Ruf folgen. Nichts geschah. Also verlangsamte er sein Tempo, runzelte die Stirn und kam schließlich zum Stehen. Er balancierte das Fahrrad mit dem Zeitungsstapel auf dem Gepäckträger so, dass er es auf die Seite legen konnte. Dann machte er einen großen Schritt über den Graben am Rand der Weide, wo das Gras so hoch stand, dass es ihm bis zu den Knien reichte. Seine Hände umfassten einen Balken des von Wind und Wetter grau gewordenen Zauns.

Berkens rief »Ho!« und klatschte in die Hände. Nichts geschah. Jetzt erst sah er, dass die Pferde in dunklen Lachen lagen und Fliegenschwärme über ihnen schwirrten. Das Gras um die Körper herum glitzerte nicht vom Tau. Es sah vielmehr aus, als sei dort eimerweise rote Farbe verschüttet worden. Doch es war keine rote Farbe. Es war Blut.

2.

Und so beginnt es.
Es kriecht wie ein Nebel über das Meer, durch die Dünen und in die Stadt. Es zieht durch die Ritzen unter den Türen und an den Fenstern in eure Häuser, und ihr inhaliert es tief, wenn ihr erschreckt aus dem Alptraum aufwacht.
Das Grauen. Die Angst. Den Terror.
Mit euren Tieren fange ich an. Ich habe sie geschlachtet und in ihrem Blut gebadet. Ihr werdet die Nächsten sein.
Einer.
Nach.
Dem.
Anderen.
Ihr seid die Verfluchten. Ich weiß, was ihr getan habt, und ihr wisst es auch. Es ist lange her, ja, aber nichts ist vergessen, und ich habe bei meinem Leben geschworen, euch alle zu töten. Von heute an spürt ihr in jeder Sekunde den kalten Atem der Furcht und Verunsicherung in eurem Nacken. Was geht da vor?, fragt ihr euch. Was ist das?
Ich verrate es euch: Ich bin das.
Euer Tod.

3.

Femke fuhr mit Vollgas über die Bundesstraße. Es war ihr gleichgültig, dass sie die erlaubte Geschwindigkeit bei weitem überschritt. Links rasten Maisfelder, Gehöfte und Windräder an ihr vorbei. Rechts die grüne Wand des Deichs und danach der undurchdringliche Bewuchs aus Sanddorn- und Hagebuttenbüschen entlang des Küstenstreifens. Dahinter lag das Wattenmeer. Ihr Herz schlug bis zum Hals. Im Mund schmeckte es metallisch. Zum wiederholten Mal wischte sie sich mit dem Handballen über die feuchten Augenwinkel und zog die Nase hoch. Auf dem Beifahrersitz rappelte das Handy ununterbrochen. »Volker« stand auf dem Display. Seit sie die Treppen ihres Appartements in Wilhelmshaven heruntergelaufen war, versuchte er, sie zu erreichen. Aber Femke wusste bereits, was er ihr mitteilen wollte. Genau genommen wusste sie es, seit Jörn gegen halb sieben Uhr angerufen und Femke aus der Dusche geklingelt hatte. Jörn führte den Reiterhof bei Werlesiel. Er hatte geklungen, als sei ihm ein Gespenst begegnet: »Femke. Es ist alles ganz schrecklich. Du musst sofort kommen.«

Hinter dem Ortsausgang passierte sie eine riesige Baustelle. Überall standen Lkws, Bagger und Kräne. Ein Schild von geradezu epischen Dimensionen erklärte, dass hier ein Freizeitpark mit dem Namen »AquaParc« auf einer Fläche von dreißigtausend Quadratmetern entstand – aufgeteilt in eine tropische Wasserwelt und ein Nordsee-Erlebnis-Zentrum. Jede Menge Arbeitsplätze sollten geschaffen werden. Femke wusste, die Idee dahinter war, die Wirtschaft in der strukturschwachen Region anzukurbeln und dafür zu sorgen, dass auch außerhalb der Ferien- und Urlaubszeiten sowie bei schlechtem Wetter die Region rund um Werlesiel Konjunktur hatte. Die zweite Idee dahinter war, dass Knut Mommsen sich mit dem Bau ein Denkmal setzen wollte – Knut Mommsen, dem außer der größten Privatbrauerei der Region auch der halbe Ort gehörte.

Kurz hinter der Baustelle sauste der Wagen am großen Maisfeldlabyrinth vorbei und an der Festscheune, vor der seit einigen Tagen einige Protestschilder standen. Sie stammten von einer Bürgerinitiative, die von Mommsen geführt wurde. Auf den Schildern standen Slogans wie »Die Scheune gehört uns« und »Keine Unterkunft« sowie »Hier kein Asyllager«. Die Scheune gehörte der Gemeinde, und dieser sollten vom Landkreis weitere Flüchtlinge zugewiesen werden, die untergebracht werden mussten. Dazu standen nur noch wenige öffentliche Gebäude zur Verfügung. Zurzeit gab es sogar Überlegungen, auf private Kapazitäten wie Hotels und Pensionen sowie Ferienwohnungen zurückzugreifen – auch auf den Inseln. Der Sturm der Entrüstung war immens.

Femke bremste scharf ab, setzte den Blinker nach links und bog in den Wilden Acker ein. Der Weg führte geradewegs auf den Reiterhof zu. Zehntausendmal oder öfter war sie hier gefahren. Jedes Mal mit der Vorfreude auf ihren Justin. Doch dieses Mal war es grundlegend anders. Femke wusste, dass er sie nicht mit einem Schnauben und Kopfnicken begrüßen würde, wenn sie die Stallgasse entlang auf seine Box zuging. Er würde den massigen Körper nicht träge von der Weide auf den Zaun zubewegen und den Hals strecken, weil er die Leckerlis in Femkes Tasche witterte. All das würde Justin niemals wieder tun, wenn es stimmte, was Jörn gesagt hatte. Woran Femke nicht zweifelte – vor allem nicht wegen Volkers zahlloser Versuche, sie zu erreichen. Sie waren die Bestätigung dessen, was Jörn ihr erzählt hatte. Aber das Komische war: Es gab zwar keinerlei Zweifel an dem, was geschehen war – dennoch weigerte sie sich, es zu glauben. Als Polizistin wusste sie, dass es sich dabei um eine Art Schutzreflex der Seele handelte. Dennoch war es etwas völlig anderes, wenn einen selbst das Schicksal so hart traf, dass dieser Mechanismus ausgelöst wurde.

Mit knirschenden Reifen kam ihr Wagen an der Polizeiabsperrung zum Stehen. Der Weidezaun war mit rot-weiß gestreiftem Flatterband regelrecht umwickelt worden. Femke sah zwei Streifenwagen und zahlreiche Privatfahrzeuge am Wegesrand. Sie erkannte Volkers Range Rover. Jede Menge Menschen standen ratlos auf dem Weg und dem angrenzenden Hof. Einige trugen Reitkleidung, andere nicht. Manche weinten und lagen sich in den Armen. Andere rauchten und unterhielten sich gestenreich miteinander. Femke kannte alle. Jeden Einzelnen. Manche grüßten, wollten etwas zu ihr sagen. Femke ignorierte sie.

Im Gehen setzte sie die Pilotensonnenbrille mit den grünen Gläsern auf. Der Wind erfasste ihr langes, blondes Haar und spielte darin wie früher in Justins Mähne, wenn Femke mit ihm ausgeritten war. Das hohe Gras streifte an ihrer hellblauen Jeans entlang, zu der sie ein schlichtes weißes T-Shirt trug. Die Sonne brannte auf ihren Oberarmen. Unter den Sohlen ihrer Ballerinas knirschte der Kies der Zuwegung zur Weide. Dort stand Volker mit Jörn und zwei Polizisten in hellblauen Kurzarmhemden. Den einen kannte Femke. Es war ein langer Schlaks mit rötlichem Haar und der Lizenz zum Nerven. Als Femke noch die Polizeiinspektion in Werlesiel geleitet hatte, war Torsten Stibbe ihr Untergebener gewesen, wenngleich er sich regelmäßig benommen hatte, als sei es andersherum gewesen. Nachdem Femke zum LKA und zur Sonderabteilung für Schwerverbrechen und organisierte Kriminalität, kurz SOK, gewechselt war, hatte das Land die Inspektion aufgelöst und der in Esens zugeordnet, die hier zuständig war.

Torsten hob schwach die Hand zum Gruß. Volker löste sich aus der Gruppe und kam Femke entgegen. Sein Gesicht sprach Bände. Noch mehr die Hände, an denen getrocknetes Blut klebte. Volker war Tierarzt und seit letztem Winter Femkes Freund. Freunde waren sie zwar schon vorher gewesen, aber um Weihnachten herum hatte sich ihre Beziehung deutlich intensiviert.

»Femke«, sagte er, machte eine kraftlose Geste und Anstalten, sie zu umarmen.

Femke stoppte ihn mit einer abwehrenden Geste. Richtete ihren Blick auf die Pferde, die flach auf der Weide lagen. Sie zählte drei. Und erkannte Justin darunter.

»Ich habe versucht, dich zu erreichen.«

»Ich weiß«, sagte Femke, ohne den Blick von den Kadavern abzuwenden.

»Du bist nicht drangegangen.«

»Exakt«, erwiderte sie mit brechender Stimme. »Ich ... Vielleicht wollte ich es einfach nicht bestätigt wissen. Ich weiß auch nicht. Tut mir leid.«

»Dir muss gar nichts leidtun.«

»Was ...« Femke hustete in die Faust. »Was ist geschehen?« Sie räusperte sich und machte eine fahrige Geste. »Blöde Frage, ich weiß.«

Volker erklärte, dass Enno Berkens die toten Tiere beim Zeitungsaustragen entdeckt hatte. Woraufhin er sofort Jörn verständigte und Jörn sich vor Ort davon überzeugte, dass Enno keinen Unsinn erzählte. Jörn rief dann die Polizei an sowie die betroffenen Pferdebesitzer, zu denen Femke zählte. Schließlich hatte er Volker verständigt, der sofort herbeigeeilt war – und die Polizei hatte sich außerdem bei Volker gemeldet. Was alles an der Tatsache nichts änderte, dass drei Pferde tot waren.

»Wie?«, fragte Femke.

»Mehrere tiefe Stiche in die Drosselvenen. Es tut mir so furchtbar leid um deinen Opi. Ich weiß nicht, was ich sagen soll.«

Femke nickte und straffte sich. Opi. Justin hatte auf dem Hof sein Gnadenbrot bekommen. Er war ein alter und liebenswerter Kerl. Gewesen. Femke hatte ihn von Papa geschenkt bekommen, als sie sechzehn war. Seither war Justin stets viel mehr als nur ein Pferd für Femke gewesen. Bei einem Reitunfall hatte sie das erste Fingerglied ihres rechten Zeigefingers verloren, was sie zwangsweise zur Linkshänderin gemacht hatte – zumindest in allen Bereichen, bei denen es auf den rechten Zeigefinger ankam. Zum Beispiel beim Schießen. Mama und Papa hatten stets viel zu tun gehabt mit der Bäckerei und der kleinen Pension sowie den Ferienwohnungen. Justin war Femke zu jeder Zeit ein Freund gewesen, dem man seine Gedanken erzählen konnte und der einfach nur zuhörte und manchmal schnaubte, als wollte er sagen: *Ich weiß genau, was du meinst, aber so ist es eben.* Schließlich hatte er sich eine chronische Hufentzündung zugezogen, und an Reiten war nicht mehr zu denken gewesen. Dennoch kam Femke regelmäßig her, um sich um ihn zu kümmern. Genau genommen war Justin das Einzige, was sie noch mit Werlesiel verband – abgesehen von der Tatsache, dass ihre Eltern und Volker hier lebten. Aber sonst? Da war nichts mehr, gar nichts, und das Haus, das sie von Oma geerbt hatte, war seit letztem Jahr verkauft. Mit Justin war daher viel mehr gestorben als nur ein Tier, mit dem man eine enge Beziehung hatte. Es war ein Stück Heimat gestorben. Nein, getötet worden.

Femke deutete auf die Weide. Sie sagte: »Ich … Ich weiß, dass es wieder eine dumme Frage ist, denn wie es aussieht, ist die Weide ein Tatort, aber … Kann ich zu ihm?«

»Besser nicht«, sagte Volker leise.

Femke ignorierte seine Worte. Sie drängte sich wortlos an ihm vorbei und bewegte sich auf die beiden Polizisten und Jörn zu. Jörn telefonierte gerade. Er machte ein trauriges Gesicht und trat zur Seite. Sie hörte Wortfetzen wie »Versicherung« und »Nein, keine Ahnung, wer«. Schließlich kam sie vor Torsten und seinen Kollegen zu stehen, der einen gewaltigen Schnäuzer und eine teilnahmslose Miene trug.

»Moin, Chefin«, sagte Torsten. Immer noch nannte er sie so.

»Kann ich zu ihm?«

Torsten stemmte die Hände in die Hüften. Er blickte zu Boden, machte einen schmatzenden Laut und schüttelte leicht den Kopf. »Das weißt du doch, dass das nicht geht, da kann ich keine Ausnahme machen.«

Femke nahm abwehrend die Hände hoch und ließ sie wieder fallen.

Torsten hakte die Daumen in seinen Gürtel. »Die Kripo weiß Bescheid, das machen die Kollegen aus Aurich. Die müssten gleich hier antanzen, ansonsten mache ich denen Beine.«

Femke sagte mit belegter Stimme: »Die Rechtsmedizin soll kommen. Volker in allen Ehren, aber … Aber das hier ist ein schwerer Fall von …« Femke rang mit dem Wort. »Sachbeschädigung«, ergänzte sie. Denn das war es im rechtlichen Sinn: Sachbeschädigung und ein Verstoß gegen das Tierschutzgesetz. Beides klang unfassbar kalt.

»Tjou«, machte Torsten, »aber das ist ja wohl nicht auch noch meine Baustelle. Mir reicht es schon, dass ich diesen Schiet hier überhaupt am Hals hab, und die Burschen aus Aurich können ruhig auch was tun für ihr Geld, ich meine …«

»Torsten«, zischte Femke. »Nicht heute. Heute nicht, okay?«
Torsten zuckte schwach mit den Achseln, schien aber verstanden zu haben, dass Femkes Toleranzgrenze sich aktuell weit im Minusbereich befand.
»Also gut, Rechtsmedizin anrufen«, sagte er dann.
»Wessen Tiere sind noch getötet worden?«, fragte sie.
»Eines gehörte Jörn«, sagte Volker, der sich von hinten näherte. »Das dritte Leefmanns Tochter.«
Er machte eine Geste in Richtung einer Gruppe von Mädchen, die einander umarmten und weinten. Daneben standen ihre Mütter und Väter – darunter Willem Leefmann, ein knapp zwei Meter großer Kerl, dessen Haut von der Sonne rot verbrannt war und dessen tief liegende Augen stets verschlagen blickten. Leefmann war Klempner und führte außerdem eine Facebook-Gruppe der Bürgerinitiative gegen die Unterbringung von Flüchtlingen in Werlesiel. Der Mann war nach Femkes Meinung so intelligent und einfühlsam wie ein Stück Blei und hatte sein Augenmerk inzwischen auf neue Sündenböcke gerichtet, die er dafür verantwortlich machen konnte, dass er als Klempner sein Geld mit der Scheiße anderer Leute verdienen musste. Im Moment allerdings tat er ihr leid. Noch mehr seine Frau und vor allem seine Tochter, die gerade mal so alt war wie Femke damals, als sie Justin bekommen hatte.
Femke wandte sich zu Volker, strich ihm leicht über den Unterarm und sagte leise: »Tut mir leid«, weil sie ihn eben so kalt behandelt hatte.
Volker nickte nur.
Femke blickte zwischen ihm und Torsten hin und her und fragte: »Wisst ihr schon irgendetwas?«
»Nichts«, meinte Torsten.
Volker schien etwas sagen zu wollen.

»Ja?«, fragte Femke.

»Willst du es wirklich im Detail hören?«

»Ja.«

Volker zögerte. Dann erklärte er: »Der Täter muss einen scharfen Gegenstand wie ein Messer eingesetzt haben und hat damit jeweils mit jeder Menge Stiche die Drosselvene perforiert. Dazu musst du wissen, wo die sich befindet, und zumindest einige Male ein Pferd aus der Nähe gesehen haben. Es wirkt so, als sei er von einem Tier zum nächsten marschiert, und …«

Volker zögerte wiederum und sah Femke fragend an. Schließlich sagte er: »Wenn du derartig in die Gefäße stichst, spritzt das Blut heraus wie aus einem Wasserschlauch. Dementsprechend müsste ein Täter ausgesehen haben und ist vielleicht jemandem aufgefallen. Außerdem weißt du, wie Pferde sind. Du musst erst einmal an die Tiere herankommen. Das klappt nur, wenn du dich mit ihnen auskennst oder wenn die Tiere dich kennen. Oder beides.«

Femke atmete tief ein und atmete tief aus. In ihrem Magen fühlte es sich an, als glühte dort ein heißes Stück Kohle. Schließlich sagte sie das Wort, der ganze Satz wollte ihr noch nicht gelingen.

»Pferderipper …« Sie atmete noch einmal tief durch und setzte erneut an. »Ein psychisch gestörter Mensch.«

Die Motive von Pferderippern waren schwer zu fassen. Man nahm an, dass die Tiere den Mördern als eine Art Prügelknabe dienten. Pferderipper zerstören mit ihren Taten ein mächtiges Lebewesen. Dieser Kontrast lässt sie selbst umso mächtiger erscheinen – etwas, das ihnen im Leben fehlt oder das ihnen genommen wurde.

»Und wie gestört«, sagte Torsten.

Femke fuhr fort: »Wir hatten hier im Norden schon öfter solche Fälle. Und wenn du herausfinden willst, wer es war, musst du

erst kapieren, was mit so einem Menschen los ist, der solche Dinge tut.«
»Und?«
Femke nahm die Sonnenbrille ab und rieb sich über die Augen. »Ich rede von einem Menschen mit schwachem Selbstwertgefühl und immensem Hass auf alles Mögliche. Dem sehr schlimme Dinge widerfahren sind, denen gegenüber er machtlos war, deswegen vielleicht psychisch krank geworden ist. Der Pferde tötet, um die Stärke zu erfahren, die ihm im entscheidenden Moment einmal fehlte oder genommen wurde, und ... Scheiße, jetzt lass mich auf die verdammte Weide, Torsten.«
Femke drängte sich an Torsten vorbei und stieß ihn zur Seite. Er protestierte, hielt sie jedoch nicht auf. Sollte die Kriminaltechnik eben ihre Spuren von der Summe der Spuren abziehen, dachte Femke. Sollten die Kollegen aus Aurich sie eben anschnauzen, wenn sie eintrafen. Das war ihr egal.
Sie tauchte unter der Absperrung hindurch und marschierte über die Weide. Sie hörte Geräusche hinter sich, Volker, der sie aufhalten wollte. Aber sie ging einfach weiter, wedelte mit der rechten Hand, wie um Fliegen zu verscheuchen.
Schließlich stand sie vor Justins Kadaver, der in einer großen Pfütze von teils geronnenem, teils noch flüssigem Blut lag. Sie schluchzte auf und hielt sich die Hand vor den Mund. Wie automatisch sank sie auf die Knie. Es war ihr gleichgültig, ob das Blut ihre Jeans durchtränken würde.
Sie legte eine Hand auf Justins Flanke. Sein Körper war warm von der Sonne. Zahllose Bilder schossen ihr durch den Kopf. Wie sie mit Justin über den Deich ritt und am Watt entlang. Ihr erstes E-Springen. Justin, wie er sich auf dem Rücken wälzte, was Femke immer zum Lachen brachte. Sein weiches Maul. Sein Atem auf ihrer Haut. Der Blick in seinen Augen, die jetzt

gebrochen und milchig waren und Fliegen Platz zum Landen boten.
Femke spürte, wie sich Volker neben sie hockte und ihr den Arm um die Schulter legte. Sie ließ es geschehen, und dann brachen die Tränen aus ihr hervor. Sie ergossen sich in wahren Sturzbächen, und Femke schlang die Arme nun ebenfalls um Volker.
»Er hat doch keinem etwas getan«, wimmerte sie, als sie wieder einigermaßen sprechen konnte. »Wie kann jemand das Vertrauen eines Tieres so ausnutzen, das auf ihn zukommt, und dann … dann …«
Volker strich Femke übers Haar und schwieg. Schließlich löste sie sich aus der Umarmung und stand auf. Eine Zeitlang starrte sie nach unten und sammelte sich. Dann hob sie das Kinn und sah sich um. Sie sah Blutspritzer auf der ganzen Weide. Sie betrachtete die beiden anderen Pferde. Blickte sich im Kreis um. Fasste den Zaun ins Auge. Drehte sich um die eigene Achse, nahm die Sonnenbrille ab und blinzelte ihre Tränen fort, um klarer sehen zu können. Sie schätzte Entfernungen, scannte das Terrain, wog die Position der Kadaver im Verhältnis zueinander und den Blutspuren ab.
Während ihre Blicke weiter über die Weide glitten, sagte sie leise zu Volker: »Weißt du, was das Problem mit Tierrippern ist? Sie meinen eigentlich Menschen, aber an die trauen sie sich nicht heran, oder sie sind nicht mehr fassbar, weil sie verstorben sind. Die Pferde sind nur ein Ersatzobjekt. Manche Ripper überschreiten die Grenze nie, sie bleiben bei den Pferden und ändern mal dies oder das. Aber hier … Hier ist jemand direkt aufs Ganze gegangen. Hier hat sich ein lange aufgestauter Zorn entladen.«
Volker machte ein fragendes Gesicht.

Femke erklärte: »Oft verletzt ein Ripper zunächst die Tiere. Danach tötet er eines. Dann noch eines. Hier hat er gleich drei Pferde abgeschlachtet. Pferde sind große und mächtige Wesen, etwas anderes als ein Esel, eine Ziege, ein Pony oder eine Kuh. Daraus schließe ich das. Ein Pferd allein reichte nicht aus, um den Zorn zu stillen.«

»Du meinst, wer auch immer hierfür verantwortlich ist, könnte sich als Nächstes einen Menschen vornehmen?«

»Mhm.«

»Willst du meine Meinung hören?«, fragte Volker.

»Inwiefern?«

»Stibbe und die anderen Polizisten sind eben den ganzen Weg abgegangen, den gesamten Wilden Acker, aber sie haben nichts gesehen. Keine Spuren von Blut. Sie sind auch an der Bundesstraße entlang und haben nichts gefunden. Keine Spuren auf dem Radweg oder so. Wie ich schon sagte: Der Täter muss von oben bis unten mit Blut bespritzt gewesen sein und doch irgendwie her- und wieder fortgekommen sein.«

»Und was ist also deine Meinung? Dass er im Auto kam?«

»Nein, ich denke, durch die Felder.«

Volker deutete zum Weidezaun im Westen. Sie marschierte los. Volker folgte ihr.

Es war ein Maisfeld. Die Bauern bauten inzwischen reichlich davon an, weil die Pflanze über ihre Früchte hinaus jede Menge Rohstoffe erbrachte, die man an Biogasanlagenbetreiber verkaufen konnte.

Am Zaun blieben sie stehen. Das hellgraue Holz war an einigen Stellen dunkel verschmiert, das Gras zertrampelt. Ebenso auf der anderen Seite des Zauns, wo sich ein schmaler Grünstreifen anschloss. Dann kam ein Graben, wieder ein Grünstreifen, womöglich ein schmaler Wirtschaftsweg. Schließlich folgte die grüne Wand aus Mais, in die sich die Reihen wie Pforten ins Nichts öffneten. An einigen der großen Blätter waren wiederum dunkle Flecken zu sehen.

»Weißt du, was Jörn gesagt hat?«, fragte Volker.

»Nein, woher?«

»Er hat gesagt, dass hier manchmal Sabine Hespe entlangläuft, um die Pferde zu streicheln und mit Gras zu füttern.«

»*Die* Sabine Hespe?«

»Ja.«

Femke nickte. Das hörte sich belanglos an, spazieren gehen, Pferde streicheln und füttern. War es aber nicht, wenn man Sabine kannte. Sie war nach Femkes Meinung psychisch krank und nach Meinung anderer im Ort gemeingefährlich. Sabine konnte regelrecht explodieren. Femke hatte als Polizistin im Ort schon einige Male das zweifelhafte Vergnügen gehabt, solche Ausbrüche mitzuerleben. Es gab nichts, was man ihr nicht zutrauen konnte, wenn sie ausrastete. Gar nichts. Aber die Pferde? Femke überlegte und kam zu dem Schluss: Ja, auch das konnte man Sabine zutrauen.

»Ich werde mit ihr sprechen«, sagte Femke.

4.

Tjark war am frühen Morgen losgefahren, nachdem er in Dänemark in seinem Ferienhaus bei Hvide Sande am Ringkøbing-Fjord rasch das Nötigste zusammengepackt hatte. Dort hatte ihn Ceylan am späten Abend erreicht. Ceylan Özer, Leiterin der Sonderkommission für Schwerverbrechen und organisierte Kriminalität des Landeskriminalamts, kurz SOK, der außer Femke und Tjark noch sein alter Partner Fred angehörte.

Tjarks knapp eins sechzig kleine Chefin mit dem Selbstbewusstsein eines zwei zwanzig großen Sumoringers hatte sich nicht lange mit Smalltalk aufgehalten: »Cowboy, ich störe dich ungern in deiner wohlverdienten Urlaubswoche, aber es ist etwas Schlimmes passiert.«

Sie erzählte, was mit Femkes Pferd geschehen war, und Tjarks Stimmung sank auf den Nullpunkt.

»Ich habe Femke für den Rest der Woche freigegeben«, fuhr Ceylan fort. »Das ist ein Schock für sie. Sie wohnt vermutlich so lange bei ihren Eltern oder ihrem Freund. Ich dachte nur, dass du Bescheid wissen solltest, okay?«

Ziemlich okay, dachte Tjark und beendete das Gespräch. Jemand hatte die *Fantastic Four* berührt. Das war seine persönliche Bezeichnung für die SOK, eine Anspielung auf die Marvel-Comic-Helden, die unerbittlich den Kampf gegen das Böse ausfochten. Kaum war ein Schurke ausgeschaltet, tauchte der nächste auf. Es war wie in einem Hamsterrad – seit immer und für alle Zeit, weil die Menschen nun mal so waren, wie sie waren. Aber niemand, so viel war klar, berührte die *Fantastic Four*. Ceylans

Anruf hatte außerdem Tjarks Spinnensinn klingeln lassen. Es war wie ein Kopfschmerz, der sich langsam ankündigte und stärker werden würde. Wie bei Spiderman, der Gefahr im Voraus erkennen konnte. Ein sechster Sinn wie bei manchen Tieren, die Erdbeben, Feuer oder Gewitter erahnten. Ein Urinstinkt, den manche Polizisten dafür entwickelten, dass etwas nicht stimmte. Daher hatte er nicht gezögert und seinem schwarzen BMW Z4 Roadster Asphalt zu fressen gegeben.

Der einzige Weg nach Deutschland führte über Kolding und Flensburg sowie über Hamburg und damit durch den Elbtunnel, wo Stau gewesen war. Ebenso dichter Verkehr herrschte zwischen Hamburg und Bremen auf der A 1 und zwischen Bremen und Oldenburg auf der kurzen A 28. Tjark hatte überlegt, ob er in Oldenburg abfahren und einen kurzen Abstecher nach Hause machen sollte – er lebte dort noch immer in einem Loft –, sich aber dagegen entschieden. Auf der A 29 Richtung Wilhelmshaven kam er schneller voran, brauchte aber dennoch deutlich über sechs Stunden, bis er in Werlesiel ankam.

Werlesiel erreichte man, wenn man von Wilhelmshaven aus über Wittmund fuhr, Carolinensiel ansteuerte und von dort aus an der Küste und am Deich entlang nach Neuharlingersiel und Bensersiel fuhr. In Werlesiel gab es keinen Fährverkehr zu den Inseln. Dennoch konnte man von den Anlegern aus die orangeroten Aufbauten der Fähren in der Ferne sehen. Der Ort gruppierte sich um den pittoresken Hafen, wo stets einige Fischerboote und bunte Krabbenkutter lagen. Sie waren nicht nur Dekoration oder Vehikel für Ausflüge beziehungsweise für Trips zu den Seehundbänken. Mit ihnen wurde noch richtig gefischt – wenngleich eher zum Eigenbedarf und um den Fang an Touristen zu verkaufen. Am Hafen gab es außerdem eine Promenade, einige Parkplätze sowie ein kleines Fischerdenkmal und viel

Gastronomie, Räuchereien, Fischgeschäfte, Imbissbuden mit Krabbenbrötchen und kleinere Pensionen. Dem Hafen vorgelagert war eine Marina, wo jede Menge Sportboote ankerten. Ein Strand war für die Touristen künstlich aufgeschüttet. Etwas außerhalb lagen die Privatbrauerei, wo das »Werlesieler« hergestellt wurde, die Großbaustelle des »AquaParc« und eine seit Jahren leerstehende Kurklinik, für die sich keine sinnvolle Nachnutzung fand.

Werlesiel verfügte darüber hinaus über einen dicht bewachsenen und kilometerlangen Küstenstreifen, der das Land vor der Nordsee schützen sollte. Darin hatte ein Serienmörder vor einigen Jahren seine Opfer vergraben, und daran erinnerte sich Tjark, als er mit dem Wagen hier entlangfuhr. Die Geschehnisse um die Dünengräber hatten den Ort und erst recht Femke in einen Schockzustand versetzt. Wie es aussah, war der Schrecken nun in Form eines Tierrippers zurückgekehrt. Vermutlich jemand, der aus persönlichen Gründen Blut für etwas sehen wollte oder den Ort für etwas bluten lassen wollte, das in Werlesiel geschehen war.

Es war Mittag, als Tjark beim Passieren der Großbaustelle des AquaParcs die Mundwinkel verzog. Er wusste, wer der Bauherr war. Knut Mommsen. Jemand, den Tjark vor Jahren kennengelernt hatte und nicht besonders schätzte. Was noch freundlich ausgedrückt war.

Er kam an einer großen Scheune mit grünen Holzwänden und einem knallroten Dach vorbei, die mit einer Reklame als »Festscheune« ausgezeichnet war und nach Tjarks Wissen als Dorfgemeinschaftshaus und Veranstaltungszentrum diente und locker fünfhundert Menschen fasste. Davor waren heute Schilder aufgebaut, die wie selbst gemalt wirkten. Tjark las nicht, was darauf stand. Er hatte sein Augenmerk bereits auf den Eingang eines

Maisfeldlabyrinths gerichtet, vor dem aus Strohballen einige große Figuren errichtet worden waren, die überdimensionalen Puppen glichen. Schließlich passierte er ein weiteres Maisfeld, einen Bauernhof und den Zaun einer Pferdweide, an dem rot-weiß gestreiftes Polizeiabsperrband im Wind flatterte. Die Weide selbst interessierte ihn nicht. Er war kein Tierkiller-Jäger. Ihn interessierte in erster Linie, wie es Femke ging. Wenige Minuten später fuhr er am Hafen von Werlesiel in eine Parkbucht und stieg aus.
Jedes Mal, wenn er an der Nordseeküste war, fiel ihm auf, dass die Farben hier intensiver waren. Der Wind sorgte stets für klare Luft, und die Sonnenstrahlen wurden durch keine verschmutzten Atmosphäreschichten diffus gefiltert. Das Grün der Felder und Wiesen war satt und schien in Hunderten Schattierungen zu strahlen. Der Himmel war von einem tiefen Blau, in dem man sich verlieren konnte. Die Wolken hatten klar umrissene Konturen wie in einer Kinderzeichnung. Es war, als habe man die ganze Zeit durch eine Milchglasscheibe geschaut, die mit einem Mal weggenommen worden war. Es roch nach Tang, geräuchertem Fisch und brackigem Salzwasser. Am Himmel kreischten Möwen. In der Ferne waren die bunten Punkte einiger Lenkdrachen zu sehen und dahinter das glitzernde Watt und die Nordsee. Der Wind spielte in den Takelungen der Kutter und ließ sie leise gegen die Masten klicken.
Nach den Ferienmonaten hatte sich Lethargie im Ort breitgemacht. Die meisten Geschäfte, Restaurants und Kneipen schienen geschlossen zu sein. Wo sonst Hochbetrieb herrschte, ging heute nur eine Katze gemächlich über die aus rötlichen Pflastersteinen gebaute Uferpromenade. Es wirkte, als habe ganz Werlesiel Muskelkater und müsste wieder zu Atem kommen. Vielleicht hatte die merkwürdige Stimmung aber auch einen anderen Grund.

Die Hafenbäckerei mit angeschlossener Pension war allerdings geöffnet. »Folkmer« stand auf der grünen Markise vor dem Schaufenster mit den Auslegewaren. Unter der Markise standen drei Tische mit Plastikstühlen, deren Polster ebenfalls grün waren. Auf einem davon saß eine blonde Frau. Vor ihr standen ein Teller und eine große weiße Tasse. Ihre Haare waren zum Pferdeschwanz gebunden. Sie blickte auf, sah zu Tjark, nahm die Pilotensonnenbrille mit den grünen Gläsern ab und starrte ihn aus rot geränderten Augen ungläubig an.

»Du?«, fragte Femke.

»Ich«, sagte Tjark und ließ seine Sporttasche fallen.

Er zog geräuschvoll einen weißen Stuhl vom Tisch, um sich daraufzusetzen und sich eine Zigarette anzuzünden. Wegen des Windes gelang es ihm erst beim dritten Anlauf. Er inhalierte tief und stieß den Rauch in einer weißen Wolke in den Himmel.

»Ceylan hat mich angerufen und mir gesagt, was passiert ist. Ich dachte, ich komme besser mal längs«, sagte Tjark.

»Warum hast du dich nicht gemeldet und gesagt, dass du kommen willst?«

Tjark zuckte mit den Achseln. »Wie geht's dir?«

Femke zuckte ebenfalls mit den Achseln. »Schlecht. Ich weiß nicht, ob ich zorniger bin als traurig oder mich schuldig fühle oder alles gleichzeitig. Ich muss immer daran denken, dass das nicht passiert wäre, wenn ich Justin am Vorabend in der Box gelassen hätte, weißt du?«

Tjark wusste. Er hatte seinen Eltern vor vielen Jahren eine Reise nach Dänemark geschenkt. Hätte er das nicht getan, würde seine Mutter wohl noch leben.

»Was willst du überhaupt hier?«, fragte Femke.

Tjark zog wieder an der Zigarette und schwieg.

Femke versuchte zu lächeln. »Sorry, ich … Habe ich nicht blöd gemeint. Es ist nett, dass du vorbeikommst. Das ist nicht selbstverständlich.«

»Dieser Ort meint es nicht gut mit dir«, sagte Tjark.

Femke keuchte ein trauriges Lachen hervor und aß den Rest Butterkuchen, der vor ihr auf dem Teller lag. »Inzwischen frage ich mich wirklich«, erwiderte sie und wischte sich einige Krümel mit dem Zeigefinger aus dem Mundwinkel, »ob mich irgendwer verflucht hat.«

»Vielleicht ist die Stadt verflucht.«

»Wer weiß«, erwiderte Femke achselzuckend.

»Moin«, sagte eine ältere, mollige Frau zu Tjark.

Sie kam aus der Bäckerei heraus. Ihr Ton war scharf, und ihre Augen musterten ihn unfreundlich. Sie trug eine Art weißen Kittel mit dem Aufdruck »Hafenbäckerei«, der wegen ihres gewaltigen Busens stramm gespannt war. Ihr Haar war von grauen Strähnen durchzogen und zum Dutt hochgesteckt, die Wangen von geplatzten Äderchen gerötet. Ihre Gesichtszüge glichen denen von Femke. Die Augen waren nahezu identisch.

Sie legte Femke die Hand in den Nacken und sagte besorgt: »Na, mein Mädchen?«, ohne Tjark aus dem Blick zu lassen.

»Guten Tag, Frau Folkmer«, sagte Tjark.

Er kannte Femkes Mutter von damals, als er in einem Zimmer über der Backstube gewohnt hatte. Sie kannte ihn ebenfalls und schien ihn immer noch nicht zu mögen. Vielleicht, weil sie ihn dafür verantwortlich machte, dass ihr Mädchen weggezogen und zur Kripo gegangen war.

»Ach, Sie«, sagte Imke Folkmer. Mit einem Blick, der bedeutete: *Dann ist der Ärger ja nicht weit.*

»Ja.« Tjark stieß Qualm durch die Nase aus. »Ich.«

»Geht das um Femkes Pferd? Sind Sie deswegen hier?«

»Vielleicht.«
»Eine Schande«, sagte sie, beugte sich vor und gab Femke einen Kuss auf den Scheitel. Femke wich ein wenig aus. »Wenigstens hast du was gegessen.« Sie ließ ihre Tochter wieder in Ruhe und fragte mit einem Seufzen: »Und Sie, Herr Wolf? Doppelten Espresso und ein Puddingteilchen?«
Tjark lächelte und nickte. »Sehr gerne.«
Imke Folkmer nickte ebenfalls, lächelte aber nicht und verschwand in der Backstube, wo augenblicklich ein Kaffeeautomat sirrte. Eine Minute später kam sie wieder heraus, stellte Tjark stumm eine Tasse, einen Teller und einen Aschenbecher hin und verschwand erneut.
»Mütter«, murmelte Femke gespielt genervt.
Tjark drückte die Zigarette aus. Er selbst wusste nur aus der Erinnerung, wie Mütter waren. Seine war vor vielen Jahren in Dänemark auf einer Fähre gestorben und von der Nordsee Tage später angespült worden.
Er fragte Femke: »Was genau ist geschehen?«
Femke schlang sich die Arme um den Oberkörper und erzählte, was sie wusste. Tjark sah dabei den Möwen zu, trank den Espresso und aß das Puddingteilchen. Beides war köstlich.
»Die Kripo Aurich ermittelt«, sagte Femke schließlich. »Sie befragen alle und jeden, gehen die Datenbanken durch und schauen sich einschlägig Vorbestrafte und die üblichen Verdächtigen an.«
»Kann es eine persönliche Sache sein?«, fragte Tjark.
Femke blinzelte nachdenklich und schüttelte schwach den Kopf. »Kann ich mir nicht vorstellen. Warum wurden die anderen Pferde getötet?«
»Und wenn es gegen die anderen Pferdebesitzer ging?«
»Das wäre dasselbe in Grün – warum sollte dann jemand mein Pferd töten?«

Tjark nickte.
Femke schwieg eine Weile und starrte auf die Schiffe im Hafen. Leise sagte sie: »Ich mache mir Gedanken über eine bestimmte Frau.«
»Eine Tatverdächtige?«
»Ich weiß noch nicht. Sie soll regelmäßig bei den Pferden spazieren gehen und sie füttern.«
»Was nicht strafbar ist.«
»Nein, aber …«
»… aber du hast so ein Gefühl. Was macht sie verdächtig?«
»Sabine Hespe ist etwa so alt wie ich. Ihrem Vater gehört ein großes Gehöft. Er betreibt außerdem das Maisfeldlabyrinth. Sabine ist sehr auffällig. Immer schon gewesen. Nach meiner Meinung ist sie psychisch krank. Aber wie das auf dem Land und mit den sturen Böcken von Familienoberhäuptern manchmal so ist: Das wird in Kauf genommen, totgeschwiegen und vom Allgemeinmediziner behandelt – falls überhaupt. Menschen wie Sabine gibt es in jeder Stadt, denke ich. Sie stehen auf einer Verkehrsinsel und starren dich an. Sie gehen in Zeitlupe durch den Supermarkt und reden mit sich selbst oder irgendwelchen Stimmen.«
Tjark steckte sich noch eine an und hörte aufmerksam zu.
»Als ich noch die Polizeistation führte, haben wir sie einmal aufgegriffen. Sie lief splitterfasernackt und sturzbetrunken durch Werlesiel und fragte jeden Passanten, ob er Sex mit ihr wolle, und brüllte herum, dass der ganze Ort sie vögeln könne. Wobei sie andere Worte als *vögeln* verwendete. Ein anderes Mal hat sie ein parkendes Auto demoliert.«
Tjark inhalierte tief und folgte dem Flug einer Möwe mit dem Blick. Sie hatte einige Zeit über mehreren Containern mit Abfällen und dem Förderband einer Fischsortieranlage gekreist. Zusammen mit anderen stieß sie nun auf die Fahrrinne zur

Marina herab, durch die sich gerade ein Kutter schraubte. Die Vögel hofften wohl darauf, dass entweder kleine Fische und Krebse an die Oberfläche gewirbelt oder unnützer Fang zurück ins Meer geworfen werden würde.

Femke fuhr fort: »Wir sind verschiedentlich gerufen worden und haben uns um Sabine gekümmert. Aber es war bisher nie so heftig, dass Anzeige erstattet oder eine Zwangsunterbringung veranlasst worden wäre. Was nach meiner Meinung sinnvoll gewesen wäre, damit sich Fachleute mit ihr befassen. Das Ordnungsamt hat damit zwar durchaus gedroht, aber ihr Vater hat das stets abgewiegelt und sich um allen Schaden gekümmert, den sie angerichtet hat. Und dann kannst du eben nichts machen. Außerdem ist Sabine nicht immer so. Oft wirkt sie vollkommen normal. Dann wieder, als würde sie unter Hochdruck stehen und irgendetwas wäre kurz davor, sie zur Explosion zu bringen. Als ich sie nackt gesehen habe, sind mir Narben an ihrem Körper aufgefallen. Ich glaube, sie ritzt sich.«

»Du meinst, sie könnte ausgerastet sein und die Pferde getötet haben. Traust du es ihr zu?«

Femke zuckte mit den Achseln. »Wer weiß.«

»Du hast sie konkret im Verdacht?«

»Es gibt Blutspuren am Zaun. Dort, wo sie oft entlanggeht. Es gibt außerdem Blutspuren in einem angrenzenden Feld. Es ist ein Acker ihres Vaters, der direkt an den Hof anschließt.«

»An einem Zaun gehen viele Menschen entlang.«

»Die Weide grenzt an die Reithalle, einen Radweg neben der Bundesstraße und den Weg zum Reiterhof namens Am Wilden Acker. Im Osten gibt es nur einen schmalen und unbefestigten Wirtschaftsweg und ein übermannshohes Maisfeld. Würdest du deinen Wagen an der Straße parken, wo ihn jeder sehen kann? Oder blutüberströmt zu Fuß über den Radweg laufen?«

»Nein, ich würde das Feld nehmen.«
»Wo wir die Blutspuren gefunden haben. Ich habe das den Kollegen von der Auricher Kripo erzählt.«
»Andererseits«, sagte Tjark, »kann jeder diesen Weg einschlagen. Das muss nichts heißen.«
»Nein, muss es nicht. Trotzdem schließt sich der Hof direkt an das Feld an. Das kann etwas heißen. Der Weg durch das Feld führt direkt zu Sabine, wenn du verstehst, was ich meine.«
Tjark verstand.
Leise ergänzte Femke: »Ich könnte ausflippen, dass mir die Hände gebunden sind. Ich würde am liebsten alles auf den Kopf stellen. Es war mein Pferd. Es ist meine Stadt. Ich kenne hier alle. Ich bin Polizistin und habe eine Waffe. Und was mache ich? Hier herumsitzen, in die Luft starren und mich zwingen, mich nicht einzumischen.«
Na ja, dachte Tjark. Er saß hier ebenfalls nur herum. Mit dem Unterschied, dass er nicht hergekommen war, um sich herauszuhalten. Absolut nicht.

5.

Tjark zog an der Zigarette und merkte auf, als ein Lieferwagen mit hochtourig drehendem Motor an der Mole entlangraste. Abrupt vor den Stellplätzen kam er zum Stehen und blockierte Tjarks Z4. Es war ein weißer Mercedes Sprinter mit dem Firmenaufdruck »Leefmann – Meisterbetrieb Bauinstallation, Sanitär, Gas«.

Heraus stieg Willem Leefmann persönlich. Tjark erinnerte sich an ihn – sie waren einmal recht heftig aneinandergeraten. Leefmann war ein großer Kerl. Nach Tjarks Einschätzung ein einfacher Mann mit einem einfachen Weltbild. Der Schlag Mensch, der durch kein Argument von seiner Sichtweise abzubringen war, wenn er erst einmal eine Sichtweise gefunden hatte. Er trug einen Blaumann und wirkte, als wolle er einen Baum ausreißen, als er mit raumgreifenden Schritten auf die Bäckerei zumarschierte und dabei Geld zählte, das er aus der Hosentasche genommen hatte. Schließlich schien ein Ruck durch ihn zu gehen, denn er erkannte Femke und Tjark.

»Ach nee«, sagte Leefmann, was anklagend klang. »Die feinen Herrschaften von der Polizei trinken Kaffee, statt ihre Arbeit zu machen.«

Tjark und Femke sagten nichts.

Leefmann schwadronierte: »Ich wollte mir gerade ein belegtes Brötchen holen, aber jetzt ist mir der Appetit vergangen.«

»Beruhige dich, Willem«, sagte Femke. »Es ist für uns alle schlimm.«

»Schlimm?« Leefmann gingen fast die Augen über. »Ich habe eine Sechzehnjährige, die sich eingeschlossen hat und mir den ganzen Tag die Ohren vollheult. Das Pferd war ihr Ein und Alles. Der Gaul hat sechstausend Euro gekostet, und ich hab den Wiggel mit der Versicherung am Arsch! Ich habe kein Auge zugetan heute Nacht, und du sitzt hier rum und trinkst Kaffee!«

»Willem, die Kollegen von der Kripo …«

»Ja, die waren bei mir. Bist du nicht bei der Kripo oder was? Und der da auch nicht?« Leefmann deutete mit dem Finger auf Tjark, der weiterhin schwieg.

Femke sagte: »Das ist nicht unser Fall und nicht unsere Zuständigkeit – egal, ob ich persönlich ebenfalls …«

Leefmann blaffte: »Seit unser Ort voll ist mit den ganzen Flüchtlingen, ist hier nichts mehr sicher! Im Supermarkt räumen sie die Regale leer, überfallen die Leute auf offener Straße – du kannst als Frau hier im Dunkeln keinen Fuß mehr vor die Tür setzen. Und keine Polizei weit und breit auf der Straße, seitdem die Dienststelle dicht ist!«

»Das stimmt. Der Rest nicht«, sagte Femke.

»Und jetzt schlachten die Schietbüddel uns die Pferde ab! Was kommt denn da als Nächstes?«

»Schietbüddel?«, fragte Tjark.

»Ja, das Pack aus der Klinik! Und jetzt wollen sie die Scheune auch noch mit denen vollstopfen.«

»Er meint Flüchtlinge«, erklärte Femke. »Das Land nutzt die alte Kurklinik als Übergangswohnheim für fünfhundert Personen. Sie wollen noch mehr zuweisen und dafür weitere öffentliche Gebäude wie die Festscheune nutzen und überlegen außerdem, auf Ferienwohnungen zurückzugreifen. Auch auf den Inseln sollen Flüchtlinge untergebracht werden.«

»Was sollen die mit den Pferden zu tun haben?«, fragte Tjark.

»Die machen doch alle diesen Scheiß. Schächten und Scharia. Denen bringen sie beim Islamischen Staat doch bei, wie man das

macht, Mensch!« Leefmann schnitt sich mit dem Zeigefinger am Hals lang.
»Klar«, sagte Tjark und nickte.
»Die haben mit Werkzeugen auf mein Pferd eingehackt!«
»Werkzeuge?« Tjark blickte zu Femke.
Sie erklärte: »Die Rechtsmedizin ist sich sicher, dass die Tatwaffe kein Messer war. Sie gehen von einem scharfen Werkzeug aus. Vielleicht ein Stemmeisen oder ein großer, spitzer Schraubenzieher.«
Leefmann schnaubte. »Wo soll das hinführen, Femke? Ist irgendwer von deinen feinen Kollegen zur Klinik gefahren, um sich umzusehen? Nein, war keiner da. Die werden sogar noch beschützt von Security, und da stehen Rettungswagen vor der Tür. Stehen die auch vor unseren Altenheimen? Nein! Und stattdessen verdächtigen sie hier alle im Ort und waren sogar bei Hespe. Und ihr trinkt hier Kaffee – ich könnte kotzen!«
»Hespe?«, fragte Tjark.
»Landwirt Ernst Hespe«, erklärte Femke. »Sabine Hespes Vater.«
»Als ob Sabine etwas damit zu tun hätte, so ein Quatsch.« Leefmann rubbelte sich mit der Pranke über den Schädel.
»Warum nicht?«, fragte Tjark.
»Die ist vielleicht etwas irre, aber doch nicht so.«
»Und die Flüchtlinge schon?«
»Denen ist alles zuzutrauen. Wer weiß, wie viele Terroristen die hier als Flüchtlinge einschleusen.«
»Haben Sie Stemmeisen im Wagen, Herr Leefmann?«
Leefmann blickte Tjark an wie ein Ochse, dem man zwischen die Hinterbeine getreten hatte.
»Haben Sie doch sicher. Auf Ihrem Wagen steht ›Bauinstallation‹.«
»Was soll das denn heißen?«

»Darf ich mir Ihre Stemmeisen mal ansehen?«

»Was?«

»Die Tiere wurden mit einem scharfen Werkzeug getötet. Stemmeisen sind scharfe Werkzeuge. Sie besitzen Stemmeisen und können damit umgehen. Sie kennen sich mit Pferden aus. Vielleicht wollen Sie den Fremden etwas in die Schuhe schieben und außerdem Geld von der Versicherung kassieren. Die Stallmiete ist teuer. Vielleicht reitet Ihre Tochter gar nicht mehr so gerne, sondern hat eher Jungs im Kopf. Außerdem wirken Sie sehr aggressiv. Haben sich nicht ganz unter Kontrolle.«

Leefmann sagte kein Wort. Femke ebenfalls nicht. Tjark nahm eine Kaugummipackung aus der Tasche. Er zog einen Streifen heraus und fragte Leefmann: »Kaugummi?«

Leefmanns Hände öffneten und schlossen sich zu Fäusten. Die Nasenflügel bebten. Leise und mit brüchiger Stimme sagte er: »Wenn Sie kein Polizist wären, dann …«

»Dann?«

Leefmann schwieg. Er kochte.

Tjark schob sich den Kaugummi in den Mund. »Warum haben Sie heute Nacht nicht schlafen können? Nervös? Was macht Ihnen Angst, Leefmann? Dass man Sie erwischt? Oder weil Sie eine Ahnung haben, was wirklich los ist und wer dahintersteht? Decken Sie jemanden? Ganz schlechte Idee.«

Leefmanns Adamsapfel hüpfte auf und ab. Seine Augen zwinkerten unkontrolliert. »Ich gehe jetzt besser«, fauchte er. Er drehte sich auf den Hacken um. Er stieg in seinen Wagen und warf die Tür mit lautem Knall zu. Geräuschvoll rammte er den Rückwärtsgang ein. Der Wagen machte einen Satz nach hinten und ging aus. Leefmann probierte es erneut. Wieder krachte das Getriebe, jetzt spurte der Wagen, und Leefmann ließ die Reifen quietschen.

Femke runzelte die Stirn, blähte die Backen und ließ die Luft mit einem Geräusch entweichen, das klang, als ließe sie Luft aus einem Fahrradreifen.

»Aasiger Dummbüddel«, murmelte sie. *Widerwärtiger Blödmann.* »Willem ist im Vorstand einer Anti-Asyl-Initiative. Es gibt eine Facebook-Gruppe namens ›Wir in Werlesiel‹, in der sie ihre Hetzkampagnen starten, ganz schrecklich. Knut Mommsen ist die graue Eminenz im Hintergrund.«

»Der Mommsen, dem die Brauerei gehört?«

»Genau der.«

»Prost Mahlzeit.«

Femke knibbelte an ihrer Unterlippe und schien über etwas nachzudenken. »Hast du das mit den Stemmeisen nur gesagt, um Willem vorzuführen?«

»Eigentlich schon.« Er musterte sie. »Kennt er Sabine persönlich?«

»Keine Ahnung. Warum?«

»Du sagst, du würdest Sabine Hespe alles zutrauen, wenn sie im Wahn ist. Leefmann hingegen sagt, er würde es ihr niemals zutrauen. Für so zurückhaltend gegenüber verhaltensauffälligen Menschen hätte ich ihn nicht gehalten. Typen wie er sind doch die Ersten, die rufen: Brennen muss die Hexe!«

»Das hat mich allerdings auch gewundert.«

Tjark kaute auf dem Kaugummi und sah wieder den Möwen im Flug zu. »Wir sollten bei diesem Bauer Hespe vorbeifahren.«

»Wir können den Auricher Kollegen nicht ins Handwerk pfuschen.«

»Tun wir nicht. Du hast frei. Ich habe Urlaub. Alles ganz inoffiziell.« Er machte eine Kaugummiblase, um sie zerplatzen zu lassen.

»Nein«, sagte Femke. »Ich muss am Stall heute noch meine Sachen zusammenpacken. Justins Sachen. Und du hältst die Füße still.«

»Okay.« Tjark streckte die Arme über den Kopf. »Ich bleibe dennoch über Nacht. Ist ein Zimmer in der Pension frei?«
Femke musterte ihn einige Momente mit einem Blick, der alles oder nichts bedeuten konnte. Dann stand sie auf und sagte: »Ich frage Mama.«

6.

Willem Leefmann war auf hundertachtzig. Er drehte das Radio auf volle Lautstärke und raste durch den Ort. Metallica schepperten »Enter Sandman« aus den Billigboxen – »Exit: light – Enter: night«. Hinten im Wagen schepperte es ebenfalls. Werkzeuge und Bauteile flogen in der Kurve umher. Auf dem Bürgersteig vor dem Supermarkt wich eine Familie zurück und starrte auf den Wagen. Sie waren dunkelhäutig und trugen Kleidung, die aus einer Altkleidersammlung zu stammen schien. Überall in Werlesiel war für die Flüchtlinge gesammelt worden: Textilien, Spielzeuge, alles Mögliche. Bergeweise.

Das fehlte noch, dass Leefmann denen irgendetwas in den Hintern steckte. Er schlug mit der Faust auf die Hupe und sah im Seitenspiegel, wie die Familie noch mal zusammenzuckte.

»Verpisst euch!«, schrie Leefmann.

Wahrscheinlich waren die sowieso nur zum Supermarkt, um zu klauen oder zu betteln. Es war wirklich an der Zeit, dass irgendetwas geschah – sonst würde Mommsen wahrhaftig recht behalten. Mommsen hatte sinngemäß gesagt: »Nichts gegen Menschen, die vor dem Krieg fliehen. Meine Eltern sind vor den Russen geflohen. Aber seien wir ehrlich: Die meisten sind doch Wirtschaftsasylanten, die sich hier festsetzen, die Hand aufhalten und alles zusauen. Die Touristen werden sagen: Wenn ich nach Anatolien oder Beirut will, dann fahre ich dorthin. In Werlesiel will ich das nicht. Der Schaden, der bei uns angerichtet wird, ist enorm – und es ist erst der Anfang.«

Natürlich hatte Mommsen in erster Linie Befürchtungen wegen seines AquaParcs, der im nächsten Jahr eröffnen würde. Sollte er nur, der Blödmann. Bei den Ausschreibungen hatte Mommsen Leefmann geflissentlich übergangen, obwohl sie einander seit Jahren kannten, obwohl Leefmann seit je bei der Werlesieler Brauerei seine Arbeiten verrichtete und obwohl sie beide mehr oder weniger im Vorstand der »Initiative für Werlesiel« waren. Mommsen hatte gesagt, das sei nichts Persönliches, andere Anbieter seien eben preisgünstiger, und bei einem Objekt dieser Dimension sei Leefmanns Betrieb nach Mommsens Meinung außerdem überfordert. Der Arsch.

Leefmanns Sprinter krachte über die Bordsteinkante, als er einen Moment zu früh nach rechts auf die Tankstelle abbog, wo sich die Kfz-Werkstatt von Jan Gerdes befand. Als er direkt vor dem offenen Rolltor eine Vollbremsung hinlegte, krachten die Werkzeugkästen im Frachtraum geräuschvoll aneinander. Leefmann stieg aus und marschierte in die Werkhalle, wo Gerdes gerade einen nagelneuen Audi auf einer Hebebühne hochfuhr. Das Kennzeichen wies den Wagen als Dienstfahrzeug der Brauerei aus.

»Moin«, sagte Gerdes, der etwas älter war als Leefmann, Anfang fünfzig und recht groß, aber eher hager gebaut. Er trug ein technisch aussehendes Brillengestell. Seine mit Aknenarben gesprenkelte Haut war blass.

»Moin, Jan. Irgendwas ist mit meinem Getriebe, schon seit Tagen.«

»Hm.« Gerdes wischte sich die Hände an einem Lappen ab.

Er wandte sich zur Seite, damit er einen Blick auf den Sprinter werfen konnte.

»Wenn ik mi dat bekieken do …« Gerdes zuckte die Achseln und spielte ein paar Momente mit den Händen Schlagzeug auf dem Oberschenkel. »Wenn ich mir deinen Wagen so ansehe, wundert mich sowieso, dass der noch fährt«, meinte er und deutete auf die Hebebühne. »Habe zu tun. Morgen kann ich mir den Fall mal anschauen.«

Leefmann nickte. Starrte auf den Audi, sah einige Kartons mit neuen Werkzeugen des Herstellers »Hürth« auf einer Werkbank herumstehen – Gerdes war beim gleichen Werkzeugvertreter Kunde wie Leefmann selbst. Darunter war ein großer Rotor, an dem sich Gurte befanden. Gerdes bemerkte Leefmanns Blick und nickte in Richtung des Geräts, das einem überdimensionalen Ventilator glich.

»Von Carsten Harm«, erklärte er. »Er hatte Probleme mit dem Rotor, als er kürzlich mit dem Gleitschirm herumschwirrte, um Luftbilder für die Zeitung zu machen. Nun sind die behoben. Er holt ihn nachher wieder ab. Ich ...«, Gerdes lächelte, »... kenne mich ja etwas aus mit Propellern.« Gerdes war Vorsitzender im RC Wittmund, einem Modellbau-Flugclub.

»Okay«, sagte Leefmann. »Dann komme ich morgen wegen des Getriebes.«

Gerdes nickte und klopfte einen Wirbel auf den Schenkeln. »Üble Sache mit den Pferden«, meinte er. »Ich hoffe, sie packen den Dreckskerl und machen mit ihm das Gleiche. Tut mir leid, dass eures darunter war.«

Leefmann nickte. Er wischte sich über die Nase. »Bei Hespe war die Kripo deswegen.«

»Warum denn bei Hespe?«

»Wegen Sabine, denke ich. Ich glaube, die haben sie im Auge.«

»Hm«, machte Gerdes.

»Gefällt mir nicht. Und Femke Folkmer sitzt am Hafen mit diesem Schriftstellerbullen. Klookschieter, de Kattenschiet in Düstern rüken kann.« *Ein Klugscheißer, der Katzenscheiße im Dunkeln riecht.*

Gerdes legte den Kopf schief. »Alles okay mit dir, Willem?«
Leefmann atmete tief aus und winkte ab. »Nur der ganze Stress wegen des Pferdes. Glaubst ja nicht, was zu Hause los ist.«
Gerdes wirkte nicht hundertprozentig überzeugt, sagte aber: »Dor kannst nix an moken, verdammt 'n Schiet ok.« *Daran kann man nichts machen, so ein Scheiß auch.* »Aber du packst das.«
Leefmann nickte. Ja, dachte er im Weggehen, was blieb ihm anderes übrig?
Gerdes sagte: »Übrigens ist dein Paket da. Ist nur zu groß und zu schwer, um es dir unter den Arm zu klemmen.«
»Du meinst …«
»Genau das. Ja. Aber der Lieferwagen ist natürlich geräumig genug.«
Immerhin etwas Positives. Das war perfektes Timing, dachte Leefmann.

7.

Im Stall war es heiß und stickig. Überall surrten Fliegen. Es roch nach Pferd, Heu und schwach nach Ammoniak. Femke biss die Zähne zusammen und schluckte schwer, als sie das Schild von Justins Box nahm, auf dem sein Name und ihrer als Besitzerin standen. Sie wischte mit dem Daumen darüber. Neben ihr war Volker damit beschäftigt, das Putzzeug in einem Wäschekorb zu verstauen. In einem anderen befanden sich bereits Trensen, der alte Sattel, einiges an Zaumzeug und noch halbvolle Verpackungen mit Leckerlis.

»Ich hätte ihn in die Box bringen sollen«, sagte Femke leise. »Ich hätte ihn nicht über Nacht auf der Weide lassen dürfen.«

»Niemand konnte ahnen, dass etwas passieren würde«, sagte Volker. »Du solltest dir keine Vorwürfe machen.«

»Tue ich aber.«

»Ich kann dich verstehen. Dennoch darfst du dir nicht die Schuld eines anderen aufladen. Schuld ist der, der Justin getötet hat.«

Femke nickte und legte das Schild behutsam in den Korb. Es fühlte sich merkwürdig an, als Polizistin selbst Opfer eines Verbrechens zu werden. Es machte einen demütig, aber auch zornig, denn das Gefühl der Machtlosigkeit war deutlich größer. Als Polizist verfügte man im Gegensatz zu anderen Menschen über Mittel, Wege und Kenntnisse, dem Verbrechen adäquat zu begegnen. Man hatte außerdem das Recht, eine Waffe zu führen und sie auch einzusetzen. Aber das alles war zwecklos.

Sie streckte sich und fragte: »Können wir die Sachen bei dir unterstellen, Volker?«

»Klar. Übernachtest du heute bei mir?«
Femke nickte. »Tjark ist da«, fügte sie hinzu.
»Dein Kollege Tjark Wolf?« Volker fasste sich ins Kreuz.
»Sie haben ihn angerufen und erzählt, was geschehen ist.«
»Was will er hier?«
»Nach dem Rechten sehen. Er hat so eine Vorstellung von unserer Abteilung, nennt uns die *Fantastic Four*. Er sammelt Superhelden-Comics als Wertanlage. Aber ich glaube, er meint das nicht ironisch. Er sieht die Abteilung als ein aufeinander eingeschworenes Team.«
»Als Freunde und Familie?«
»Vielleicht.«
»Geht das nicht etwas weit?«
Femke zuckte mit den Achseln. »Wenn du gemeinsam lebensbedrohliche Situationen durchgestanden hast und weißt, dass dein Leben vom jeweils anderen abhängen kann, schweißt das zusammen.« Sie ließ aus, was es mit einem machte, wenn man eine kurze Affäre miteinander gehabt hatte und an deren Ende übereingekommen war, dass man nicht zueinander passte – zumindest nicht auf dieser Ebene. Im Unterschied zu Volker war Tjark wie ein außer Kontrolle geratener Satellit, der sich auf einer nicht vorherzusagenden Umlaufbahn um die Erde befand und jederzeit abstürzen konnte. Auf der anderen Seite war Volker wie Tjark ein Mann mit Prinzipien – ein Mann, ein Wort. Wiederum mit einem feinen Unterschied: Tjark legte seine Prinzipien sehr individuell aus. Bei Volker hingegen wusste man stets, woran man war.
»Mir wäre lieber«, sagte Volker, »wenn du dich gar nicht erst in Gefahr begeben würdest.«
»Ich suche es mir nicht aus, Volker. Dich kann ein Pferdetritt zwischen den Augen erwischen, wenn du nicht vorsichtig bist, und mich eine Kugel.«

»Da ist was dran. Gefällt mir dennoch nicht.«
Femke hob den Wäschekorb mit Justins Sachen an. »Ich bringe das zum Auto.«
»Klar.« Volker seufzte. »Ich werde dann mal die Box ausmisten.«
Auf dem Weg zu Volkers Range Rover blickte Femke zur Weide. Weit hinten am Zaun stand jemand am Rand des Maisfelds. Eine Frau. Femke stellte den Korb am Auto ab und ging in Richtung Weide. Sie schritt an den schwarzrot verfärbten Stellen im Gras vorbei und stoppte an der Stelle, wo sie gestern das Blut am Zaun entdeckt hatte. Dort lagen jede Menge Blumen auf dem Rasen. Die Sorte Blumen, von der die Frau auf der anderen Seite des Zauns eine in der Hand hielt. Sie musterte Femke aus großen Augen. Sie war hübsch, auf eine rauhe, kernige Art. Ihre Haare waren schwarz und asymmetrisch geschnitten. Sie trug ein dunkles T-Shirt mit einem verblassten Aufdruck und schwarze Jeans, die bis über die Waden aufgekrempelt waren. Die bloßen Füße waren dreckig. An beiden Schienbeinen waren verkrustete Wunden. Die Fingernägel an den auffallend kräftigen Händen waren abgekaut, die Unterarme von kräftigen Venen durchzogen. Dort gab es ebenfalls feine Striche – allerdings waren sie hell und leicht wulstig. Die Art von feinen Strichen, die Narben hinterlassen.
»Moin, Sabine«, sagte Femke.
»Moin, Femke«, antwortete Sabine Hespe leise und sah auf den Boden. Sie nahm einen Fuß hoch, setzte ihn auf die unterste Sprosse des Zauns und machte eine Art Dehnübung. Eine Geste der Unsicherheit?
Femke fragte: »Hast du hier Blumen niedergelegt?«
Sabine nickte.
»Warum?«

»Wegen der Pferde.« Sabine zog die Nase hoch.
Wie ein kleines Mädchen, dachte Femke, obwohl sie in etwa im selben Alter waren.
Femke fragte: »So, wie man Blumen an einer Unfallstelle niederlegt?«
Sabine nickte erneut. Sie blickte auf. »Es tut mir ganz doll leid, Femke.«
Falls es gelogen war, war Sabine verdammt gut darin.
»Und mir erst«, sagte Femke im Ausatmen. »Du bist hier öfter gewesen? Bei den Pferden?«
»Ja.« Sabine hielt sich am Zaun wie an einem Barren fest und machte wieder eine dieser angedeuteten Dehnübungen, wobei sich ihre Zehen um den unteren Balken des Zauns krümmten. »Ich gehe oft spazieren, und ich mag Pferde sehr gern. Sie sind freundlich. Mächtig, aber nie böse, weißt du? Ich mag ihren Geruch und hätte gerne selbst eines gehabt. Früher. Also: eigentlich immer noch.« Sabine grinste schräg.
»Dein Vater hat einen Bauernhof. Du wohnst in der Nachbarschaft eines Reitstalls. Wo ist das Problem?«
»Ich nehme manchmal Tabletten. Ist besser, wenn ich damit nicht reite oder Auto fahre oder so, wenn ich die nehme. Habt ihr schon irgendeine Ahnung, wer das gewesen sein könnte?«
»Noch nicht.« Femke ließ ihre Blicke über Sabines Gesicht huschen. »Aber am Ende kriegen wir ihn. Oder sie. Je nachdem.«
»Sie?«
»Es gibt auch weibliche Tierripper.«
»Echt?«
Femke nickte.
»Na ja.« Sabine fuhr sich durchs Haar. »Also, ich muss los, Papa mit der neuen Egge helfen.« Sie wandte sich zum Gehen.

»Ist dir hier in der Nähe irgendwas aufgefallen? Jemand, der hier ab und zu mal unterwegs war und sonst nie hier ist? Ein Auto oder jemand auf einem Fahrrad?«
Sabine zuckte mit den Achseln. »Nur die, die ich immer sehe. Die Kripo hat mich das auch schon alles gefragt. Ich weiß sowieso nicht, warum die bei uns waren.«
»Weil du vielleicht irgendetwas gesehen hast, das bei der Klärung helfen kann.«
»Ich rede nicht mit Bullen.«
»Warum nicht?«
»Ist eben so. Mein Vater hat mit denen geredet.«
»Ich bin auch ein Bulle.«
»Bei dir ist das was anderes. Dich kenne ich. Du warst immer nett zu mir. Auch, wenn ich ausgeflippt bin und so. Du warst nie so scheiße zu mir wie die anderen.« Sabine pustete sich eine Strähne aus dem Gesicht. »Papa hat denen alles gesagt. Fertig.«
»Was hat er denn über das Blut am Zaun und an den Maispflanzen in eurem Feld und über die Kratzer an deinen Beinen gesagt?«
»Dass ich keine Ahnung habe, woher das Blut kommt, und dass ich in der Scheune von einer Leiter gerutscht bin.«
»Wie ist denn das passiert mit der Leiter?«
»Wie so was eben so passiert, mein Gott«, zischte Sabine, die mit einem Mal aufgeregt wirkte. »Ich bin abgerutscht, meine Fresse, ist das so schwer zu kapieren? Was soll das dämliche Gefrage überhaupt? Bist du doch so bescheuert wie die anderen Bullen?«
Femke sagte gelassen: »Mein Pferd wurde abgeschlachtet. Ich wüsste gern, wie das passiert ist.«
»Woher soll ich das wissen? Ich bin doch nur die arme Irre!«
»Sabine, reiß dich zusammen und stell dich nicht an wie ein

kleines Kind. Kranksein ist kein Grund dafür, sich bescheuert zu verhalten.«

Sabine funkelte Femke an. Femke sah ungerührt zurück.

Sabine beruhigte sich ein wenig. Dann fragte sie: »Glauben die etwa, ich hätte was damit zu tun?«

»Ich weiß nicht, was die glauben.«

»Ich würde das nie im Leben tun.« Sabine blickte Femke durchdringend an.

»Wer dann?«

»Irgendeiner ist es immer«, erwiderte Sabine leise und starrte auf ihre Fingernägel.

»Hast du eine Idee, wer?«, fragte Femke.

Sabine zuckte wieder mit den Achseln und meinte genervt: »Wie oft soll ich das noch sagen: Weiß ich doch nicht, wer daran schuld ist!« Leise fügte sie hinzu: »Schuldig sind sie alle.«

»Wer sind *alle,* und warum sind sie *schuldig?*«

»Ich muss jetzt gehen«, sagte Sabine und wandte sich um, um im Maisfeld zu verschwinden. Genau dort, wo sich an den Blättern das trockene Blut befand.

»Und gesehen habe ich nichts, Femke Folkmer«, rief die inzwischen unsichtbare Sabine aus den Reihen. »Nur die gleichen Autos, die ich immer sehe: DHL, UPS, Hermes, Brauerei, Supermarkt-Lkws, den Obst-Lkw, den Gemüse-Lkw, den Blumen-Lkw, den Baumarkt-Lkw, die Scheißkarre vom Arschloch Harm, die Dreckskarre vom Arschloch Leefmann, die bescheuerten Mommsen-Brauerei-Dienstwagen, der von ›Hörth‹-Schrauben war neulich auch da am Stall und bei uns, der Tankwagen für den bekloppten Gerdes und die ganzen anderen Arschgeigenkarren von den blöden Vollidioten …«

Sabines Stimme wurde leise und verblasste in einem Singsang, der nicht mehr zu identifizieren war.

»Meine Güte«, murmelte Femke und band sich die Haare im Nacken zusammen.

Sie fragte sich, warum Sabine meinte, dass sie alle schuldig seien. Einen Grund gab es sicher. Menschen ritzten sich nicht einfach aus Spaß die Arme auf. Wie auch immer, dachte Femke und stapfte mit großen Schritten über die mit Blut getränkte Erde der Weide am Wilden Acker. Irgendetwas war komisch. Sie ging in Gedanken noch einmal durch, was Sabine ihr zugerufen hatte: Leefmann, Harm, Mommsen, Gerdes, »Hörth«-Schrauben …

8.

All ihr miesen kleinen Scheißer, dachte Fred, während er mit einer kalten Flasche Bier in der einen und dem Handy in der anderen Hand vor der Garage stand. Sein T-Shirt mit dem Aufdruck »NYPD« der New Yorker Polizei war verschwitzt. Sein Blick war auf einige welke Blätter gerichtet, die sich auf der Einfahrt im Abendwind bewegten und dabei kratzende Geräusche machten.
All das verfluchte Gesindel, dachte Fred. Trieb sich herum und schlachtete Pferde ab. Er könnte kotzen vor Wut. Kotzen über das, was er am Telefon so alles erfahren hatte. Er hatte eine Idee, was man mit solchen Typen anstellen sollte – und es war verflucht gut, dass er als Polizist seine Seele dem Strafgesetzbuch verschrieben hatte, das einen immer wieder erdete. Trotzdem. Wie hieß das in diesem Film »Taxi Driver«, in dem Robert de Niro mit Irokesenfrisur herumfährt? Ich wünschte, es käme ein großer Regen, der den ganzen Schmutz von der Straße spült.
Fred leerte die Bierflasche, drehte sich um und dachte: Ja, genau. Er spürte das von der Sonne noch warme Pflaster unter den nackten Füßen. Die Steine waren in diesem Sommer erst gesetzt worden. Vor Fred öffnete sich das Garagentor. Es hätten sicher drei Autos hineingepasst. Sie war ebenfalls nagelneu und einem Carport gewichen, den Fred auf Dauer für untauglich befunden und wieder abgerissen hatte. Die Garage grenzte an das außerordentlich große Einfamilienhaus, das er und Greta sich hatten errichten lassen. Man konnte sich schon gar nicht mehr vorstellen, wie das hier noch vor einiger Zeit ausgesehen hatte, als alles eine

Baustelle gewesen war. Okay, abgeschlossen war es noch nicht. Es gab überall etwas zu tun. So war das eben. Mit dieser Kathedrale in Barcelona waren sie schließlich auch immer noch nicht fertig, wozu sich aufregen.

Fred zog Arbeitshandschuhe an und wuchtete einen fabrikneuen Makita BHX2501 aus dem Regal, der auf Benzin-Basis funktionierte. Ein prächtiges Gerät. Schwer. Kraftvoll. Teuer. Nichts für Weicheier. Vor der Garage packte er den Makita mit rechts, zog mit links an einer Winde, um den Motor zu starten. Sofort schnurrte das Gerät. Fred richtete das armdicke Rohr auf die drei Blätter aus und dachte: Mit Regen kann ich nicht dienen, ihr Ratten, aber mit Sturm. Dann gab er Vollgas und pustete die Blätter mit dem Laubbläser zurück in die Hölle, aus der sie gekrochen waren.

Was für ein großartiges Gefühl.

Er machte eine Minute so weiter, bis der Mini Cooper Cabrio von Greta um die Kurve bog und auf die Einfahrt fuhr. Greta hatte Feierabend. In der Stadt führte sie eine große Parfümerie und konnte sich mit Fug und Recht als erfolgreiche Geschäftsfrau bezeichnen. Der Gewinn ihres Geschäfts, das musste Fred unumwunden zugeben, hatte den wesentlichen Teil des Anwesens finanziert. Greta war eine harte Frau. Vermutlich musste man das sein, um es jahrelang an der Seite eines Polizisten auszuhalten.

Jetzt stellte sie den Motor ab. Sie stieg wortlos aus und stemmte die Hände in die schlanke Taille, die von einem engen Sweatshirtkleid mit Blumenmuster verhüllt wurde. Sie senkte das Kinn fast bis aufs Schlüsselbein und betrachtete Fred schweigend, der den Makita wieder in den Leerlauf versetzte.

»Fred?«, fragte sie.

»Ja?«

»Was machst du da mit dem bescheuerten Laubsauger?«

»Das ist kein Laubsauger. Er funktioniert wie ein Föhn. Damit pustet man das Laub weg. Deswegen ist es ein Laubbläser. Viele Menschen sagen das falsch. Wie bei Schraubenziehern, mit denen man eigentlich Schrauben dreht.«

»Es ist Hochsommer.«

»Ja.«

»Es gibt kein Laub.«

»Jetzt nicht mehr.«

Greta kam näher. Fred roch den Duft von tausend Parfüms und ein wenig Schweiß. »Alles okay mit dir?«

Er erklärte ihr in wenigen Worten, was passiert war.

Greta keuchte. »Die arme Femke. Ihr steht ihr doch bei und helft ihr?«

»Pferdemord ist nicht unsere Baustelle.«

»Das meinst du nicht ernst?«

»Doch. Das ist Sache der Kripo.«

»Ja, und?«

»Nichts und.«

Gretas Blick wandelte sich zu einer Mischung aus Eis und Stahl. »Ihr helft ihr nicht? Was seid ihr denn für ein mieses Kollegenpack?«

Fred lächelte. Er liebte diesen Blick. Und genau das hatte er hören wollen. »Natürlich kümmern wir uns. Tjark ist bereits vor Ort. Und ich habe ein wenig herumtelefoniert. Ceylan sagt, das geht schon okay. Wir packen uns diesen Pferdekiller und servieren ihn Femke zum Frühstück.«

»Na also«, sagte Greta und schlappte in Richtung Haus. »Und stell den albernen Laubsauger ab, sonst rufen die Nachbarn noch die Polizei.«

Fred nahm den Makita hoch, richtete das Rohr auf den Rock seiner Frau aus und gab Vollgas. Der Stoff wirbelte hoch wie der

von Marylin Monroe auf dem berühmten Foto über dem U-Bahn-Abluftschacht. Greta kreischte und machte einen Satz nach vorne.
»Fred Berger«, schimpfte sie. »Du bist ein albernes, großes Macho-Kind!«
Gab Schlimmeres, dachte Fred und stellte das Gerät aus. Er nahm das Handy, um Tjark anzurufen.

9.

Tjark hatte es sich in einem Strandkorb bequem gemacht. Er sah der Sonne beim Untergehen und der Flut dabei zu, wie sie das Wattenmeer in Beschlag nahm. Zu seinen Füßen steckten acht Zigarettenkippen in einer Reihe im Sand. Außerdem drei leere Bierflaschen. Eine volle hielt er in der Linken und in der Rechten sein Smartphone. Auf seinem Schoß lag eine Serviette, auf der sich ein halbes Lachsbrötchen mit Zwiebeln und Meerrettichaufstrich befand.

Das Licht war jetzt rötlich und warf lange Schatten auf den künstlich aufgeschütteten Strand in der Nähe des Werlesieler Sportboothafens. Von Osten her wehte ein konstanter, aber schwacher Wind. Einige in Pastelltöne aus Orange und Hellgrau getauchte Wolkenfetzen trieben über den dunkelblauen Himmel, der am Horizont bereits die Farbe von Malven hatte. Davor zeichneten sich die dunklen Silhouetten der Inseln ab. Gelegentlich blitzten von dort Lichter der Leuchttürme auf. Das Watt selbst war schwarz, und das Meer hatte die Farbe von dunkelgrünem Granit angenommen. Wellen plätscherten. Der Schlick gurgelte, und Tjark fand, dass man über Knut Mommsen sagen konnte, was man wollte, aber das Bier aus seiner Brauerei war wirklich nicht schlecht. Weswegen Tjark noch einen tiefen Schluck nahm, vom Lachsbrötchen abbiss und mit einem weiteren Schluck Werlesieler nachspülte, bevor er sich wieder seinem Handy widmete und sich auf Facebook umschaute. Man musste den Eindruck haben, der Ort befinde sich in einem Ausnahmezustand, wenn man sich die Gruppe »Wir in Werlesiel« ansah, von der Femke Tjark erzählt hatte. Oder dass die Bewohner von außerirdischen Viren infiziert worden waren, die einen großen Teil in Zombies verwandelt hatten.

Nein, überlegte Tjark, eigentlich war es noch viel schlimmer als das. Denn wenn man durch die Beiträge scrollte, starrte einen die verfluchte Fratze des Fremdenhasses unverhohlen an. Der braune Bodensatz schien in der Gesellschaft überall verhaftet zu sein und brodelte blubbernd und unbemerkt vor sich hin, bis ihn irgendetwas wieder zum Hochkochen brachte.

Was im Fall von Werlesiel die Flüchtlingswelle war. Soweit Tjark kapiert hatte, platzten die Kapazitäten in Aurich, Wittmund und überall aus den Nähten. Es waren knapp vierhundert Flüchtlinge in der alten Kurklinik in Werlesiel untergebracht worden und in ehemaligen Kasernengebäuden. Weil weitere Zuweisungen bevorstanden, erwog der Landkreis nun, nach dem Ende der Feriensaison, auch private Unterkünfte in Ferienhäusern und Pensionen zu requirieren, in jedem Fall aber weitere öffentliche Gebäude zu belegen – auch auf den Inseln. Dazu gehörte die Festscheune in Werlesiel, ebenso die Turnhalle der Grundschule. Wenn die Festscheune belegt werden würde, hieße das, dass das beliebte Werlesieler Scheunenfest nicht stattfinden konnte – was offensichtlich eine Art gesellschaftlichen Super-GAU bedeutete.

Die Leute drehten darüber vollkommen durch. Komplett. Sie nahmen an, sich in der scheinbaren Anonymität der sozialen Netzwerke verstecken zu können oder dort kein Blatt vor den Mund nehmen zu müssen, weil alle anderen das auch nicht taten. Sie gaben Dinge von sich, wofür sie unter anderen Umständen entweder ein paar auf die Nase oder aber eine Anzeige bekommen würden. Tatsächlich, dachte Tjark, sollte irgendeine Behörde endlich einmal eine Taskforce zusammenstellen und

Facebook durchforsten, um sich die dort Kommentierenden vorzuknöpfen. Ein Füllhorn voller Zigtausender Bußgelder würde sich über das Land ergießen, keine Frage.

Daneben gab es vermeintliche Ordnungsrufer, zu denen immer wieder auch der Brauereimufti Knut Mommsen gehörte. Das Gift, das er zwischen den Zeilen versprühte, war nach Tjarks Meinung allerdings geschickter verabreicht und auf Dauer wirkungsvoller und haltbarer. Kommentare wie: »Niemand hat etwas gegen Kriegsflüchtlinge – aber man muss nicht jeden reinlassen und noch toleranter als die Toleranten werden und die Festscheune belegen. Denn wenn das passiert und das traditionsreiche Fest ausfallen muss – dann sind unsere Politiker wirklich selbst schuld an allen Folgen.«

Es gab auch einige aufrechte Kommentatoren. Einer, der sich schier durch gar nichts beeindrucken ließ, war ein Bogdan Horvath. Er tat das einzig Richtige und ging nirgends auf nichts ein. Er beklagte ebenfalls, dass Flüchtlinge in der Scheune untergebracht werden sollten – dafür könne man sich in jedem Fall weniger sensible Orte vorstellen. Andererseits könne der Landkreis sich nicht gegen Land und Bund sperren, was man nun auch verstehen müsse. Wofür Horvath verbale Prügel ohne Ende bezog. Unvorstellbare Entgleisungen, zumal Horvaths Name schon sagte, dass er oder seine Eltern oder Ahnen vermutlich einen Migrationshintergrund hatten. Die Furien spien Horvath Dinge entgegen, für die jeder, der Tjark so etwas persönlich ins Gesicht sagen würde, sich sofort einen gebrochenen Kiefer eingehandelt hätte. Horvath verdiente jedenfalls Tjarks Respekt. Der Mann war laut seinem Profil Ende dreißig und wohl Single – beziehungsweise hatte keinen Beziehungsstatus angegeben. Die Züge auf seinem Profilbild waren südosteuropäisch. Er war ein Vertreter für Werkzeug und Handwerksmaterial der

Firma »Hörth«, arbeitete in Aurich wohl ehrenamtlich in einem Welcome-Café für Flüchtlinge und betreute auch viele Kinder. Ansonsten gab das Profil nicht viel her.

Das Telefon klingelte. Das Display zeigte die Nummer von Fred. Fred und Tjark waren viele Jahre lang Partner gewesen. Sie kannten einander gut und hatten beide ihre Kindheit und Jugend auf der Straße verbracht. Eine Zeitlang waren sie dann keine Partner mehr, bis eine glückliche Fügung sie schließlich wieder zusammengeführt hatte. Sehr zu Gretas Leidwesen. Wenn es nach ihr ginge, würde Fred nach wie vor einen Schreibtischjob machen und »Tjark – wer?« fragen, wenn die Sprache auf seinen früheren Partner kam.

Tjark trank noch einen Schluck Bier und nahm das Gespräch an.

»Wie stehen die Dinge in Lummerland?«, fragte Fred.

»Lummerland ist abgebrannt.«

»Verflucht aber auch.«

»Solche Dinge passieren immer wieder.«

»Du bist überhaupt nicht in Lummerland, sondern in Bullerbü, oder?«

»Nein.«

»Auch nicht in Schweden, richtig?«

»Du meinst Dänemark.«

»Ich bringe das dauernd durcheinander.«

»Du weißt doch ganz genau, wo ich wirklich bin.«

Fred fragte: »Wie geht's Femke?«

»Mittelprächtig. Sie trägt es mit Fassung.«

»Sie hat es nicht leicht.«

»Absolut nicht.«

»Haben sie schon eine Ahnung, was dahintersteckt?«

»Ich glaube, noch nicht.«

»Wohnt sie bei ihrem Freund? Dem Tierarzt?«

»Tut sie.«

»Gute Sache. Weißt du, was Ausbeulhebel sind?«

»Hebel zum Ausbeulen von Autos?«

»Hundert Punkte«, sagte Fred. »Ich habe mit Fee telefoniert. Fee hat die toten Pferde genauer untersucht. Sie sagt, es wurden Werkzeuge zum Töten benutzt.«

»Was Femkes Freund Volker bereits erkannt hat. Er hat von Stemmeisen gesprochen.«

»Dr. Dolittle hat ein scharfes Auge, aber kein so scharfes wie das Burgfräulein.«

So nannten sie Fee im Spaß: Burgfräulein. Was natürlich auf ihren Nachnamen van der Burg anspielte. Andererseits hegte Fee eine private Vorliebe für die dunklen Dinge des Lebens. Dracula und Hexen und solche Sachen. Gothic-Kram. Tatsächlich war Dr. Fee van der Burg die stellvertretende Leiterin der Rechtsmedizin in Oldenburg.

Fred fuhr fort: »Fee sagt, es sei ein sehr langes, spitzes Werkzeug gewesen. Eher wie ein Speer. Außerdem hat die Spitze innen alles Mögliche aufgerissen. Sie meint, die Spitze müsse vorn gekrümmt sein. Also habe ich gefragt: War das ein Ausbeulhebel?«

»Was hat sie gesagt?«

»Sie hat gefragt, was zum Teufel das ist.«

»Und was zum Teufel ist das?«

»Man benutzt es zum Ausbeulen von Fahrzeugen nach Unfällen oder nach Hagelschäden. Stell dir einen etwa einen Meter langen, starren Rundstab von drei Millimetern Durchmesser aus Edelstahl vor, der extrem stabil ist, nicht federt und viel Hebelwirkung wegsteckt. Er läuft vorn wie ein Nagel zu und ist außerdem an der Spitze flach abgewinkelt. Am anderen Ende befindet sich ein T-Stück wie an einem Spaten. Du kannst ihn daran fest packen und mit voller Kraft tief ins Fleisch rammen. Der spitze Haken vorn reißt innen alles auf, was nur aufzureißen ist.«

»Du glaubst, dass ein solches Werkzeug verwendet wurde?«

»Wer weiß.«

»Hast du das den Kollegen in Aurich gesagt?«

»Klar. Ist eh deren Sache.«

»Vollkommen deiner Meinung«, sagte Tjark.

»Bleibst du noch länger in diesem Drecksnest?«

Fred kannte Werlesiel so gut wie Tjark. Beide waren hier gewesen, als sie nach der verschwundenen Vikki Rickmers gesucht und stattdessen den Friedhof eines Serientäters in den Dünen entdeckt hatten.

»Nein«, sagte Tjark. »Morgen früh haue ich wieder ab. Hier passiert nichts weiter.«

10.

Und so schaue ich wie durch ein Brennglas von oben auf die kleine Stadt an der Küste, die sich in einen aufgeregten Ameisenhaufen verwandelt hat. Ihr habt keine Ahnung, worum es geht, oder? So arrogant und verblendet seid ihr. So voller Hass und Zorn und Dummheit. So voller Angst und Verwirrung starrt ihr auf die vom Blut eurer Tiere durchtränkte Weide am Wilden Acker, dass es fast schon amüsant ist, euch dabei zuzusehen.

Es ist verfluchter Boden, wisst ihr das denn nicht?

Einer von euch zog damals aus, um für die friesische Freiheit zu kämpfen, wie die Legende es will. Im Jahr 1472 war es, in einer blutigen Schlacht im Brookmerland, als er vor lauter Furcht seinen Gott anflehte, er wolle ins Heilige Land pilgern, wenn er nur am Leben blieb. Gott ließ ihn am Leben. Doch dann hörte euer Vorfahre, dass im Heiligen Land die Türken jeden Christen sofort töten würden. Außerdem fand er den Weg zu umständlich und vergaß seinen Schwur, sattelte sein Pferd, um nach Hause zu reiten, und ließ den Ort der Schlacht auf den Wilden Äckern zwischen Aurich, Emden und Norden hinter sich. Doch bei euch in Werlesiel war er nicht mehr willkommen. Er wurde bespuckt, beschimpft, mit faulem Obst und gammeligem Fisch beworfen und aus dem Ort gejagt, weil er Schande über Werlesiel brachte. Also wendete er sein Pferd und verschwand. Niemand weiß, wohin.

In Erinnerung daran nennt sich der schmale Weg, den er genommen haben soll, Wilder Acker. Und es heißt, dass manchmal in

der Dunkelheit oder im Nebel leise Geräusche zu vernehmen sind, weil der Geisterreiter zurück nach Werlesiel kehren will, aber nicht kann. Er ist verflucht, für immer heimatlos zu sein.
Ihr versteht die Symbolik nicht, weil ihr dumm wie Vieh seid. Ihr habt nichts gelernt, ihr denkt nur an euch selbst und euer Ansehen. Ihr wisst nicht, wie es ist, heimatlos zu sein und umherirren zu müssen. Doch ich werde meinen Schwur nicht vergessen. Ich werde euch bezahlen lassen, jeden von euch, der Schuld auf sich geladen hat – und das seid am Ende ihr alle.
Morgen früh schon werdet ihr eine neue Dimension des Schreckens kennenlernen. Es wird euch ins Mark treffen, und wo ihr gelernt habt, stets wegzuschauen, werdet ihr dieses Mal alle genau hinsehen. Ich zwinge euch dazu.
Ihr werdet nichts verpassen, glaubt mir.
Keiner von euch.
Nicht einer.
Schaut nur in den Himmel.

11.

Heute war ein guter Tag zum Fliegen. Es war sonnig und kaum Wind vorhergesagt. Die Nordsee war flach wie eine Pfütze und nur einzelne dicke Wolken auf den tiefblauen Himmel getupft. Die Luft war klar, die Sicht kilometerweit. Erst gegen Mittag sollte der Wind etwas auffrischen. Weswegen Carsten Harm nicht lange zögerte. Denn außer Gastwirt und Chef des »Dünenhofs« mit angeschlossenem Saal und Kegelbahn war er Hobbypilot. Besser noch: Hobby-Luftbildfotograf, und heute würde er zum Sterben schöne Aufnahmen machen können.

Harm verstaute seinen Gleitschirm mitsamt Rucksackmotor im Kofferraum. Er hatte den Zweitakter gestern noch aus Gerdes' Werkstatt abgeholt. Nun konnte er es kaum erwarten, sich das dreizehn PS starke Gerät umzuschnallen und sich mitsamt Gleitschirm in die Luft zu erheben.

Zeit hatte er ausreichend, weil der »Dünenhof« heute geschlossen war und keine Frau auf ihn wartete. Zudem verhielt es sich so: Luft machte süchtig. Gleitschirmfliegen war wie mit Metamphetaminen und Ecstasy vermischtes Kokain. Jedenfalls stellte Harm sich vor, dass die Drogen so ähnlich wirken mussten. Er war über Doppelkorn nie nennenswert hinausgekommen.

Also fuhr Harm früh los, um das gute Flugwetter auszunutzen. Er fuhr über Dornum und Westerholt und am Freizeitsee »Ewiges Meer« vorbei nach Aurich und nahm in Aurich die Egelser Straße nach Brockzetel, wo der gleichnamige Flugplatz lag. Auf dem einzigen Segelflugplatz der Gegend gab es eine Graspiste sowie einen kleinen Hangar. Harm startete immer von dort, denn irgendwo musste er als Paraglider im Flachland und ohne Thermik ja in die Luft kommen, wobei der Propeller auf dem Rücken half und im Notfall Seilwinden, mit denen man sich anschleppen lassen konnte. Okay, Harm hätte im Prinzip von jeder größeren Weide aus starten können, aber er war ein Mann, der weder Ärger mochte noch solchen suchte oder gebrauchen konnte. Also hielt er sich an Regeln.

Der Flugplatz in Brockzetel war im Zweiten Weltkrieg angelegt worden. Später hatte ihn die Royal Air Force genutzt, danach zog die Bundeswehr ein und verabschiedete sich 2010 von Brockzetel und drei Jahre später ganz aus Aurich, wo die vierte Luftwaffendivison vierundvierzig Jahre lang in den Blücherkasernen untergebracht gewesen war. Bei Wittmund unterhielt sie nach wie vor einen Flugplatz mit den Kampfjets der Taktischen Luftwaffengruppe Richthofen.

Carsten Harm parkte, nahm seine Utensilien aus dem Kofferraum und marschierte los. Die Luft roch kühl, frisch und nach gemähtem Rasen. Er legte seinen Gleitschirm an und schnallte sich den Rucksackmotor um, an dem sich ein etwas über einen Meter durchmessender Propeller in einem zweiwandigen Käfig befand. Er sah aus wie ein überdimensionierter Ventilator und war ultraleicht gebaut sowie kräftig genug, um den Gleitschirm mit bis zu siebzig Stundenkilometern voranzubringen und mit sechs Litern Sprit aus einem seitlich angebrachten Kunststofftank durchaus zwei Stunden in der Luft zu halten.

Zunächst musste man aber in die Luft kommen. Weswegen Harm den Gleitschirm anlegte und hinter sich entfaltete. Er warf zwei Segelfliegerinnen einen prüfenden Blick zu und dachte für einen Moment, dass die beiden Luder sich auch gut nackt in seinem Bett machen würden.

Harm konnte nichts dafür. Er war nun einmal so. Ein Schürzenjäger. Harm hatte mehr Testosteron im Blut und damit einen stärkeren Trieb und eine ausgeprägtere Libido als andere. Gut, objektiv betrachtet klaffte eine gewisse Schere zwischen Anspruch und Wirklichkeit: Harm war ein langer, dünner Mann mit strohblondem Backenbart und hellen Wimpern. Kein Adonis. Nichtsdestotrotz hatte er, solange er denken konnte, für jede einigermaßen attraktive Frau wenigstens ein Augenzwinkern übrig gehabt – und, wenn er blau war, auch für die hässlichen. Sein Vater hatte ihm geraten: »Nimm, was du kriegen kannst, sonst bereust du später alle verpassten Chancen.« Ein verflucht guter Rat.

Nun standen da jedenfalls diese zwei Pilotinnen und wollten einfach nicht wegschauen. Was schrecklich war, denn es sah ziemlich bescheuert aus, wenn man mit einem motorbetriebenen Gleitschirm starten wollte. Man sah aus wie ein ungelenker Albatros beim Abheben – und beim Landen auch.

»Nicht lang schnacken, Kopf in' Nacken«, sagte sich Harm.

Er schaltete den am Gurtzeug befestigten GPS-Tracker ein, warf den Motor an und hörte von einem Moment auf den nächsten nur noch das Röhren des Zweitakters im Rücken, der wie ein Rasenmäher klang. Er fasste die Leinen seines Gleitschirms, hielt die Arme hoch und rannte los. So gut man mit einigem Gewicht auf dem Rücken auf einer holprigen Wiese eben so rennen konnte. Er spürte, wie der Wind in den Schirm griff, ihn spannte und in die Luft hob. Noch war der Auftrieb nicht stark genug. Aber schon so kräftig, dass Harm den Zug nach oben wahrnahm. Er lief wie auf Eiern weiter und spürte den Schub vom Propeller im Rücken, den stärker werdenden Auftrieb – und schließlich nahm er die Beine hoch und hängte sich mit dem ganzen Gewicht in die Gurte. Er packte rasch nach dem Gasgriff und gab Power. Der Motor röhrte auf und schob Harm

Meter für Meter in den Himmel. Er schnappte sich die Lenkleinen des Schirms, steuerte nach rechts und blickte nach unten, wo der Flugplatz und die Pilotinnen immer kleiner wurden.
Bye-bye, ihr Schlampen, dachte Harm.
Eben war er noch der tölpelige Albatros, jetzt bereits der kühne Adler, unter dem sich die von Kanälen, Feldern und Sielen durchzogene Landschaft Ostfrieslands wie ein Bilderbuch entfaltete. Mit einer grünblauen Fläche am nördlichen Rand: der Nordsee, auf deren Küste Harm nun Kurs nahm, um mit der schweren Profikamera um seinen Hals neue Fotos von Werlesiel zu machen. Vor allem vom Baumarkt – der Betreiber hatte Harm danach gefragt. Weit war es bis dorthin nicht – Luftlinie vielleicht zwölf Kilometer.
Wenige Minuten später bot sich Carsten Harm ein großartiger Ausblick. Unter ihm lag die Küste. Das Watt glitzerte in der Sonne. Boote waren wie weiße Stecknadelköpfe auf dem Wasser zu sehen. Eine Fähre fräste sich zu den Inseln, von denen alle konturscharf zu erkennen waren: Langeoog, Wangerooge, Amrum, Spiekeroog … Die Strände waren gleißend weiß, die Wiesen, Weiden und Dünen sattgrün. Langsam zogen unter ihm die Ausläufer von Werlesiel vorbei. Die Landesstraße am Deich und am dicht bewachsenen Küstenstreifen war ein graues Band. Das Maisfeldlabyrinth sah aus wie ein von durchgedrehten Aliens angelegter Kornfeldkreis.
Harm erkannte auch seinen »Dünenhof«, den die bescheuerte Nguyen mit wehenden Fahnen verlassen hatte. Fast zehn Jahre waren sie verheiratet gewesen. Er hatte sie sich aus Thailand bestellt – sozusagen per Katalog. Ihm gefiel die Vorstellung von der leicht devoten Art, die man asiatischen Frauen zusprach. Er stand total drauf, die Zügel in der Hand zu halten, und hatte angenommen, Nguyen wäre ihm für immer dankbar und treu

ergeben, weil er sie aus dem Scheißthailand herausgeholt hatte, in das er sie sofort wieder zurückschicken würde, falls sie nicht nach seiner Pfeife tanzte. Macht war super, fand Carsten Harm. Blöd nur, dass er sich von Klischeebildern hatte leiten lassen. Bitter hatte er sich getäuscht: Er konnte Nguyen nicht einfach wieder wegschicken. Das war wirtschaftlich, technisch und bürokratisch einfach nicht drin gewesen. Relativ schnell hatte Nguyen nämlich das Ruder in die Hand genommen und den »Dünenhof« mit thailändischer Speisekarte so auf Kurs gebracht, dass der Laden wieder Geld einbrachte. Was okay für Harm war. Dennoch … Außerdem hatte sie wie verrückt gezickt, wenn Harm mit weiblichen Gästen flirtete oder Frauen im Ort anmachte. Sie war förmlich ausgerastet, als das damals mit Vikki Rickmers hochkochte, die im dichten Nebel verschwunden war und sich ihr Geld als Gelegenheitsnutte verdient hatte, wovon Harm Gebrauch gemacht hatte.

Jetzt zog der Hafen vorbei. Harm versetzte die Kamera in Be reitschaft und warf einen Blick auf seine Instrumente. Seine Flughöhe betrug etwas über zweihundert Meter. Er schoss einige Aufnahmen vom Hafen und von der Innenstadt. Er machte außerdem Bilder von der ehemaligen Kurklinik, die sich längst in Klein-Istanbul verwandelt hatte – was, wie Harm wusste, nicht ganz richtig war: Dort lebten keine Türken, sondern das ganze andere Gesocks, deren Städtenamen sich kein Mensch merken konnte. Er erreichte die Gewerbezone. Die Werlesieler Brauerei war deutlich zu erkennen, davor das große Baumarktareal, zu dem ein großes Gartencenter mit weitläufigen Außenflächen und einem ebenso weitläufigen Innenbereich gehörte. Das Dach war komplett verglast, und so glich das Center von hier oben einem gigantischen Gewächshaus. Harm blickte konzentriert aufs Display der Kamera und schoss weitere Bilder. In seinem Rücken röhrte und vibrierte der Rotor. Beides sorgte dafür, dass

Harm nicht mitbekam, was da mit einer Geschwindigkeit von fast hundert Stundenkilometern auf ihn zuraste und immer mehr beschleunigte, je näher es kam.
Die Wucht des Aufschlags war enorm. Etwas Schweres mit großer Spannweite krachte mit Gewalt und hoher Geschwindigkeit mitten in die Leinen auf der linken Seite von Harms Gleitschirm und verfing sich darin. Es gab ein Kreischen. Ein heftiger Schlag traf Harm seitlich am Kopf, der wegknickte, und es fräste ihm das halbe Gesicht weg. Der Gleitschirm bekam Schlagseite. Fiel halb in sich zusammen. Einen Wimpernschlag später gab es ein Geräusch in Harms Heckrotor, als würde man mit einem Rasenmäher über einen Haufen trockener Äste fahren.
Harm wusste nicht, wie ihm geschah. Einige Sekunden lang war er von dem harten Schlag gegen den Kopf bewusstlos und vom Schmerz betäubt. Blut floss in Strömen über seinen Overall und die von seinem Hals hinabbaumelnde Kamera. Schließlich wurden ihm drei Dinge gleichzeitig klar: Der Motor war aus. Einige Leinen seines Gleitschirms waren durchtrennt. Und er fiel. Nein, viel mehr als das. Er stürzte ab.
Harm ruckte mit dem Kopf nach oben und konnte nur noch mit dem rechten Auge sehen. Seine linke Gesichtshälfte fühlte sich an, als sei sie mit kochender Salzsäure übergossen worden. Was Harm über sich erkannte, war ein in sich zusammengefallener Schirm. Als wäre eine gigantische Hand in seine Mitte gefahren. Harm schrie, während er versuchte, nach den Leinen zu greifen, um den Schirm wieder aufzuspannen. Die wenigen, die er zu greifen bekam, waren verknotet und hatten sich zum Teil im Käfig seines Rucksackmotors verfangen. Es war unmöglich, sie zu entwirren.
Harm fuchtelte in Panik herum – und hatte gleichzeitig das Gefühl, als würde er sich in einem Fahrstuhl befinden, der immer schneller nach unten sauste. Die Schwerkraft sorgte dafür, dass

das Blut und alle weiteren Körperflüssigkeiten von den Beinen und vom Unterleib her nach oben gepresst wurden. Ihm wurde schwindelig. Seine Beine zappelten wie wild. Rasend näherte sich die Erde. Der Parkplatz. Der Baumarkt. Das Gartencenter. Harm wollte schreien, aber die Luft wurde ihm aus den Lungen gedrückt. Er stürzte ab wie eine Marionette, der die Fäden durchgeschnitten worden waren.

Das Gartencenter am Baumarkt war an diesem Morgen weder besonders voll noch besonders leer. Es verfügte über eine Grundfläche von fast viertausend Quadratmetern. Die Hälfte davon war mit Glas überdacht. Eine riesige Fläche. Einige der Glaselemente ließen sich mit kleinen Motoren öffnen, um für Durchzug zu sorgen. Der Rest waren normale Scheiben, dafür recht große und starke, was statische Gründe hatte, denn sie mussten nicht nur Regen und Wind aushalten, sondern auch Schneelasten. Wenn jedoch eine Masse von neunzig Kilogramm innerhalb von Sekunden auf etwa einhundertfünfzig Stundenkilometer beschleunigt wurde und auf Glas traf, ging das nicht gut aus.

Carsten Harm stürzte wie ein Meteor aus dem Himmel – kaum gebremst durch den wild über ihm flatternden Gleitschirm. Wie ein Komet mit einem bunten Schweif. Er schlug auf dem Glasdach des Gartencenters auf und durchbrach die kräftigen Scheiben. Harms Beine, Hüften und die Wirbelsäule zerknickten innerhalb einer Hundertstelsekunde wie Strohhalme.

Die Scheiben befanden sich etwa fünf Meter oberhalb der Kassenzone, die gut gefüllt war. Große Scherben regneten auf die Menschen herab. Und mit diesen Fallbeilen aus Glas verhielt es sich im umgekehrten Verhältnis wie mit der Scheibe, die Harms Körper eben zertrümmert hatte: Wenn mehrere Kilogramm schwere, scharfe Glassplitter auf weiches Fleisch trafen, ging das ebenfalls nicht gut aus …

12.

Tjark verließ Werlesiel nach einem schnellen Frühstück. Er fuhr an der Tankstelle vorbei, als ihm der parkende Lieferwagen von Willem Leefmann vor der angeschlossenen Werkstatt auffiel. Kurz darauf passierte er das Areal der Werlesieler Brauerei; die turmhoch aufeinandergestapelten Getränkekisten hinter dem Zaun erinnerten an eine bunte Wand aus Legoklötzen. Er nahm den Weg nach Esens, der ihn an Bensersiel vorbeiführte. Zu Hause in Oldenburg erwartete ihn ein leeres Loft. Seine Frau hatte es damals ausgesucht. Die Anlageberaterin war mittlerweile mit einem Mann verheiratet, der sehr viel besser zu ihr passte. Außer dem Loft und seiner geschmackvollen Ausstattung gehörte es zu ihrem Erbe, dass Tjark sich für Börsengeschäfte interessierte und sein Geld außer in kostbaren Comics in diversen Fonds anlegte, wo es sich nicht selten wie von Zauberhand vermehrte.

Manchmal aber auch nicht. Weswegen er beschloss, einen Teil seines restlichen Urlaubs damit zu verbringen, Ordnung ins System zu bringen – und online ein paar neue Hefte zu ersteigern. Sein Spezialgebiet waren die Marvel-Superhelden-Hefte aus den fünfziger und sechziger Jahren. Und solange ein Superhelden-Abenteuer nach dem nächsten zu Leinwand-Blockbustern avancierte, musste man sich keine Gedanken um Wertverlust machen. Im Gegenteil.

Als Junge hatte er nie genug Geld gehabt, um sich solche Heftchen zu leisten. Jetzt konnte er das. Zudem ging es darin um den niemals endenden Kampf des Guten gegen das Böse. Immer

wieder aufs Neue. Wie beim alten Sisyphus, der einen riesigen Stein einen Berg hinaufschleppen musste, der von der Spitze stets wieder herabrollte.
Ein Polizeiwagen raste mit voller Festbeleuchtung an Tjark vorbei. Vielleicht ein Unfall. Tjark setzte den Blinker und bog auf die Bensersieler Straße in Richtung Esens ab. Er freute sich, dass es Femke trotz allem einigermaßen gutging und dieser Volker der richtige Mann für sie zu sein schien. Sie hatte schon harte Schläge einstecken müssen. Wirklich miese Schläge. Und Tjark selbst hatte sich zu einer Enttäuschung für sie entwickelt. Na ja, dachte er, solche Dinge passieren eben. Trial and error. Man weiß nie, ob einem Thunfisch schmeckt, wenn man ihn nicht wenigstens probiert.
Ein weiteres Einsatzfahrzeug kam Tjark mit Blaulicht und Martinshorn entgegen und sauste an ihm vorbei. Dahinter ein Rettungswagen und ein Notarztfahrzeug. Offenbar ein schwerer Verkehrsunfall.
Er passierte eine Weide mit Pferden und fragte sich, was jemanden bewog, solche Tiere abzuschlachten. Er machte sich nichts aus Pferden, es waren friedliche Tiere. Natürlich mächtig und stark, allerdings auch domestiziert und seit zigtausend Jahren von Menschen unterworfen. Wenn man einen Löwen tötete, war das ein anderer Ausdruck der Dominanz. Zwar ein ziemlich bescheuerter, aber immerhin war ein Löwe ein weitaus ernster zu nehmender Gegner als ein armes Pferd. Zudem gab es einen weiteren Unterschied: Tiere töteten in der Regel, weil sie mussten. Menschen töteten, weil sie es wollten. Kein Löwe würde in ein Dorf trotten und drei Menschen killen, weil er gerade schlecht drauf war. Tierripper taten jedoch genau das. Erstaunlicherweise gab es ausgerechnet in Norddeutschland sehr viele solcher Fälle. Es schien beinahe eine regionale Spezialität zu sein.

Zwei weitere Polizeiwagen jagten an Tjark vorbei. Gefolgt von zwei Rettungsfahrzeugen und noch einem Notarzt. Als sie im Rückspiegel verschwunden waren, folgten zwei Polizeiwagen und noch drei Rettungsfahrzeuge.

Tjark steckte sich eine Zigarette an. Mehrere Polizei- und Rettungswagen, Notärzte … Der Unfall müsste sich hinter ihm ereignet haben – entweder in Richtung Neuharlingersiel oder in Richtung Werlesiel. Ein Verkehrscrash mit einer Reihe von Verletzten. Allerdings hatte er keine Feuerwehrwagen gesehen. Die Feuerwehr war bei Unfällen von einer solchen Größenordnung immer dabei. Weil es Dinge zu löschen gab oder Verletzte mit Spezialwerkzeugen aus Autotrümmern zu befreien. Er wusste, dass es eine Löschgruppe der Freiwilligen Feuerwehr in Werlesiel gab. Es gab außerdem die Kooperative Feuerwehrleitstelle in Aurich, die für Ostfriesland zuständig war. Sie hätten längst hauptamtliche Kräfte losgeschickt, und die hätten an Tjark vorbeikommen müssen. Waren sie aber nicht. Also kein Verkehrsunfall. Mindestens acht Polizeiwagen, vier RTWs und Notärzte – unterwegs in Richtung Neuharlingersiel oder in Richtung Werlesiel. Nun, das war nicht seine Angelegenheit. Kein Stück. Scheiß drauf, dachte Tjark, biss auf den Filter, fuhr auf den Seitenstreifen. Er trat in die Eisen, brachte den Z4 zum Stehen und wendete in einem Zug, um zurück nach Werlesiel zu fahren. Er fuhr sehr schnell.

13.

Der Baumarkt war weiträumig abgesperrt. Jede Menge Einsatzfahrzeuge standen auf dem Parkplatz und riegelten die Zufahrten ab. An den Absperrungen standen Trauben von Menschen. Viele filmten mit ihren Handys. Andere machten Fotos. Alle unterhielten sich in einer Mischung aus Aufregung und Schock über das, was geschehen war: Jemand war mit dem Gleitschirm abgestürzt und hatte das Dach des Baumarkts durchschlagen.

Femke kannte nur einen, der hier mit dem Gleitschirm herumflog: Carsten Harm.

Sie hatte das Sirenengeheul vernommen, als sie bei ihrer Mutter vorbeigefahren war, um noch einmal kurz mit Tjark zu sprechen, doch sie hatte ihn verpasst. Jetzt drängte sie sich durch die Menge, ignorierte die aufgeregten Fragen und zeigte den Kollegen, die mit dem Streifenwagen die Zufahrt blockierten, ihre Marke und den Ausweis. Sie ließen sie passieren. Mit großen Schritten marschierte Femke auf den Eingang zu. Sie kam an Notarztfahrzeugen, Polizeiwagen und RTW vorbei – beinahe genauso viele wie Privatwagen, darunter ein schwarzer BMW Roadster, Tjarks Wagen.

Vor dem Eingang standen weitere Trauben von Menschen. Polizisten in Kurzarmhemden und Rettungssanitäter. Einige rauchten, manche wirkten, als kämen sie sich ein wenig nutzlos vor, hätten aber dennoch das Gefühl, dringend gebraucht zu werden. Funkgeräte krächzten, Codes waren zu vernehmen. Die Blicke der meisten Kollegen richteten sich unmittelbar auf Femke, die im Gehen nun Ausweis und Marke hochhielt und die Polizisten mit einem Nicken grüßte. Sie kannte keinen von ihnen.

»Folkmer, Kripo«, sagte sie.

Ein stämmiger und stark schwitzender Kollege nickte und sprach etwas in sein Funkgerät. Dann traten alle einen Schritt zur Seite, um ihr Platz zu machen. Sie marschierte durch das Foyer, in dem Grills und Mobiliar für die Terrasse angeboten wurden. Dort standen weitere Polizisten, die sich mit Angestellten unterhielten und sich Notizen machten. Die Mitarbeiter sahen aus, als hätten sie geradewegs in die Hölle geblickt.

Femke erreichte die Kassenzone, in der es eine Bäckerei mit kleinen Tischen gab. Sie waren jetzt besetzt mit weiteren Polizisten, Baumarkt-Angestellten und Personen in Zivil, bei denen es sich vermutlich um Kunden und um Kollegen von der Auricher Kripo handelte. Zwei erkannte und grüßte sie. Sie nickten zurück – mit leicht fragenden Blicken, die zu sagen schienen: *Was machst du denn hier? Das ist unsere Baustelle.*

Schließlich richtete sich ihr Blick auf das Desaster. Femke hatte keinen Zweifel mehr, dass es sich bei dem Gleitschirmflieger um Carsten Harm handeln musste. Er hatte einen lilafarbenen Gleitschirm mit neongrünen Streifen. Die Fetzen, die von dem großen Loch im Glasdach herabbaumelten, waren von derselben Farbe. An den Fetzen strafften sich Leinen, und an diesen Leinen hing der Körper in einem Overall. Er war nur halb zu erkennen – die untere Hälfte verschwand neben einer Kasse. Dort sah es so aus, als wäre ein Tier geschächtet worden. Der ganze Boden war voller Blut. In der Lache lag eine Leiche. Femkes Herz zog sich zusammen. Die Frau lag auf dem Rücken. Der Oberkörper war entblößt, der Unterkörper bis auf einen Slip ebenfalls. Der Oberschenkel war abgebunden und mit tiefrot gefärbten Kompressen gepflastert. In den Armen steckten Schläuche. Überall um die Leiche lagen Splitter und Trümmer. Zudem Spritzen, Kanülen, Blutkonserven, offene Notarztkoffer und Tragen. Hinter der Kasse erkannte Femke zwei Ärzte, die sich mit Tüchern die Arme abwischten. Ihre Kleidung war blutig. Außerdem standen dort weitere Polizisten in Zivil und Uniform und Sanitäter. Im Bereich vor der Kassenzone hielt sich jedoch nur eine einzelne Person auf. Ein Mann mit einem Kaffeebecher in der Hand lehnte sich an eine der Nachbarkassen. Er trug eine schmal geschnittene graue Anzughose und dazu ein schwarzes Hemd mit aufgerollten Ärmeln, das weit aufgeknöpft war. Tjark hob die freie Hand und winkte.

Femke ging auf ihn zu, ohne den Blick von der an Strippen baumelnden Leiche und der in der Blutpfütze abwenden zu können. »Ich bin mir sicher, dass das Carsten Harm ist. Es gibt hier nur einen Gleitschirmflieger, und er macht diese Luftbilder, und … Mein Gott, ist das furchtbar.«

Tjark trank einen Schluck aus dem Pappbecher und drückte ihn dann mit der Hand zusammen. »Hinter der Kasse liegt eine weitere Leiche. Weiblich. Vor der Kasse noch ein Toter. Männlich, älter. Er wurde von Teilen der Verglasung erwischt. Einmal ganz durch.« Tjark markierte an seinem Oberkörper mit dem Zeigefinger einen Schnitt, der von der rechten Schulter bis zur kurzen Rippe auf der linken Seite führte.

»Gott«, keuchte Femke und hielt sich die Hand vor den Mund. Sie schüttelte schwach den Kopf. »Was ist hier nur los? Was ist in meinem Ort denn auf einmal los?«

Tjark zuckte mit den Achseln. Er blickte nach links. Von dort näherte sich ein langer Schlaks in blauer Hose und hellblauem Uniformhemd, gestikulierte und erteilte Anweisungen. Dann verhakte er lässig den Daumen im Einsatzgürtel und kam wie Gary Cooper zum Showdown in »High Noon« mit gelassenen

Schritten auf Femke und Tjark zu. Er machte eine lässige Geste mit dem Finger an die nicht vorhandene Schirmmütze.
Dann sagte Torsten Stibbe: »Na, jetzt sind ja die Profis da, da kann wohl nix mehr schiefgehen.«
»Hallo, Torsten«, erwiderte Femke. Der hatte hier gerade noch gefehlt. Gernegroß Stibbe, immer zur Stelle in exakt der Situation, in der man ihn am wenigsten gebrauchen konnte.
»Schaust du hier auch längs, Chefin?«
»Ja. Scheint wohl so.«
Tjark sagte nichts.
Stibbe nickte wissend vor sich hin. »Tjou«, meinte er mit Blick auf die baumelnde Leiche. »Das sieht nicht gut aus hier. Der Dummbüddel Harm fällt vom Himmel und nimmt gleich noch ein paar Leute mit. Das haut een glatt us de Pampuschen.« *Es haut einen aus den Puschen.*
Femke nickte.
Stibbe sagte: »Meine Leute haben das hier aber im Griff. Draußen auch. Ich habe gleich alles rausgeschickt, was Beine hat. Dann tauchen die aus Aurich auf und markieren hier dicke Hose, aber ich bin nicht deren Deenstdeern. Keen Tähn im Muul, over La Paloma fleuten.« *Keine Zähne im Mund, aber La Paloma flöten.*
»Torsten, bitte«, zischte Femke. Sie war sich ziemlich sicher, dass der Einzige, den Torsten als Polizeihauptmeister herumkommandieren konnte, er selbst war.
Tjark schaltete sich ins Gespräch: »Die Kripo Aurich habe ich angerufen.«
»Schönen Dank dann, Herr Wolf.«
»Bitte.«
»Die bringen hier nur alles durcheinander.«
Tjark zuckte mit den Achseln.

»Kaum hier, kommt dann gleich dieser Töberich von der Auricher Kripo an, um mich anzumiegen.« *Anzupissen.*
Femke atmete tief durch. Töberich aus Aurich leitete auch die Ermittlungen in der Pferderipper-Sache. Er hatte Femkes Aussage aufgenommen.
Tjark fragte: »Tun Sie mir einen Gefallen, Stibbe?«
Torsten wirkte skeptisch, aber interessiert.
Tjark deutete zum Eingang. »Da draußen muss mal wer aufräumen. Da stehen Hunderte und machen Fotos, die sie im Internet hochladen. Sie wissen ja, wie das ist mit dem Filmen von Polizeiarbeit. Geht immer schlecht für uns aus. Das können wir nicht gebrauchen. Außerdem kommen gleich die Spusi und der Leichenwagen. Der Mob behindert die. Wir brauchen da draußen einen Profi, der die Leute in den Griff bekommt. Haben Sie das drauf?«
Torsten dachte nach. Stellte sich wahrscheinlich vor, dass er die meisten der Gaffer noch aus seiner Zeit als Cop in Werlesiel kannte und es jede Menge Eindruck schinden würde, wenn er als Sheriff für Ordnung sorgte und ein paar Anweisungen gab. Er legte den Kopf leicht schräg, zuckte abschätzend mit dem Mundwinkel. »Schätze, die Leute drehen ein bisschen durch, hm?«
»Jemand sollte für Ordnung sorgen«, wiederholte Tjark.
Torsten nickte. »Das mit dem Internet geht mir eh über die Hootsnoor. Halten sich alle für Sherlock Holmes, die Dummbüddel.«
Tjark beugte sich vor und gab Torsten einen Klaps auf die Schulter. »Guter Mann!«
Femke rollte mit den Augen, als Torsten abschwirrte. Unter anderen Umständen hätte sie über die Art und Weise gegrinst, mit der Tjark ihn hinauskomplimentiert hatte. Aber ihr war nicht

nach Grinsen zumute. Sie hätte heulen oder sich erbrechen mögen.

Schließlich drehte sie sich um und marschierte durch den Kassengang ins Innere des Baumarkts. Tjark folgte ihr. Femke sah die Leiche des Mannes. Ein fürchterlicher Anblick. Töberich stand mit einer rothaarigen Kollegin in Zivil neben der Leiche. Er trug ein Polohemd und Chinos und hielt etwas in der Hand. Er blickte kurz auf und kam dann mit besorgtem Blick auf Femke und Tjark zu. Femke erkannte, was er wie ein Pokerblatt in der Hand hielt: kleine Plastikkarten. Ausweise.

»Moin«, sagte Töberich matt. Er bestätigte, dass Carsten Harm der Mann mit dem Gleitschirm war, und nannte die Namen der anderen Opfer. Femke kannte sie alle.

»Schreckliche Sache«, meinte Töberich. »So etwas habe ich noch nie erlebt. Und wir sind im Moment total unterbesetzt. Im September wollen alle in den Urlaub, die keine Kinder haben und nicht auf Schulferien achten müssen. Weil's billiger ist.« Er schnaubte, schwieg einen Moment und fügte hinzu: »Die Spurensicherung sollte bald eintreffen. Die Rechtsmedizin haben wir ebenfalls verständigt.«

Tjark nickte. Natürlich musste alles akribisch aufgearbeitet und überprüft werden, was mit Harm los war: betrunken, unter Drogen, in der Luft durch Herzschlag verstorben? Jeder wollte Antworten auf alles haben, um diese Katastrophe erklärbar zu machen. Denn auf Anhieb war sie das ganz und gar nicht.

»Ich habe keine Idee«, sagte Töberich, »wie das passiert sein soll.«

»Selbstmord?«, fragte Tjark.

»Glaube ich nicht. Dann hätte er eher den ganzen Schirm abgeschnallt. Oder die Leinen durchgeschnitten. Er baumelt aber an denen. Es sind nur einige durchtrennt. Sieht für mich aber so aus, als sei das an einer Stelle, an der man mit dem Arm nicht hinkommt.«

»Vielleicht von Scherben zerschnitten?«, sagte Tjark.

»Möglich«, meinte Töberich.

»Also ein sehr unglücklicher Unfall.«

»Ich kann mir nicht erklären, was da geschehen sein soll. Vielleicht eine starke Windbö. Vielleicht war mit dem Schirm etwas nicht in Ordnung. Vielleicht Vogelschlag – ihn könnte eine Möwe erwischt haben.«

Femke meinte: »Eine Möwe bringt doch keinen Gleitschirm zum Absturz.«

»Möwen bringen sogar startende Passagierjets zum Absturz, denke ich«, erwiderte Töberich. »Na ja, wir können viel spekulieren. Das muss sich erst mal die Spusi ansehen.«

Femke blähte die Backen. Tjark sagte nichts. Töberich war ebenfalls still. Warten auf Godot.

Femke rang mit sich. Schließlich fragte sie: »Ich weiß, es ist ein total unpassender Zeitpunkt, aber … Aber darf ich fragen, ob sich in der Ripper-Sache etwas tut?«

Töberich starrte zum Ausgang, wo etwas Bewegung in die Leute kam. Autos fuhren vor. Menschen stiegen aus. Kofferräume wurden geöffnet. Die Spurensicherung war eingetroffen, um mit der Arbeit zu beginnen.

Töberich sah sie wieder an. »Nicht viel. Wir überprüfen zurzeit die einschlägig Vorbestraften, schauen uns alle alten Fälle an und die bislang ungelösten. Aus ganz Norddeutschland – ist nicht auszuschließen, dass einer umgezogen ist und seine Jagdgründe gewechselt hat. Wir haben alle möglichen Befragungen vorgenommen, aber noch nicht wirklich einen Tatverdächtigen. Leefmann und der Hofbesitzer haben gesagt, ihnen würde keiner einfallen, der sich an ihnen rächen oder ihnen schaden wollte.

Bei dir, Femke, gäbe es da natürlich diverse – aber ich glaube, Rache als Motiv kommt nicht in Frage. Das wäre anders, wenn nur ein Pferd getötet worden wäre – zum Beispiel nur deines.«
Femke fragte: »Warum *nicht wirklich?*«
»Hm?«
»Nicht wirklich – du hast gesagt: Ihr habt noch *nicht wirklich* einen Tatverdächtigen.«
»Sabine Hespe sticht aus der Masse hervor«, sagte Töberich. »Wir waren dort, um sie als Zeugin anzuhören. Sie ist … sonderbar.«
»Allerdings.«
»Sonderbar auch in der Hinsicht, dass man ohne ihren Vater oder ihre Mutter kein Wort mit ihr reden kann. Sie scheinen sehr darauf bedacht zu sein, immer ein Auge auf sie zu haben.«
»Kann man ihnen nicht verdenken«, meinte Femke. »Du kennst die Vorgeschichten?«
Töberich nickte. »Du hast mir davon erzählt, und ich habe mir die Akten besorgt. Ich halte Sabine für psychisch krank – nur wie das auf dem Dorf so ist.« Er zuckte mit den Achseln. »Hespe sagt, was gemacht wird, und der Hausarzt war schon immer für alles gut. Manche von den alten Hausärzten auf dem Land halten sich für Alleskönner – und sowieso hält man den Ball lieber flach und spricht über nichts, damit die Leute nicht reden.«
»So sieht das aus«, meinte Femke.
»Das Problem ist, dass sie kein Wort gesagt hat. Ihre Eltern schon.«
Femke erinnerte sich an die Unterhaltung mit Sabine. Dass sie mit den Bullen nicht rede und dass es bei Femke etwas anderes sei.
»Kein Wort?«
»Nein. Ihre Eltern dafür umso mehr.«

»Sie hat mit mir gesprochen.« Femke berichtete Töberich von ihrem Gespräch. Töberich sagte, dass damit nicht viel anzufangen wäre, weil es nicht offiziell sei. Femke wollte fragen, ob sie mal offiziell mit Sabine sprechen solle, ließ es dann aber doch sein.

Töberich nickte nachdenklich. »Ich hatte jedenfalls das Gefühl, dass bei Hespes jede Menge unter der Decke gehalten wird und unausgesprochen ist. Hinreichenden Tatverdacht haben wir nicht. Wir nehmen an, dass die Tiere zwischen vier und fünf Uhr morgens getötet worden sind. Der Vater und die Mutter sind Frühaufsteher. Klar, sie sind Landwirte. Die Eltern sagen, Sabine habe am Tattag um die Zeit noch geschlafen. Sie waren aber nicht in ihrem Zimmer. Gleichwohl hatte sie blutige Schrammen an den Schienbeinen. Angeblich, weil sie an einer Leiter in der Scheune entlanggeschrappt ist.«

Femke nickte.

»Vielleicht ist das aber auch passiert, als sie aus dem Fenster ihres Zimmers stieg oder als sie über den Weidezaun geklettert ist. Ein *Vielleicht* hilft uns nur nicht.«

»Aber glaubst du denn, sie wäre rein körperlich in der Lage …«

Töberich zuckte mit den Achseln. »Wenn Menschen ausrasten, ist alles möglich. Weißt du doch. Sie entwickeln unglaubliche Kräfte. Sabine Hespe hat mehrfach bewiesen, dass sie ausrasten kann.« Töberich strich sich übers Kinn. Schwieg einige Momente. Sah sich um, seufzte und fügte leise hinzu: »Ich habe ein mieses Gefühl. Irgendetwas gerät in diesem Ort reichlich aus der Spur.« Damit wandte er sich ab, um die Arbeit der Spurensicherung zu begutachten.

»Das ist doch alles Wahnsinn«, meinte Femke leise.

Tjark mochte ihr nicht widersprechen. Er dachte: Kein Gleitschirm fällt einfach so vom Himmel. Auch nicht, wenn der Pilot einen Herzanfall hatte. Der Rotor hätte Harm wer weiß wohin geflogen. Irgendwann wäre er in einem Baum hängen geblieben oder ins Meer gestürzt. Tjark glaubte auch nicht an ein plötzliches Wetterphänomen. Die Luft war klar, der Himmel ebenfalls, der Wind äußerst gering. An einen Selbstmord mochte er ebenfalls nicht glauben. Wenn man sich umbringen wollte, würde man so hoch wie nur eben möglich fliegen und dann die Gurte lösen. Außerdem würde man sich eher auf unbesiedeltem Gebiet zum Absturz bringen, um keine weiteren Menschen zu verletzen. Selbstmord war in der Regel eine einsame Angelegenheit. Blieb also ein Unfall. Dennoch konnte sich Tjark nicht vorstellen, was da schiefgegangen sein sollte. Die Ermittlungen würden das früher oder später ans Tageslicht bringen.

Was außerdem blieb, war das merkwürdige Gefühl, das auch Töberich beschlichen hatte: dass etwas vor sich ging, was auch immer es war. An einem Tag metzelte ein Tierripper drei Pferde nieder. Kurz darauf schmierte ein Gleitschirm ab, was vier Menschen tötete. Statistisch gesehen und hochgerechnet auf die Einwohnerzahl von Werlesiel würde man sagen, dass das keine Zufälle sein können.

Tjark fummelte in seiner Jackentasche, während er beobachtete, wie die Kollegen aus Aurich mit denen von der Spurensicherung redeten. Er förderte eine grüne Packung Kaugummi zutage und fragte Femke: »Was genau ist das mit dieser Sabine?«

»Wie meinst du das?«

»Ich höre dich ständig von ihr reden.«

»Ich weiß nicht – wie soll ich das sagen?« Femke dachte nach und klemmte die Hände unter die Achseln, zuckte aber am Ende nur mit den Schultern.

Tjark meinte: »Du hast eine Intuition. Andererseits widerstrebt es dir, weil sie nach deiner Meinung psychisch krank ist. Du willst sie nicht im Fokus haben, weil du Angst vor deinen eigenen Vorurteilen hast.«

»Ja. Vielleicht.«

»Aber trotzdem ist da was mit ihr?«

»Ich weiß nicht. Ich habe das Gefühl, dass sie etwas verschweigt. Ich verstehe außerdem nicht, warum ihr Vater sie so schützt und sie nicht mit der Polizei reden lässt. Sie ist immerhin eine erwachsene Frau. Er hat sich damals schon immer fürchterlich aufgeregt, wenn ich sie eingesammelt habe – nach dem Motto: Was hat sie denn erzählt, hat sie irgendwas gesagt? Ein schrecklicher Kontrollfreak und Tyrann.«

»Okay. Außerdem hat sich deine Perspektive verändert. Du siehst die Frau jetzt in einem anderen Zusammenhang. Du wägst sie ab, betrachtest sie von allen Seiten, weil du der Meinung bist, dass da etwas ist, das du erkennen solltest.«

»Und was soll das sein?«

»Keine Ahnung. Du kennst deinen Ort seit Jahrzehnten und die Menschen ebenfalls. Ich nicht. Mir würde sicherlich gar nichts an der Frau auffallen – außer dem Offensichtlichen. Nehme ich an. Ich habe sie ja noch nie gesehen.«

Femke dachte nach. »Als ich mit ihr auf der Weide sprach, schimpfte sie über alle möglichen Leute. Carsten Harm war einer davon.«

Tjark zog einen Kaugummistreifen aus der Verpackung.

»Was hat sie gesagt?«

»Nichts Bestimmtes – das ist es ja. Ich würde gerne tiefer bohren.«

Tjark bot Femke einen Kaugummi an. Sie lehnte ab. Er fragte: »Selbst wenn sie über Leute schimpft – spielt das eine Rolle für den Fall? Oder siehst du Gespenster?«

»Vielleicht beides.«

Tjark steckte den Kaugummi in den Mund und die Verpackung wieder ein. »Falls du offiziell mit ihr sprichst, sollte vielleicht ein Spezialist dabei sein.«

»Spezialist?«

»Ja.«

»Du meinst …«

»Genau. Den meine ich.«

»Das könnte sinnvoll sein«, sagte Femke.

»Er könnte die Aussage aufnehmen und abzeichnen. Du kannst das nicht, weil du persönlich betroffen bist und es um dein Pferd geht. Und es müsste sich jemand darum kümmern, dass der Vater nicht hereingrätscht. Dieser Jemand könnte ich sein. Ich könnte ihn ablenken.«

Femke atmete tief durch und sagte: »Hm, ich weiß nicht, ob …«

»Oops«, machte jemand von der Spusi. In die Kollegen geriet Bewegung, und alle merkten auf. Schließlich hielt Töberich einen Beweismittelbeutel hoch und musterte ihn. Er redete mit der Spusi. Tjark setzte sich in Bewegung. Femke tat es ihm gleich.

Was sie in dem Beweismittelbeutel sahen, war fraglos ein Propeller. Er konnte aber definitiv nicht zum Rucksackmotor des Gleitschirmfliegers gehören. Dazu war er zu klein und sah in der ganzen Machart und Größe vielmehr so aus wie der Propeller eines Modellflugzeugs.

14.

Und so habt ihr nun alle hingesehen. Ihr habt es gefilmt, fotografiert, hochgeladen, kommentiert. Ihr seid geschockt, in Trauer, verängstigt und auch zornig. Ihr seid fassungslos, dass es einfach so Menschen aus eurer Mitte davonreißt. Und ihr steht nur hilflos daneben. Verwirrt, entsetzt, nach Erklärungen gierend, die den Schrecken greifbar machen.
Wie fühlt sich das an?
Ich weiß, wie sich das anfühlt.
Okay, dass die Drecksau Harm noch ein paar andere mit sich in den Tod gerissen hat – ich gebe zu: Das war nicht geplant. Dass er nun auch genau über dem Baumarkt abstürzt, war eher schlecht zu timen, aber ist nun einmal passiert. Kollateralschäden können geschehen, was soll's.
Rückblickend gefällt mir das nun ganz gut so. Denn es unterstreicht: Es kann euch alle treffen. Und darin liegt viel Wahrheit, denn es wird euch alle treffen. Es wird nicht bei diesem einen Kollateralschaden bleiben. Wenn ich mit euch fertig bin, wird diese Stadt nur noch eine einzige blutende Wunde sein.
Aber eins nach dem anderen. Eins nach dem anderen.

15.

Inzwischen dämmerte der Abend. Die Spurensicherung war nach wie vor bei der Arbeit. Technische Sachverständige waren hinzugezogen worden – auch eine halbe Polizei-Hundertschaft, die das Umfeld absuchte.

Tjark rauchte eine Zigarette und sah dem Qualm hinterher.

»Ein Modellflugzeug?«, fragte Ceylan am Telefon.

»Ja.« Tjark drehte sich in den Wind, so dass er nicht mehr über das Mikrofon seines Handys strich.

Ceylan schwieg. Versuchte wohl, sich das vorzustellen. Vielleicht stellte sie sich ein Spielzeug vor, dabei waren die meisten Modellflugzeuge nichts für Kinder. Manche hatten Spannbreiten von zwei Metern und mehr. Es gab Modelle mit so leistungsfähigen Motoren, dass sie innerhalb weniger Sekunden locker über dreihundert Meter hoch in den Himmel schießen konnten, weswegen es Gesetzesvorschriften für diese ferngelenkten Maschinen gab, damit sie den Flugverkehr nicht gefährdeten. Insofern hatten die Maschinen durchaus das Potenzial, Schaden anzurichten. Was eine davon in Werlesiel ohne Zweifel getan hatte.

»Wie soll das gehen?«, fragte Ceylan schließlich.

Tjark erwiderte: »Jemand startet ein solches Gerät und fliegt damit herum. Ein Gleitschirm kollidiert damit. Bääääm.«

»Das wäre aber ein echter Zufall, oder? Erstens: Wer fliegt denn schon an der Nordsee Gleitschirm? Zweitens: Wer fliegt denn schon an der Küste zur gleichen Zeit mit einem Modellflugzeug herum, das groß genug ist, um so einen Gleitschirm abschmieren zu lassen?«

»Das sind genau die richtigen Fragen.«

»Ach, wirklich?«

Tjark schmunzelte und zog an der Zigarette. Er saß auf einer Bank auf dem Deich und blickte aufs Wattenmeer. Der Himmel war tiefgrau, dennoch schien die Sonne und tauchte die Landschaft und die Nordsee in orangerotes Licht. »Sie suchen überall nach möglichen Trümmerteilen und Resten von dem Modellflugzeug. Sie klappern außerdem den Ort danach ab, ob irgendjemand etwas gesehen hat, und erkundigen sich nach Modellflugvereinen in der Umgebung. Sie nehmen an, dass jemand mit einem solchen Flugzeug herumgedüst ist. Es kam zum Unfall. Die Person hat das gesehen und ist geflohen. Bislang gibt es keine Zeugen, denen jemand mit einer Fernsteuerung oder ein Modellflugzeug am Himmel aufgefallen wäre.«

»So ein Ding muss doch auch starten, oder? Benötigt das nicht eine längere Startbahn oder etwas in der Art?«

»Doch.«

»Und die Dinger muss man auf Sicht lenken. Da muss irgendwo der Pilot, oder wie man das nennt, herumgestanden haben?«

»Habe ich ja gerade gesagt. Nach dem suchen sie.«

»Das muss ein ganz schön großes Teil gewesen sein?«

»Die Spusi sagt, mindestens eins fünfzig Spannweite. Wenn dir so ein Gerät mit vollem Tempo ins Gesicht knallt, ist das in etwa so, als ob dir ein Kasten Bier aus dem ersten Stock auf den Kopf fällt.«

»Trotzdem ein irrer Zufall, dass sich da die Flugbahnen kreuzen.«

»Da gebe ich dir recht.«

»Absichtlich hineingelenkt?«

»Richtige Frage.«

»Aber warum sollte er das tun?«

Tjark zog erneut an der Zigarette und schnippte sie fort. Die Kippe zog eine Leuchtspur in der Farbe des Sonnenuntergangs hinter sich her.

»Weiß ich nicht«, sagte Tjark. »Jedenfalls musst du ein verdammt guter Pilot sein, wenn du damit einen Gleitschirm treffen willst.«

»Vor allem brauchst du ein Motiv.«

»Und du müsstest wissen, wann sich der Mann mit dem Gleitschirm exakt wo aufhält, damit du mit deiner Fernsteuerung zur richtigen Zeit am richtigen Ort stehst.«

»Vielleicht hat er es vorher genau beobachtet. Aber wir spinnen herum. Es gäbe hundert bessere Wege, jemanden umzubringen.«

Aber vielleicht, dachte Tjark, spinnen wir ja auch nicht herum. Und falls jemand Carsten Harm bewusst zum Absturz gebracht haben sollte, hatte er seine Methode ebenso bewusst gewählt. Bloß: Warum?

Er sagte: »Sie werden jeden Grashalm dreimal umdrehen. Sie haben schon eine zerschepperte Kamera gefunden. Der Chip ist noch intakt. Dieser Carsten Harm hat manchmal Luftbilder gemacht. Könnte seine Kamera sein. Vielleicht ist noch etwas auf dem Chip zu sehen, mit dem sich etwas anfangen lässt.«

»Wäre nicht schlecht.«

»Die Kollegen aus Aurich sind überfordert mit dem Job, Ceylan.«

»Inwiefern?«

»Sie haben vier Tote. Sie haben einen Riesenhaufen Ermittlungsarbeit am Hals. Und sie haben noch die Pferderipper-Sache am Start. Töberich sagt, er hat zu wenig Leute. Viele sind im Urlaub.«

»Was willst du mir sagen, Großer?«

»Wir könnten unsere Hilfe anbieten.«

»Du hast Urlaub, Cowboy, Femke hat frei und Fred und ich eine Überwachungssache auf dem Tisch und alles Mögliche vorzubereiten.«

»Ich rede nicht davon, den Fall zu übernehmen.«

»Das ist noch nicht einmal unsere Zuständigkeit. SOK, okay? Heißt was? S für Schwerkriminalität und O für Organisierte Kriminalität, oder? Kommt dir an ein paar toten Tieren und einem echt üblen Unfall irgendetwas so vor, als würde es zu S und O passen? Mir nicht.«

»Wenn ich keinen Urlaub hätte und Femke nicht frei, würdest du uns mit an deine Überwachungssache setzen?«

»Nein. Es gibt jede Menge Papierkram zu erledigen.«

»Also wären wir sozusagen frei.«

»Rede ich Chinesisch? Heißt es, dass du freihast, wenn du Papierkram zu erledigen hast? Supereinstellung und so typisch für dich.«

Tjark ging nicht darauf ein. »Die Sache ist die: Femke hätte einen ganz guten Zugang zu einer Person, an die Töberich nicht herankommt. Sie hat außerdem hervorragende Ortskenntnisse. Ich kenne mich hier zumindest ein wenig aus. Wir wären Töberich eine Hilfe.«

»Hat er denn gefragt?«

»Nein. Aber wenn wir mal eine größere Sache haben, sind wir ohne Kooperationen aufgeschmissen mit unserem Viererteam. Es wäre nicht schlecht fürs Klima, wenn wir unsere Hilfe auch mal anbieten. Ablehnen kann Töberich immer noch.«

Ceylan gab ein genervtes Geräusch von sich. »In Wahrheit geht es doch nur darum, dass es für Femke persönlich ist und dass dich irgendwas an dem ganzen Spektakel ankickt, oder?«

Tjark schwieg. Ceylan ebenfalls.

Schließlich sagte sie: »Eine Woche, okay? Faktisch die Zeit, die ich Femke freigegeben habe und die du noch Urlaub hast, alles klar? Den Urlaub hebe ich allerdings mit sofortiger Wirkung auf und Femkes freie Tage ebenfalls, damit alles seine Ordnung hat.«

»Klar.«

»Aber auch nur vorbehaltlich. Falls Töberich ablehnt, läuft alles weiter wie gehabt. Femke frei, du Urlaub – und ihr haltet euch schön raus.«

»Sicher.«

»Du bietest Töberich Unterstützung an und teilst mir umgehend mit, ob er sie annimmt oder nicht.«

»Selbstverständlich.«

»Ich bin bescheuert, dass ich mich überhaupt darauf einlasse. Warum wickelst du mich dauernd um den kleinen Finger?«

»Tue ich nicht. Du bist lediglich ein gütiger Mensch.«

Ceylan lachte. »Ich bin vielleicht alles Mögliche, aber ganz bestimmt nicht gütig.« Nach einer kurzen Pause fragte sie: »Wie geht's Femke?«

»Sie trägt es mit Fassung. Allerdings sorgt sie sich darum, dass in ihrem Ort alle ausflippen und durchdrehen.«

»Inwiefern?«

»Die Vorfälle mit den Pferden. Die Sache mit dem Gleitschirm. Es brodelt hier ohnehin schon, weil sie mehr Flüchtlinge zuweisen wollen. Die Atmosphäre wirkt gereizt, aufgeladen. Wie kurz vor der Explosion. Ich kann es schlecht beschreiben. Etwas stimmt ganz und gar nicht.«

»Wie auch immer, Großer – du gibst mir wegen Töberich kurzfristig Bescheid. Und falls er zustimmt, werde ich weiterhin von euch beiden auf dem Laufenden gehalten – und zwar über jeden Schritt, den ihr unternehmt. Bau keinen Scheiß, okay? Und keine Alleingänge. Gar nicht nicht. Damit meine ich auch Femke. Sie ist zwar nicht der Typ dazu, aber – aber ich weiß, wozu du imstande bist und wie es auf andere in deiner Nähe abfärbt.«

»Alleingänge? Nie im Leben«, sagte Tjark.

Ceylan lachte nur und meinte, dass Tjark unverbesserlich sei. Dem hatte er nichts entgegenzusetzen.

16.

Konnte man es einen Alleingang nennen, wenn man ein wenig in der Gegend herumfuhr und sich umsah? Eher nicht. Weswegen Tjark keinen Gedanken daran verschwendete, als er auf die Küstenstraße einbog und Richtung Westen fuhr. Der Himmel war jetzt in ein dunkles Blaugrau gefärbt. Einzelne Sterne waren zu sehen. Die letzten Reste des Sonnenlichts erhellten die Landschaft spärlich.

Femkes Mutter war nicht begeistert gewesen, als Tjark noch einmal eincheckte. Femke sei nicht da, meinte sie, sie sei bei ihrem Volker, ein guter Junge – und sie sei wirklich froh, dass Femke endlich jemand Anständigen gefunden habe. Tjark hatte erwidert, dass er wisse, wo Femke sei, und nur ein Zimmer wolle. »Wegen der Ermittlungen in der fürchterlichen Baumarktsache?«, wollte Imke Folkmer wissen. Tjark bestätigte das, woraufhin sie nachhakte, was am Baumarkt genau geschehen sei, in welche Richtungen sich die Ermittlungen bewegten und ob es schon etwas Neues gebe. Tjark beantwortete, was er im Rahmen seiner Möglichkeiten beantworten konnte. Es war nicht viel, aber er hatte das Gefühl, es der Frau schuldig zu sein. Viel mehr noch hatte er das Gefühl, bei ihr punkten zu müssen. Bei manchen Menschen war es ihm wichtig, was sie über ihn dachten. Bei anderen war es ihm scheißegal. Femkes Mutter gehörte zur ersten Sorte.

Sie hatte gesagt: »Es ist schrecklich. Carsten Harm war ein Schietbüddel, aber es ist dennoch ganz schlimm. Genau wie mit den anderen. Ganz schlimm.«

»Warum Schietbüddel?«
»Hielt sich für den Dörpsbull.«
»Den …«
»Dorfbullen, Herr Wolf. Casanova.«
»War er aber nicht?«
Imke Folkmer hob die Brauen und winkte ab. »Grootsnuut war der, mehr nicht. Und ein falscher Fuffziger. Link und intrigant. Auf den eigenen Vorteil bedacht.«
»Verstehe«, sagte Tjark.
»Außerdem hat er bei Leefmann und Mommsen mitgemischt. In dieser Bürgerbewegung. Das sind für mich alles – Schietbüddel eben.«
»Okay.«
»Haben Sie die Festscheune mal gesehen? Die ganzen Schilder?«
»Nicht bewusst.«
Imke Folkmer winkte erneut empört ab. »Ich meine, wir sind auch nicht gerade erfreut, wenn sie uns auch noch die Ferienhäuser und Pensionen belegen sollten. Ganz einfach, weil es Gasthäuser sind, Herr Wolf. Und wir entscheiden gern selbst, wen wir zu Gast haben und wie lange, und lassen uns das nicht von oben aufdrücken. Darum geht es. Auf den Inseln die Menschen unterzubringen ist nun wirklich Unfug. Wie sollen die denn immer hin und her kommen? Dauernd auf der Fähre? Das ist doch alles nichts.«
Tjark zuckte mit den Achseln.
Femkes Mutter schimpfte weiter. »Da sollen sie eben die Scheune belegen, meine Güte. Oder der olle Knut Mommsen soll seine Festzelte auf dem Brauereigelände aufbauen. Bettwäsche kann er von mir haben.« Sie lachte laut. »Zumindest die, die ich noch habe. Ich habe schon fünfzig Garnituren zur alten Kurklinik für die Menschen dort gebracht.«

Tjark hatte gelächelt und erwidert, dass ihm eine einzelne Garnitur für sein Zimmer reiche.
»Ach«, hatte Imke Folkmer geseufzt und sich übers Gesicht gerieben. »Was ist nur los. Es ist geradezu, als ob ein Fluch auf der Stadt liegt. Ausgerechnet am Wilden Acker all das mit den Pferden, es ist doch komisch.«
»Warum?«
Femkes Mutter erzählte ihm die Legende von dem Geisterreiter, der den Wilden Acker heimsuchte. Weil er aus irgendeiner mittelalterlichen Schlacht heimkehrte und seinen Schwur gegenüber Gott vergessen hatte – woraufhin ihn die Werlesieler mit Schimpf und Schande aus dem Ort jagten.
»Das«, fragte Tjark, »ist die Straße an der Weide?«
»Ja, sie schlägt einen großen Bogen und fasst auch das Maisfeldlabyrinth und die olle Scheune mit ein. Verfluchter Boden, sagt die Legende. Aber das ist natürlich Spökenkiekerei.«
»Hm.« Tjark erkundigte sich, wie noch mal der kürzeste Weg zum »Dünenhof« sei.
Wohin er nun unterwegs war.
Er fuhr aus dem Ort hinaus. Die Besiedlung wich der Natur. Rechts befand sich der »Dünenhof«, aber Tjark fuhr noch etwas weiter, bis auf der linken Seite das Maisfeldlabyrinth zu sehen war und die Zuwegung zur Festscheune, die den gleichen Straßennamen trug wie der Weg zu der Weide, auf der die Pferde gestorben waren: Zum Wilden Acker. Die Scheune lag ein wenig von der Straße entfernt auf einem kleinen Hügel. Das überraschend große Gebäude war rot gestrichen und trug ein grünes Dach. Einige Fensterrahmen waren weiß lackiert, was ihn an Dänemark oder Schweden erinnerte. Zahlreiche Schilder waren an der Grasnarbe in den Boden gerammt, die das Gelände zum Geh- und Radweg abgrenzte. Sie waren handgemalt und trugen

Forderungen wie »Werlesiel den Werlesielern«, »Unsere Scheune kriegt ihr nicht«, »Scheunenfest muss bleiben« oder »Finger weg vom Wilden Acker«.

Ganz große Klasse, dachte Tjark und setzte den Wagen aus der Zufahrt zurück auf die Fahrbahn. Er steuerte wieder nach Osten und bog vor der Ortseinfahrt zum »Dünenhof« ein.

Die Einfahrt mündete in einen größeren Parkplatz, auf dem nichts stand außer einem Lieferwagen mit dem Aufdruck der Gaststätte. Das Hauptgebäude war mit der Front zur Straße hin ausgerichtet – ein älterer Steinbau aus weißen Ziegeln mit hellem Reetdach. Er war in L-Form gebaut und erinnerte an ein Gehöft aus einem vergangenen Jahrhundert. Der Parkplatz, auf dem Fred und Tjark vor Jahren schon einmal geparkt hatten, wurde in Richtung See und Deich von einem größeren Anbau begrenzt, der neueren Baudatums war. Vermutlich siebziger Jahre. »Saaleingang« las Tjark an einer Tür sowie »Kegelbahn«.

Er stellte den Motor ab, nahm eine Maglite aus dem Seitenfach, stieg aus und sah sich um. Die Luft war kühl und roch würzig nach Meer. Auf dem Parkplatz war Platz für gut hundert Autos, wenn im Saal zum Beispiel Hochzeiten gefeiert wurden und der Restaurantbetrieb auf vollen Touren lief. Tjark ging quer über den Parkplatz, passierte die Stirnwand des Saalanbaus und stapfte durch das kniehohe Riedgras einen Dünenhügel hinauf. Er zwängte sich an einigen Sanddorn- und Hagebuttenbüschen vorbei und stand schließlich am höchsten Punkt der Düne, die das Dach des Saalbaus knapp überragte.

In seinem Rücken lag das Wattenmeer – schwarz und still. Flach über dem Horizont blitzten die Leuchtturmsignale von den Inseln. Links leuchteten die Lichter von Werlesiel. Rechts verlor sich die Landschaft in dem dicht bewachsenen Uferstreifen, der sich über einige Kilometer nach Osten hinzog. Vor sich sah er das mit Teerpappe belegte Flachdach des Saals. Außerdem die Parkplatzfläche und die zwei Gebäudeflügel des alten »Dünenhofs«. Zusammen mit dem Saalanbau bildeten sie ein U, das das asphaltierte Areal etwa zur Hälfte einfasste. Richtung Osten und damit Richtung Werlesiel endete diese Fläche in einem ungepflegten Rasen, der in Riedgras, sandige Hügel und dichten Sanddornbewuchs überging. Wenn Tjark geradeaus schaute, konnte er vage die Maisfelder erahnen, einige Siele und Windräder, die Festscheune und einen Bauernhof, bei dem es sich um den Hof der Hespes handeln musste, sowie die Zäune der Weide, auf der die Pferde getötet worden waren. Ein Blick wie von einem Feldherrenhügel, dachte er.

Ihm fiel ein Lichtpunkt auf, der sich auf der Straße rasch näherte. Ein Auto. Größeres Modell. Der Wagen verlangsamte sein Tempo und bog schließlich auf den Parkplatz vom »Dünenhof« ein. Es war ein SUV. Oder besser: ein Geländewagen. Ein Range Rover, der nun neben Tjarks BMW parkte. Die Tür öffnete sich. Heraus stieg eine blonde Frau, die irritiert Tjarks Kennzeichen betrachtete und sich dann suchend umsah. Tjark nahm die Maglite hoch und knipste dreimal den Ein-Aus-Schalter. Die Frau nahm das Signal wahr und setzte sich in Bewegung.

Eine Minute später stapfte sie die Düne hinauf und fragte noch im Gehen: »Was machst du denn hier?«

»Ich genieße die Aussicht.«

»Die Aussicht auf was?«, fragte Femke.

»Auf eine Start- und Landebahn.«

»Nicht dein Ernst, oder?«

»Weiß ich noch nicht. Und was führt dich hierher?«

»Der gleiche Gedanke.«

»Der Gedanke über eine Startbahn?«

Femke nickte und stellte sich neben Tjark.
Tjark schmunzelte und steckte sich eine Zigarette an.
Femke sagte: »Mich haben folgende Gedanken nicht losgelassen: Wenn du so ein Flugzeug starten willst, brauchst du eine lange und ebene Fläche. Es hat aber niemand auf solchen Flächen im Ort ein Modellflugzeug starten sehen. Also muss das eine eher geschützt liegende Fläche sein, wie zum Beispiel diese hier. Und sie verfügt über einen erhöhten Standpunkt wie den, auf dem wir stehen. Man hat von hier einen guten Überblick. Allerdings würde Harm das doch mitbekommen, wenn hier einer ein Flugzeug startet?«
Tjark nickte. »Es sei denn, du weißt, dass er fort ist.«
»Ja. Natürlich.«
»Was du zum Beispiel dann weißt, wenn du Harm beobachtet oder am Flugplatz getroffen hast, von dem aus er mit dem Gleitschirm gestartet ist. Du weißt aber dennoch nur ganz verlässlich, dass du in Ruhe dein Flugzeug starten kannst, wenn du wirklich sicher bist, dass hier niemand ist. Dazu musst du dich auskennen – oder hast Harm schon länger im Blick und kennst seine Gewohnheiten.«
Femke nickte. »Die Frage ist: Wenn du ein solches Auge auf Harm hast – warum?«
»Weiß ich nicht.«
»Und warum würdest du in dem Moment ein solches Flugzeug starten wollen, wenn Harm in der Luft ist? Bloß weil du nicht von ihm gestört werden willst hier am ›Dünenhof‹?«
»Keine Ahnung.«
»Oder weil du etwas planst?«
Tjark zog an der Zigarette, inhalierte tief und sagte im Ausatmen: »Weiß ich ebenfalls nicht.«
»Und was denkst du?«

»Ich denke, dass wir morgen früh ein Team von der Spurensicherung herschicken sollten, um das Gelände unter die Lupe zu nehmen. Ich denke außerdem, dass wir darüber nachdenken sollten, uns ein Okay für eine Wohnungsöffnung bei Harm zu besorgen. Außerdem solltest du mit ein wenig fachlicher Unterstützung dein Gespräch mit Sabine Hespe führen, damit wir eine Aussage auf Papier haben.«

»Wir?«, fragte Femke. »Leute herschicken? Haus öffnen? Aussagen?«

Tjark erklärte Femke, worüber er mit Ceylan gesprochen hatte. Er ergänzte, dass er daraufhin Töberich angerufen und kollegiale Hilfe vom LKA angeboten habe. Was dieser dankbar annahm.

»Damit sind wir im Boot«, sagte Tjark.

»Hast …« Femke stammelte. »Hast du vielleicht vergessen, mich zu fragen, ob das für mich überhaupt okay ist? Oder ist das total unwichtig, hm? Kannst du … Also …« Sie keuchte. »Tjark Wolf, ich fasse es nicht. Änderst du dich nie?«

»Ich konnte dich leider nicht fragen. Ging alles zu schnell.«

»Du kannst doch nicht derlei Dinge …« Sie knuffte ihn am Oberarm. »Vielleicht will ich das überhaupt nicht, hallo?«

Tjark zog an der Zigarette. Er blies den Rauch durch die Nase aus und sagte: »Tut mir leid. Also: Bist du dabei?«

»Herrgott, ja natürlich bin ich das!«

»Prima.« Tjark grinste.

Femke schwieg eine Weile. Dann fragte sie: »Warum tust du das?«

»Was genau?«

»Warum hast du mit Ceylan gesprochen und uns ins Boot gebracht?«

Weil niemand die Fantastic Four *berührt,* dachte Tjark. Doch das sagte er nicht. Er sagte: »Weil ich dachte, dass es dir wichtig ist.«

Schließlich verließen sie die Düne, setzten sich in die Autos und verabredeten sich für den nächsten Vormittag. Als sie vom Hof fuhren und auf die Straße bogen, wehte der Wind die schmutzige und kaum handtellergroße Papplasche eines kleinen und dünnwandigen Kartons hinter ihnen her. Die Lasche war bedruckt mit einer stilisierten Schraube und Millimeterangaben. Sie trug das Logo der Firma »Hörth«.

17.

Dr. Kevin Schröder sah Tjark an, wie ein Vater seinen Sohn ansieht, wenn er ihm sagen will: *Junge, hast du schon wieder Unsinn angestellt, den ich ausbügeln muss?* Tjark blickte ungerührt zurück. Mit dem gleichen vorwurfsvollen Gesichtsausdruck bedachte Schröder auch Femke, die neben Tjark am Hafen stand und das Kinn leicht anhob, was sie ein wenig bockig wirken ließ. Er wandte sich vom Empfangskomitee ab, ließ den Blick über die Kutter schweifen und streckte die Nase in den Wind.

»Ach, ist das schön hier«, sagte er.

Man hätte fast meinen können, dachte Tjark, Schröder sei gerade in den Ferien angekommen und hätte noch die ganze Familie im Fiat Multipla sitzen, den Tjark für eines der hässlichsten Autos hielt, die jemals gebaut wurden. Ein regelrechtes Designverbrechen. Schröder trug außerdem Trekkingsandalen, Cargoshorts und ein Polohemd sowie einen stattlichen Bart, der ziemlich ungepflegt wirkte und von einigen grauen Strähnen durchzogen war.

Schröder war Polizeipsychologe. Das heißt: Er war Polizist und hatte an seine Ausbildung ein Studium angeschlossen und dann promoviert. Sowohl Tjark als auch Femke hatten bereits einige Male mit ihm zu tun gehabt. Was womöglich der Grund dafür war, dass er sich zierte wie eine Prinzessin auf der Erbse, als Tjark ihn um den Gefallen bat. Andererseits: Das tat Schröder meistens.

»Der schreckliche Unfall am Baumarkt und der Tod Ihres Pferdes, Frau Folkmer – das passt so gar nicht an diesen wunderbaren Ort.«

»Nein.« Femke setzte die Pilotensonnenbrille auf. »Kein Stück.«

Schließlich gab sie Schröder ein knappes Briefing über Sabine Hespe. Dann stiegen sie alle drei in den Rover von Femkes Freund und fuhren zum Hof der Hespes, ohne sich vorher dort angekündigt zu haben. In der Nähe der Einfahrt zum »Dünenhof« standen zwei Polizeifahrzeuge. Offenbar hatte Töberich auf Tjarks morgendlichen Anruf unmittelbar reagiert und ein paar Leute hingeschickt. Fehlte nur noch ein Beschluss zu einer Wohnungsöffnung bei Carsten Harm, dachte Tjark – wozu sie allerdings etwas schwereres Geschütz und einen hinreichenden Grund würden vorlegen müssen. Denn leider waren von Harm keine Angehörigen bekannt, die einen vielleicht auf Bitten hineinlassen würden, und Harms Ex-Frau lebte wieder in Thailand.

Als sie die Pferdeweide passierten, erkundigte sich Schröder, ob das *die* Weide sei, was Femke mit einem Nicken bestätigte. Dann nahm Schröder den Eingang zum Maisfeldlabyrinth wahr und sagte amüsiert: »Hm. Wie passend.«

Tjark fragte: »Was ist passend?«

»Das Labyrinth.«

»Es ist ein Maisfeld«, erklärte Femke, »für die Touristen. Und wenn am Wochenende das Scheunenfest gefeiert wird, gibt es einen nächtlichen Maisfeldlauf mit Fackeln.«

»Licht im Dunkel der verworrenen Wege.«

Auf Tjarks fragenden Blick hin fügte Schröder hinzu: »Der Begriff Labyrinth wird verwendet, um unüberschaubare, schwierige und rätselhafte Sachverhalte zu kennzeichnen. Andererseits: Es ist ein ökologisch abbaubarer Freizeitspaß, was man wohl von dieser schrecklichen Großbaustelle, diesem AquaParc, nicht behaupten kann. Wer genehmigt denn so was? Das sind doch alles Naturschutzgebiete hier?«

Tjark zuckte mit den Achseln.
»Knut Mommsen«, sagte Femke, als sei der Name Erklärung genug, und setzte den Blinker. »Er ist der Bauherr des Aqua-Parcs. Ihm gehören die Brauerei und außerdem jede Menge Immobilien, mit seiner Gewerbesteuer finanziert er den ganzen Ort. Mommsen hat sich das also selbst genehmigt und an den entsprechenden Strippen gezogen.«
»Ein Bier-Tycoon?«
»So in der Art«, sagte Tjark. »Jemand, der in einer anderen Sphäre lebt und annimmt, dass für ihn andere Gesetze gelten als für die Sterblichen. Ein Master of the Universe.«
»Verstehe«, sagte Schröder. »Auf solche trifft man immer wieder und überall – vor allem in Chefetagen in der Wirtschaft. Wussten Sie, dass es sehr viele Führungskräfte gibt, die soziopathische und psychopathische Züge tragen? Weil sie ohne diese Merkmale niemals an ihre Jobs gekommen wären und weil sie sich nur auf diese Weise im Konkurrenzkampf mit anderen ihres Schlags durchsetzen können.«
Tjark dachte an Hauke Berndtsen, seinen ehemaligen Chef. »Wundert mich kein Stück.«
Es ruckelte, als der Rover über den mit Schlaglöchern gespickten Weg zum Hof der Hespes fuhr, der zu allen vier Seiten von Maisfeldern umschlossen war. Man erreichte zunächst das wuchtige Haupthaus, das vor etwa hundert Jahren aus rotbraunen Ziegeln gebaut worden war. Die Fenster waren mit weißen Holzrahmen eingefasst. Eine repräsentative Treppe führte zum Eingang. Davor standen zwei verwitterte Holzbänke, auf einem kleinen Löschteich schwammen Enten. Vom Ufer blickte eine Frau auf, als sich der Rover näherte.
Der Rahmen der Haustür wurde fast vollständig von einem Mann ausgefüllt, in dem Tjark den Besitzer vermutete, was

Femke mit einem »Ernst Hespe höchstpersönlich« bestätigte, als sie den Wagen neben einer der Bänke parkte. »Und Sabine«, ergänzte Femke mit einer Kopfbewegung in Richtung des Löschteichs.

»Moin, Herr Hespe«, rief Femke, nachdem sie ausgestiegen waren, und winkte Sabine zu. Die junge Frau trug aufgekrempelte Jeans und ein Paar Crocs-ähnliche Schlappen. Sie hielt ein Messer in der Hand. Am Teichufer lagen abgeschnittene Pflanzen. Es roch nach gemähtem Rasen, Dünger und schwach nach Gülle. Irgendwo krähte ein Hahn. Sabine grüßte nicht zurück, sondern musterte die Besucher mit derselben Skepsis wie ihr Vater. Wobei das nichts heißen musste – nicht wenige hier hatten zunächst eine abwehrende Grundhaltung und waren schweigsam zu Fremden. Was Tjark nicht für verkehrt hielt, wenn auch nicht für irrsinnig freundlich.

Ernst Hespe musterte die Ankömmlinge aus kleinen, schwarzen Augen. »Was ist denn schon wieder?«, fragte er mit donnernder Stimme.

Femke wandte sich betont locker an Sabine. »Sabine, wir würden uns gerne noch mal mit dir unterhalten. Also wir, die Polizei. Mein Kollege Herr Dr. Schröder und ich. Mein anderer Kollege ist Tjark Wolf – vielleicht hast du den Namen schon gehört: Er hat ein Buch geschrieben, ich kenne es in- und auswendig.« Femke lachte leicht.

»Nie gehört«, sagte Sabine und musterte Schröder, der den Kopf leicht zur Seite legte, freundlich lächelte und »Hallo« sagte.

Femke ergänzte: »Wir haben einfach noch ein paar Fragen wegen der Weide und der Tiermorde. Auch ein paar Dinge, die du mir erzählt hast, benötigen wir noch einmal sozusagen offiziell.« Femke stellte das letzte Wort mit einem leichten Grinsen und imaginären Anführungszeichen heraus. »Deswegen ist mein

Kollege Dr. Schröder mitgekommen, weil ich ja quasi *befangen* bin.« Erneut die Anführungszeichen in der Luft. »Dauert auch nicht lang.«
Ernst Hespe kam die Treppe hinab und sagte: »Wir haben der Polizei alles gesagt. Wir haben nichts weiter zu sagen. Sabine, geh ins Haus!«
Hespe wollte sich an Tjark vorbeidrängen und touchierte ihn dabei absichtlich mit der Schulter. Instinktiv spannte Tjark die Muskeln an und stellte die Beine etwas auseinander. Was dafür sorgte, dass Hespe Tjark nicht zur Seite drängte, sondern wie vor ein Hindernis lief, stehen blieb und Tjark mürrisch anblickte.
»Jetzt«, sagte Tjark, »aber mal ganz langsam.«
»Wer sind Sie überhaupt?«
Femke öffnete den Mund, aber Tjark kam ihr zuvor. Leise sagte er zu Hespe: »Ich kann eine Menge sein, wenn Sie mir noch mal einen derartigen Bodycheck verpassen. Ansonsten ist der Name Wolf. Wollen Sie meinen Ausweis und meine Marke sehen?«
Hespe schüttelte den Kopf, als habe er nicht richtig gehört. Femke ging auf Sabine zu. Schröder folgte ihr und streckte die Hand aus, um sich ihr persönlich vorzustellen.
Hespe rief: »Sabine, ins Haus, habe ich …«
Tjark schnitt ihm das Wort ab. »Hier geht keiner ins Haus. Meine Kollegen haben mit Ihrer Tochter zu reden.«
Hespe blickte ihn überrascht an. Offenbar war er so einen Ton nicht gewohnt.
Tjark sagte: »Es ist ganz einfach: Wenn man sich nicht mit der Polizei unterhalten will, obwohl die Polizei mit einem reden will, dann glaubt die Polizei, dass man etwas verheimlicht, weswegen es eine gerichtliche Vorladung gibt, und die Unterhaltung findet dann auf der Wache in einem abgeschlossenen Raum und mit Videokameras unter einem ganz anderen Druck statt, okay?«

»Ich weiß nicht, wovon Sie reden.«
»Haben Sie etwas zu verheimlichen?«
»Ich werde mich bei Ihrem Vorgesetzten über Sie beschweren.«
»Er ist eine *Sie* und denkt exakt so wie ich.«
Hespe wollte wieder an Tjark vorbei und rempelte ihn an. Tjark blieb erneut stehen wie ein Fels. »Wenn ich glaube, dass mir jemand etwas verheimlichen will, frage ich mich: Warum? Den Grund will ich unbedingt herausfinden. Dann wird es ziemlich übel, weil ich ein mieser Typ bin, und Ihre Tochter ist sehr labil. Das passt nicht gut zusammen, miese Bullen und labile Frauen in einem engen Raum mit Videokameras in den Ecken. Ich glaube, da werden Sie mir zustimmen. Also lieber ein freundliches und unverbindliches Gespräch führen, was meinen Sie?«
Tjark machte hinter Hespes Rücken eine Geste, die bedeuten sollte: *Packt euch das Mädel und verschwindet, weg hier jetzt.* Was sowohl Femke als auch Schröder zu verstehen schienen. Femke hakte Sabine unter, deutete zur Straße, und Tjark hörte mit einem Ohr etwas von »spazieren gehen«. Er sah Sabine nicken und folgen.
Hespe durchbohrte Tjark mit dem Blick. Wieder wollte er sich bewegen, aber Tjark stoppte ihn mit der Hand. »Sie hören mir jetzt mal weiter zu, Hespe. Femke ist nett, die zwei kennen sich, und es geht nur um ein paar harmlose Fragen ...«
»Sie können mich mal ...«
»Aber ich bin anders, Herr Hespe, und noch mal: Falls Ihre Tochter unter Druck in einer polizeilichen Vernehmung so ausrastet, wie sie das manchmal tut ...«
»Seien Sie still, Mann«, zischte Hespe.
»... dann veranlasse ich eine Ordnungshaft mitsamt psychiatrischer Begutachtung und eine Zwangsunterbringung, die für gewöhnlich wenigstens drei Monate dauert, und verpasse ihr au-

ßerdem eine Anzeige. Verlassen Sie sich drauf, ich bringe Ihre Tochter mit Sicherheit zum Durchdrehen – und wer weiß, was dann passiert …«

»Ich rufe jetzt meinen Anwalt an.«

Tjark zog sein Handy aus der Tasche und hielt es Hespe hin. »Hier, rufen Sie an. Er wird Ihnen sagen: Da kann ich gar nichts machen, wenn deine Tochter doch nun mal mit der Polizei reden möchte? Sie ist ja schon erwachsen. Nur zu, überzeugen Sie sich. Rufen Sie ihn an.«

Hespe folgte Sabine, Femke und Schröder mit den Blicken. Die drei gingen in einigem Abstand an Tjark und Hespe vorbei.

»Sabine!«, blaffte Hespe. Sabine zuckte zusammen und presste sich die Hände auf die Ohren. Aber sie ging weiter mit Femke und Schröder mit.

»Sabine, du kommst sofort her!«

Wieder ruckte Hespes massiger Körper gegen Tjarks. Wieder setzte sich Tjark ihm entgegen und sagte: »Okay, das war der dritte Bodycheck. Körperverletzung eines Beamten im Dienst. Widerstand gegen die Staatsgewalt. Widersetzung gegen die Aufnahme von Personalien. Ich nehme Sie mit zur Wache.«

»Personalien? Was? Wie?«

Tjark nahm das Handy, presste es sich ans Ohr und sagte dabei: »Ich rufe jetzt Verstärkung, und Sie sind verhaftet, Hespe. Ich habe die Nase voll.«

Tjark sah aus den Augenwinkeln, wie Femke und Schröder mit Sabine hinter der Hausecke verschwanden.

»Was?«, bellte Hespe mit sich überschlagender Stimme. Sein Gesicht war puterrot. »Verhaftet? Widerstand?«

Tjark grinste leicht. Er steckte das Handy wieder ein und nahm eine Packung Zigaretten raus.

Er sagte: »War nur Spaß.«

»Sie … Sie …«
»Scheißtyp? Ich habe Ihnen angekündigt, dass ich ziemlich mies werden kann und Sie die Wahl haben.«
Hespe wischte sich übers Gesicht. Tjark hatte den Eindruck, dass er kapiert hatte, wo der Hase langlief. Er schnippte von unten gegen die Zigarettenpackung. Drei Filter guckten heraus.
»Zigarette?«, fragte Tjark.
Hespe sagte nicht nein.

18.

Schröder, Sabine und Femke gingen eine Weile nebeneinander her, bis sie zum Radweg an der Küstenstraße gelangten. Rechts ging es in Richtung Werlesiel und zum Stall, links zum »Dünenhof« und zur Festscheune. Auf beiden Seiten parkten Autos. Schröder hatte Sabine ein paar Fragen gestellt, aber sie hatte geschwiegen.

Schließlich blieb Femke an der Weggabelung stehen und sagte: »Wenn du nicht mit uns reden willst, können wir umkehren und vergessen das alles. Dann machen wir es amtlich. Ich rufe beim Staatsanwalt an, und wir schicken dir eine Vorladung zur Zeugenvernehmung. Ist dir das lieber?«

»Was soll ich denn überhaupt bezeugen, verdammt noch mal? Ich habe nichts zu sagen, fertig«, fauchte sie.

Schröder fragte: »Warum haben Sie denn eingewilligt, mit uns diesen Spaziergang zu machen und mit uns zu sprechen?«

»Weiß ich auch nicht.«

»Wir können doch ganz frei reden«, meinte Schröder. »Ihr Vater geht Ihnen hier jedenfalls nicht auf die Nerven.«

Sabine setzte einen bockigen Gesichtsausdruck auf und zeigte Richtung »Dünenhof«: »Was ist denn da eigentlich los?«

Schröder ging langsam weiter, nach links. Femke fragte sich, warum er nicht nach rechts zur Weide ging. Das hätte sie naheliegend gefunden, um aus Sabine ein paar Antworten herauszukitzeln. Vielleicht wollte er sie nicht mit dem Tatort konfrontieren. Femke setzte sich ebenfalls wieder in Bewegung und beantwortete Sabines Frage: »Ich denke, das ist wegen

Carsten und dem Unfall am Baumarkt. Davon hast du sicher gehört.«

»Klar.« Sabine blieb stehen. »Also eigentlich gehe ich immer rechts herum. Ich gehe nie nach links.«

Schröder ging einfach weiter. Femke tat es ihm gleich. Der Polizeipsychologe fragte: »Was gefällt Ihnen eigentlich so an Pferden?«

»Was?«, fragte Sabine.

»Und Ihnen, Frau Folkmer? Was mögen Sie so an Pferden?«

Femke zuckte mit den Achseln. »Mir gefällt das Reiten an sich. Pferde riechen gut. Sie sehen schön aus und strahlen eine gewisse Ruhe aus.«

»Sie sind stark, elegant, ausgeglichen, und man kann ihnen vertrauen?«

»Ja.«

»Und man kann sie kontrollieren?«

»Auch das.«

Sabine keuchte genervt und murmelte etwas Unverständliches. Nach einigen Schritten schloss sie zu ihnen auf.

»Pferde tun einem nichts«, sagte Sabine.

»Umso schlimmer«, meinte Schröder, »wenn man ihnen etwas tut. Aber es sind immer die Unschuldigen, die es trifft, nicht wahr? Die, die stillhalten und sich nicht wehren können.«

»Sind Sie so ein Psychologe oder was?«

Schröder blickte Sabine von der Seite an und nickte.

»Ich rede nicht mit Psychologen.«

»Müssen Sie ja auch nicht.«

Femke fragte: »Sabine, was hast du denn in der Nacht gemacht, als das mit den Pferden geschehen ist?«

»Geschlafen natürlich.«

»Die ganze Zeit?«

Sabine schwieg einen Moment lang. Schließlich sagte sie: »Manchmal kann ich nicht gut schlafen. Dann bin ich stundenlang oder sehr früh wach. Manchmal gehe ich spazieren.«

»Ich dachte, du schläfst wegen deiner Medikamente wie ein Stein?«

»Falls ich sie nehme, dann ja.«

Schröder grinste verschwörerisch. »Trevilor? Neurocil? Tavor?«

»Kenne ich alle, ja«, sagte Sabine.

»Seroquel?«

»Am liebsten nehme ich gar nichts. Oder was Pflanzliches.«

»Klar«, meinte Schröder. »Würde ich auch lieber nehmen. Nur dann schläft man halt nicht so gut und regt sich fürchterlich über alles auf. Aber man will ja nicht dauernd betäubt durch die Gegend laufen wie so ein Zombie. Das verstehe ich gut.«

»Ich kann dann auch viel besser denken.«

»Logisch, die Medis dämpfen ja«, meinte Schröder.

Sabine nickte. »Es war so heiß und stickig im Zimmer. Da habe ich das Fenster weit aufgerissen. Dann habe ich Geräusche von draußen gehört. Wie von weit weg. Ich bin ans Fenster und habe etwas im Mais rascheln gesehen.«

»War es nicht zu dunkel?«

»Es dämmerte schon, und der Mond schien noch. Der Mais hat sich bewegt. Ich dachte, dass da vielleicht ein Wildschwein durchläuft. Ich habe mich wieder hingelegt und ein Auto gehört. Es klang so, als würde es beschleunigen.«

»Warum hast du das nicht schon vorher erzählt?«, fragte Femke.

»Ich hab nicht gedacht, dass das wichtig ist. Ist doch logisch, oder, dass einer mit dem Auto wegfährt und nicht auf Inlineskates? Und es tut mir ehrlich leid, dass dein Pferd auf der Weide stand, Femke. Warum hast du es auch nicht in der Box gelassen, dann würde es noch leben.«

Der letzte Satz erwischte Femkes wunden Punkt.
Sabine schwieg, ruckte mit dem Kopf nach rechts und musterte die Polizeifahrzeuge am »Dünenhof«. »Wisst ihr schon, wie das passiert ist mit Carsten Harm?«
»Nicht genau«, erwiderte Femke. »Du hast ja neulich ziemlich über ihn geschimpft, als wir an der Weide gesprochen haben. Über Harm und Leefmann und einige andere.«
»Er hat's verdient.«
»Hm?«
»Carsten. Er war ein Schwein. Sogar so ein Schwein, dass er noch ein paar unschuldige Menschen mitgenommen hat in den Tod. Das macht mich echt wütend.«
Schröder fragte: »Wieso machen Sie einen Unterschied zwischen schuldigen und unschuldigen Menschen?«
»Weil das so ist.«
»Woran wären Sie denn schuldig?«
Sabine schwieg.
Schröder fragte: »Weswegen war der Harm denn schuldig und ein Schwein?«
Sabines Kopf ruckte wieder nach vorn. Die Zuwegung zur Festscheune war etwa fünfzig Meter entfernt. Das Dach des Gebäudes war über den Spitzen der Maisreihen zu sehen und glänzte in der Sonne, deren Reflexe im Lack dreier Fahrzeuge blitzten, von denen zwei am Straßenrand hielten. Als Femke, Schröder und Tjark mit dem Rover gekommen waren, hatte dort ein einzelner silberner Wagen gestanden.
Sabine blieb abrupt stehen. »Wir können jetzt umkehren.«
»Warum?«, fragte Schröder.
»Ich gehe nie bis zur Scheune.«
»Liegt es daran, dass dort gerade Leute sind?«
Sabine schüttelte den Kopf. »Ich gehe nie bis zur Scheune. Gar

nicht.« Sie blickte kurz zum Dach, wandte den Blick jedoch rasch wieder ab.

»Ist mit der Scheune etwas nicht in Ordnung?«

Im nächsten Moment explodierte Sabine regelrecht. »Ich gehe dort einfach nicht hin, okay? Ich gehe nicht bis zur Scheune, ganz einfach. Eins und eins ist zwei, geht das in Ihren Schädel?«, blaffte sie. Feine Speicheltropfen sprühten aus ihrem Mund.

»Sabine ...« Schröder machte eine beschwichtigende Geste.

»Nein! Scheiße! Scheiß auf Harm und euch alle!« Sie ohrfeigte sich selbst. Dann drehte sie sich um und lief los. Stolperte, zog sich die Crocs aus und rannte weiter.

Femke rief ihr hinterher und wollte ihr folgen. Schröder hielt Femke am Oberarm fest.

»Nein«, sagte er. »Nicht. Lassen Sie sie einfach. Das war ihr alles emotional zu viel. Sie wird kein Wort mehr reden.«

Femke atmete tief durch. »Okay.« Sie straffte sich.

Schröder sagte: »Ich glaube ziemlich sicher, dass sie eine Borderline-Störung hat. Es deutet alles darauf hin. Die Narben von Selbstverletzungen an ihren Armen, ihre emotionalen Ausbrüche, die plötzliche Aggression. Die Medikamente, die ich erwähnt habe, setzt man flankierend zur Borderline-Therapie ein – eine instabile Persönlichkeitsstörung, die jemanden auf eine Achterbahn der Gefühle katapultiert. Gut, böse, schwarz, weiß, Liebe, Hass – alles ist im ständigen Chaos und Widerstreit miteinander und stets im Extrembereich, ohne kontrollierbar zu sein. Das kann sich in Aggression nach außen äußern, in Aggression gegen sich selbst, in psychotischen oder depressiven Zuständen, in Wutausbrüchen oder absoluter Gefühllosigkeit. Typisch ist das selbstschädigende Verhalten: das Ritzen, weil man die inneren Anspannungen lösen will. Es kann sich aber auch anders äußern, zum Beispiel in ruinösem Geldausgeben, exzessi-

vem Drogen- oder Alkoholgebrauch oder in enthemmtem Sexualverhalten. Auch die Beziehungen zu anderen Menschen sind gestört – sie sind instabil und wechselhaft, gleichzeitig von panischer Trennungsangst geprägt. Borderliner können in der Regel nicht allein sein, weil sie es nicht ertragen.«
»Was sind die Ursachen für eine solche Störung?«
»Man weiß es nicht genau, geht aber von genetischen Ursachen oder Kindheitstraumata oder einer Mischung aus. Aus der Statistik geht hervor, dass fast drei Viertel der Betroffenen sexuellen Missbrauch erlebt haben, meist in der frühen Jugend oder Kindheit. Etwa die Hälfte musste körperliche Gewalt ertragen. Zu den Traumata zählen extreme Angst bis zur Furcht vor dem Tod, extreme Hilflosigkeit und die Unfähigkeit, das alles zu verarbeiten. Das wiederum kann genetisch bedingt sein: Manche Menschen gehen auch als Kind besser oder schlechter mit schlimmen Erfahrungen um. Nicht jede Verletzung der Seele äußert sich grundsätzlich bei jedem Opfer in einer psychischen Störung.«
Femke nickte. Sie dachte an die Situationen, in denen sie Sabine in Gewahrsam genommen hatte. Sie fragte sich nach den Ursachen – und warum Sabine froh war, dass Carsten Harm nicht mehr lebte und warum sie an der Scheune so stark reagiert hatte. Im nächsten Moment reagierte Femke selbst sehr stark. Sie zuckte zusammen, als aus der Einfahrt eines der Protestschilder geflogen kam und krachend auf der Kühlerhaube des Mercedes zu liegen kam. Dann rauschte ein schreiender und miteinander ringender Pulk von drei oder vier Menschen mitten auf die Straße und prügelte sich.
»Oh, Mann«, sagte Femke und rannte los.

19.

Tjark saß mit Hespe auf einer Bank vor dem Haupthaus und rauchte. Sie sprachen über den Unfall am Baumarkt. Hespe sagte, dass es schade sei um Carsten Harm, der sei ein guter und verlässlicher Kerl gewesen. Um die anderen Opfer sei es ebenfalls schade. Er erklärte außerdem, dass sie keinen Ärger brauchen könnten und Sabine zu neunzig Prozent der Zeit völlig normal sei und schließlich ihre Medikamente nehme, weswegen alles prächtig geregelt sei. Sie brauche lediglich geordnete Verhältnisse, feste Tagesabläufe, und jemand müsse ständig um sie herum sein, weil sie das Alleinsein nicht ertrage – sie habe sich schon wer weiß was für einen Kopf darum gemacht, dass ihre Mutter derzeit für drei Tage ihre Schwester im Rheingau besuche, und befürchtet, das könne irgendeine Strafe sein. Was nach Hespes Worten Unfug war, aber Sabine rede sich solche Dinge wohl manchmal ein und ließe sich schwer vom Gegenteil überzeugen.

Schließlich unterbrach Hespe das Gespräch, weil er nach der neuen Egge schauen müsse, und setzte sich in Bewegung. Einer seiner Mitarbeiter zog das Gerät gerade an einem Traktor vorbei, um es in einer Scheune abzustellen. Tjark hatte keine rechte Vorstellung davon, was eine Egge eigentlich war. Er stellte sie sich als eine Art Kamm vor, mit dem man einen Acker aufriss und Erdschollen zerkleinerte, um Saatgut hineinzustreuen. Was gar nicht so falsch gedacht war, wie Hespe ihm jetzt erläuterte.

Das Gerät, das über den Hof gezogen wurde, erinnerte Tjark optisch allerdings eher an ein mittelalterliches Foltergerät oder eine bestialische, altertümliche Kriegsmaschine, mit der man durch die Reihen der Gegner pflügte, um ihnen die Beine zu zerfetzen. Die Egge war für den Straßentransport zu einem gleichschenkligen Dreieck hochgeklappt. An allen drei Seiten befanden sich mehrere Reihen aus massiven Stahlspitzen. Die Zinken waren wenigstens zwanzig Zentimeter lang und grün lackiert. Sie waren an einem roten Anbaurahmen befestigt, der sich offenbar hydraulisch auf- oder zuklappen ließ. Wenn man die Egge auf dem Acker entfaltete, konnte man damit gewiss ein Feld von acht Metern Breite bearbeiten, so dass die zusammengeklappte Egge etwas über zwei Meter hoch war. Ein Mordsgerät, sagte Hespe, und schweineteuer, weswegen er es nun einmal auf die Funktionsfähigkeit testen müsse. Dann blieb er stehen, als sei ihm gerade noch etwas eingefallen.

»Ja?«, fragte Tjark.

»Es ist wirklich komisch mit Harms Absturz. Dabei hatte er seinen Fallschirmmotor gerade noch zu Gerdes gebracht. Damit war also technisch alles in Ordnung. Das kann ja kein Unfall gewesen sein.«

»Wer ist Gerdes?«

»Jan Gerdes. Der Besitzer von der Tankstelle und der Werkstatt.«

Tjark erinnerte sich. Die Werkstatt, vor der er den Lieferwagen von Willem Leefmann hatte stehen sehen.

»Warum und wann hat Harm den Motor dorthin gebracht?«

»Ich stand drüben an der Straße, und Harm kommt mit seinem Wagen vom ›Dünenhof‹ und hat diesen Ventilator aufs Dach geschnallt. Seinen Propeller. Er fährt vorbei und grüßt mit herabgelassenem Fenster. Ich sage: ›Moin, was willst du Töffel denn, hast du den Kombi zu einem Flugmobil umgebaut?‹ Er sagt: ›Nee, kommt zur Wartung bei Gerdes.‹«

»Danke für den Hinweis.«

Hespe blickte Tjark groß an. »Gerdes macht aber keinen Schmu. Ich wollte nur sagen, dass es daran nicht gelegen haben kann.«
»Verstehe.«
»Ich wollte damit nicht sagen, dass Sie Gerdes auf die Nerven gehen sollen. Gerdes ist ein fähiger Mann.«
»Klar. Woher kennt der sich denn mit Flugmotoren aus?«
»Na, Motor ist Motor. Außerdem ist er ja in diesem Modellfliegerverein.«
»Aha?«
Hespe spürte instinktiv, dass er gerade noch etwas gesagt hatte, was zum Problem für Gerdes werden könnte. »Womit ich nichts andeuten will. Die haben zig Mitglieder.«
Tjark zuckte mit den Achseln.
»Gerdes ist ein guter Kerl. Der und Harm kennen sich schon seit der Schule, glaube ich.«
»Alles klar.«
Hespes Blick blieb skeptisch. Er brummelte etwas und wandte sich zum Gehen.
Tjark streckte sich auf der Bank aus und sah in den Himmel. Er betrachtete die Spitzen des Maisfelds, die sich im Wind bewegten und das Feld rascheln ließen, als sei es ein lebendiges Wesen. Dann summte das Handy in der Tasche seiner Jacke. Fred.
Sein Kollege kam gleich zur Sache: »Alter, was für ein irres Zeug geht da oben ab?«
»Das fragst du den Falschen.«
»Ich habe mit dem kriminaltechnischen Labor gesprochen. Ihre Sachverständigen gehen davon aus, dass ein ferngelenktes Modellflugzeug den Gleitschirm getroffen hat. Dabei wurden zwei der Leinen zerteilt, der Motor beschädigt – und der Schirm aufgeschlitzt. Der Schirm wurde beim Absturz quasi einmal in der Mitte durchgerissen.«

»Okay«, sagte Tjark und erinnerte sich daran, dass er noch bei der Rechtsmedizin anrufen musste, um zu erfahren, ob auszuschließen war, dass Harm einen Herzschlag erlitten hatte oder unter Drogen stand.
Fred redete weiter: »Sie haben Teile des Flugzeugs wieder einigermaßen zusammengebastelt und haben eine Modell- und eine Seriennummer. Ist ein ziemlich großes Gerät mit starkem Motor. Es war eines von den Modellen, die über eine eingebaute Digitalkamera verfügen. Damit filmt man den Flug aus der POV.«
»POV?«
»Point of view. Quasi aus der Cockpit-Sicht.«
»Hat die Kamera gefilmt?«
»Überprüfen sie im Moment. Den Chip von Harms Kamera auch.«
Vielleicht hatte Harm Luftbilder gemacht. Und vielleicht war auf den Luftbildern etwas zu erkennen, mit dessen Hilfe man den Absturz rekonstruieren konnte. Vielleicht, mit ganz großem Glück, hatte Harm auch Aufnahmen vom »Dünenhof« gemacht – mit der Start- und Landebahn, falls der Parkplatz von dem Piloten des Modellflugzeugs tatsächlich als eine solche genutzt worden war.
Tjark dachte eine Weile nach und sagte dann: »Wenn du am Boden stehst und so ein Flugzeug per Fernbedienung lenkst, musst du eine gute Übersicht haben und sehr viel Erfahrung, um einen kleinen Punkt am Himmel wie den Gleitschirm so präzise zu erwischen, dass er abstürzt. Fällt mir schwer, dabei Vorsatz zu erkennen. Vielleicht war es wirklich ein sehr unglücklicher Unfall.«
Fred erklärte: »Es gibt ein paar ganz heiße Burschen auf YouTube. Die haben ferngelenkte Hochleistungsdrohnen und machen

damit Rennen im Wald. Die Drohnen haben Kameras. Die Typen tragen Virtual-Reality-Brillen und sehen, was die Kamera aufzeichnet. Oder sie starren auf ihr iPad. Jedenfalls haben sie eine Pilotenperspektive. Die Dinger übertragen Livebilder. Ich wollte mir selbst schon mal eine kaufen. Luftbilder vom Haus machen und so.«

Tjark nickte. »Es wäre ausgezeichnet, wenn die Flugzeugkamera den Flug aufgenommen hätte. Dann ließe sich alles exakt nachvollziehen. Vielleicht sogar der Ort ermitteln, wo das Flugzeug gestartet wurde.«

»Das viel Heißere an der Sache ist, dass der Lenker dieses Flugzeugs die eingebaute Kamera als perfekte Zieleinrichtung genutzt haben kann, um Harm damit vom Himmel zu holen.«

Tjark dachte an Videobilder von ferngesteuerten Raketen und Bomben. »Die sollen sich ranhalten und die Daten rasch auswerten.« Tjark überlegte, dass er dringend dieses Modellflieger-Ass Jan Gerdes besuchen sollte. »Fred?«

»Ja?«

»Gut, dich an Bord zu haben. Hat Ceylan das abgenickt?«

Fred machte ein schwer zu deutendes Geräusch, statt zu antworten. Es war Tjark Antwort genug.

20.

Blöder, kleiner Wichser«, zischte Willem Leefmann.
Er stieß Bogdan Horvath vor sich her und auf die Straße. Er verpasste ihm einen Faustschlag gegen das Brustbein und packte den Kerl am Hals. Seine Pranke umschloss ihn fast zur Hälfte. Leefmann spürte ein Reißen und Zerren an seinem Hemd, weil die anderen ihn zurückhalten wollten. Aber Leefmann war wie ein Ochse, der rotsah.

Horvath spuckte ihm ins Gesicht und schimpfte: »Drecksfaschist! Beschissener Nazi!« Die dunklen Augen in dem tiefbraunen Gesicht glühten. Das feine weiße Hemd war ihm aus der grauen Anzughose gerutscht. Das rabenschwarze Haar fiel ihm wie ein Vorhang in die Stirn.

Leefmann verpasste ihm einen Schlag in die Magengrube, was Horvath aufkeuchen ließ. Jetzt traten ihm die Augen aus den Höhlen.

Leefmann bellte: »Du Scheißkanake bist doch auch einer von denen! Dich haben sie bloß vergessen im KZ in Bosnien, du Arsch! Was fällt dir ein, unsere Schilder herauszureißen! Das ist Sachbeschädigung! Dich mach ich fertig!«

Damit stieß er Horvaths schmächtigen Körper von sich. Horvath stolperte rückwärts, fiel hin und kam auf dem Mittelstreifen der Straße auf dem Rücken zu liegen. Ausgezeichnet. Genau da wollte Leefmann ihn haben, um sein Gesicht mit der Hacke der Arbeitsschuhe zu bearbeiten. Kosmetische Chirurgie à la »altes Handwerk«. Horvath ging ihm seit Wochen schrecklich auf die Nerven mit seinen bescheuerten Kommentaren in der

Facebook-Gruppe über das Flüchtlingspack – von wegen, dass sehr viele Deutsche auch mal Flüchtlinge gewesen waren und dass man helfen und Kleider und Lebensmittel spenden solle. Einen Scheiß sollte man tun, fand Leefmann und hatte Horvath neulich achtkantig aus seinem Installateurbetrieb geworfen, als er mit seinem »Hörth«-Dienstwagen angefahren kam, um Material und Werkzeug zu verkaufen. Der Mist war bloß: In der Hinsicht war Leefmann auf Horvath angewiesen, weil er eben nun einmal Material und Werkzeug benötigte und »Hörth« die besten Preise hatte. Schöne Scheiße. Horvath hatte Leefmann damit sozusagen sogar in der Hand wie ein Dealer einen Süchtigen, was es nur schlimmer machte.

Und vorhin, als Leefmann und die anderen wegen der Schilder und Transparente hergekommen waren, erwischten sie doch den kleinen Scheißer glatt dabei, wie er die Schilder gerade herausriss und die Transparente zerfetzte! War das zu glauben? Hielt der einfach hier mit seinem Dienstwagen an und beschädigte fremdes Eigentum?

Genau genommen hatten Leefmann und die anderen gerade sowieso vor, die Schilder abzubauen und neue aufzustellen. Allerdings solche, die für das Scheunenfest warben. Knut Mommsen hatte die Banner mit dem Werbelogo der Brauerei frisch drucken lassen, und auf denen stand nun: »Scheunenfest in Werlesiel – Tradition siegt immer!« Denn Mommsen hatte an allen möglichen Strippen gezogen und es letztlich mit Hilfe einiger Landtagsabgeordneter sowohl beim Bürgermeister als auch beim Landkreis durchgesetzt, dass die Scheune nicht mit Flüchtlingen belegt werden würde. Außerdem hatte er kurzfristig von einer Werbeagentur Trauerflore organisiert, die an den neuen Aufstellern befestigt werden sollten, um das Mitgefühl der Werlesieler für die Opfer des schrecklichen Unfalls und deren Angehörigen auszudrücken.

»Das müssen wir tun«, hatte Mommsen gesagt. »Auch wenn der Bürgermeister und die Kirche lieber sehen würden, dass wir aus Respekt das Fest absetzen. Aber ich habe nicht so lange für nichts gekämpft. In hundert Jahren ist das Fest nur ein einziges Mal ausgefallen, und ihr wisst, was damals in den Neunzigern los war. Das ist der Grund, weshalb ich mir den Arsch aufgerissen habe.«

Ja, in der Tat wusste Leefmann ziemlich gut, was damals in den Neunzigern hier los gewesen war. Und auch wenn Leefmann wegen des entgangenen AquaParc-Auftrags nach wie vor sauer auf Mommsen war, konnte man über den Mistkerl Mommsen sagen, was man wollte: Er ging seinen Weg und ließ sich durch nichts aufhalten. Sollte er irgendwann einmal Bürgermeister werden wollen, würde er ein Rekordergebnis einfahren. So viel war mal klar.

Als Leefmann den Fuß anhob, um damit der Schmeißfliege Horvath das Gesicht neu zu gestalten, gab es einen heftigen Ruck und ein reißendes Geräusch in den Nähten seines Hemdes. Dieses Mal waren die anderen stärker. Leefmann taumelte nach hinten.

Mommsen schrie ihn an und verpasste ihm einen Schlag in den Nacken wie einem Schuljungen: »Bist du total bescheuert, Schwachkopf!«

Eine weitere Stimme gesellte sich zu dem Gebrüll. Die Stimme einer Frau. Leefmann sah zur Seite und kapierte nicht, woher Femke Folkmer nun auf einmal kam. Mit großen Schritten marschierte sie mitten auf der Straße auf ihn zu und kommandierte energisch: »Alle! Sofort! Runter von der Straße! Aber ganz fix!«

Scheißpolizei, dachte Leefmann, schnaubte und ließ sich widerwillig auf den Radweg zerren. Etwa zweihundert Meter weiter gab es Bewegung an der Einfahrt zum »Dünenhof«. Von dort setzten sich zwei Polizisten in blauen Uniformen im Laufschritt in Bewegung.

21.

Femke wiederholte das Kommando, als Leefmann und Mommsen sich gleichzeitig rechtfertigen wollten, ohne sich von der Stelle zu bewegen. »Runter von der Straße! Sofort!«

Sie warf einen Blick über die Schulter und sah, dass sich zwei Kollegen vom »Dünenhof« her näherten. Wie passend, dass die gerade vor Ort waren. Femke hatte Dr. Schröder gebeten, die Kollegen zur Unterstützung herüberzuschicken.

Jetzt ging sie auf den am Boden liegenden Mann zu, reichte ihm die Hand und fragte: »Alles in Ordnung mit Ihnen? Sind Sie verletzt?«

»Nein«, keuchte er und ließ sich von Femke aufhelfen. »Ich denke nicht, nein.« Er hielt sich allerdings den Magen. Was kein Wunder war: Femke hatte mit angesehen, wie Willem Leefmanns Faust darin gelandet war.

»Mein Name ist Folkmer, Kriminalpolizei. Was ist hier los?«

»Was fragst du das den Asi?«, schnauzte Leefmann von der Seite und fing sich dafür wieder einen Nackenschlag von Mommsen ein.

»Bogdan Horvath«, keuchte der Mann. Der Name sagte ihr etwas. Der Wagen mit dem Firmenlogo von »Hörth« musste wohl seiner sein.

Horvath wollte sich gerade erklären, als Knut Mommsen mit einer beschwichtigenden Geste an Femke herantrat.

»Liebe Frau Folkmer …«, sagte er.

Femke herrschte Mommsen an. »Runter von der Straße, habe ich gesagt! Das ist kein Bürgersteig, Menschenskind!«

Mommsen zuckte, als habe Femke ihm eine geknallt. Er war zwischen sechzig und siebzig Jahre alt und weder besonders groß noch besonders klein. Sein dünnes Haar war ergraut, und mit seinem stoischen und stets leicht pikiert wirkenden Gesichtsausdruck und den Tränensäcken eines Bassets wäre er jederzeit als britischer Landadeliger durchgegangen. Er trug einen dünnen, blauen Zweireiher mit goldenen Knöpfen und darunter ein weißes Hemd. Die Krawatte war leicht verrutscht. Fraglos war er als Chef eines Millionen Euro schweren Unternehmens einen solchen Ton nicht gewohnt. Er ruckte sich den Schlips zurecht und machte einen Schritt zurück.

»Also«, fragte Femke, »was ist hier los?«

Bevor einer der anderen etwas sagen konnte, ergriff Horvath das Wort. Femke schätzte ihn auf Anfang vierzig. »Ich fuhr hier vorbei. Ich hielt an und habe die Schilder aus dem Boden gerissen und die Transparente entfernt, weil sie mich wütend gemacht haben. Als ich gerade dabei war, kamen die anderen Herren vorbei. Es gab einen Streit. Dieser eskalierte.«

»Okay«, sagte Femke und dachte: Der spricht wie gedruckt, der Mann. Sie musterte Horvath durch ihre Sonnenbrille. Er klang sehr sachlich. Lediglich das leichte Zittern in der Stimme verriet ihn sowie der Blick, mit dem er nach wie vor Leefmann und Mommsen fixierte – wie ein Panther kurz vor dem Angriff. Horvath umgab eine Aura des unterdrückten Zorns. Wer weiß, dachte Femke, wie sehr die Lage ohne ihr Einschreiten noch eskaliert wäre – Willem hätte Horvath fraglos krankenhausreif geschlagen.

»Kommen Sie«, sagte Femke. »Runter von der Straße.«

Sie ging voran. Horvath folgte ihr zum Radweg, wo sich Femke zwischen ihm und den anderen aufbaute. Im Rücken hörte sie aufgeregtes Reden von Leefmann und beschwichtigendes von

Mommsen und ignorierte es so gut wie möglich – eine Fähigkeit, die man sich aneignete, wenn man als Streifenpolizist unterwegs war und bei einem Unfall alle direkt oder indirekt Beteiligten auf einmal mit einem reden wollten. Femke blickte an Horvath vorbei und sah, dass die zwei Kollegen in Uniform eingetroffen waren. Ein Glück, dass Torsten keiner von ihnen war.

Sie fragte Horvath: »Sie arbeiten für ›Hörth‹, ja? Das ist Ihr Wagen?«

Horvath nickte.

Sie drehte sich um und fragte Mommsen: »Die schwarze Limousine ist Ihre, nehme ich an.«

»Das ist mein Fahrzeug«, bestätigte Mommsen. »Das mit dem Lack- und Blechschaden auf der Motorhaube, nachdem von Herrn Horvath ein Schild darauf geschleudert worden ist, um genau zu sein. Frau Folkmer, es kann doch wohl nicht …«

Femke hob abwehrend die Hand und wendete sich wieder zu Horvath. »Haben Sie das Schild auf Herrn Mommsens Wagen geworfen?«

»Ja«, sagte Horvath und sah Femke aus schwarzen Augen an. »Allerdings nicht mit Absicht. Ich wollte Herrn Leefmann damit treffen, aber er wich aus.«

»Okay.« Femke nickte und stemmte die Hände in die Hüften. »Warum wollten Sie ihn treffen?«

»Weil er mich beleidigt und übel beschimpft hat.«

»Sie hätten ihn schwer verletzen können.«

»Das ist richtig.«

»Was hat er gesagt?«

Leefmann blaffte von hinten: »Dass ich ihm einen neuen Scheitel ziehe, wenn er seine schwarzen Finger nicht von unseren Transparenten nimmt. Dass das Sachbeschädigung ist und …«

Femke nahm wieder abwehrend die Hand hoch. »Bist du verletzt worden, Willem?«
»Nein, von dem Lulli doch nicht.«
Horvath sagte: »Lulli war eben kein Wort, das verwendet wurde. Es fielen eher Worte wie Kanake, Scheißasylant und dass die Serben vergessen hätten, mich zu erschießen.«
»Was ja auch stimmt!«, bellte Leefmann, und Mommsen raunte: »Schnauze, Willem.«
Horvath erklärte in Richtung Femke: »Nichts davon ist korrekt, wenngleich mein Name nach Balkan klingt, so stamme ich doch nicht von dort.«
Erneut fiel Femke Horvaths gewählte Ausdrucksweise auf. So sprach jemand, der in besseren Kreisen aufgewachsen war. Man erwartete es weniger von jemandem, der Schrauben verkaufte.
Sie hob den Zeigefinger drohend in Leefmanns Richtung und herrschte ihn an: »Höre ich noch einmal so ein Wort von dir, Willem, bekommst du eine saftige Anzeige, klar?«
Leefmann öffnete den Mund, besann sich dann aber eines Besseren.
Femke fragte Horvath: »Woher stammen Sie?«
»Aus Aurich.«
Femke wandte sich an Mommsen: »Sie waren Zeuge. Hat sich das Geschehen aus Ihrer Sicht so zugetragen, wie Herr Horvath es schildert?«
»Ja«, sagte Mommsen. »Das war so.«
Mommsen fügte noch an, was sie eigentlich hier wollten – nämlich die alten Schilder abbauen und neue aufstellen, weil die Scheune nun doch frei bleibe und am Wochenende das Fest gefeiert werden könne.
Endlich stießen die beiden Kollegen hinzu. Femke wies sich aus und erklärte ihnen rasch die Situation. Etwas leiser fügte sie hin-

zu, dass es sich bei den Kontrahenten außerdem um Gegner in der Facebook-Gruppe »Wir in Werlesiel« handelte und alle sicher sehr gereizt seien, sich nun persönlich gegenüberzustehen.
Femke wandte sich noch mal an Horvath: »Sie sind als Vertreter doch ständig mit dem Wagen unterwegs und kommen hier sicher öfter längs, da sind Ihnen diese Schilder gewiss schon häufiger aufgefallen. Warum haben Sie ausgerechnet heute angehalten, um sie herauszureißen? Wo sie doch sowieso abgebaut werden sollten?«
»Man kann es sich leider nicht aussuchen, wann die Wut einen packt, Frau Folkmer. Sosehr man sich auch sonst zusammenreißt.«
»Sie setzen sich hier vor Ort für die Flüchtlinge ein, richtig?«
»Ich helfe unter anderem in Aurich in einem zentralen Aufnahmelager mit, das ist wahr. Ich leiste dort gemeinsam mit anderen nach Kräften ehrenamtliche Unterstützung, und ich bin gelegentlich auch in Werlesiel, das ist korrekt.«
Femke nickte. Horvath hatte vielleicht selbst einen Migrationshintergrund wie viele der Flüchtenden und setzte sich deswegen so für sie ein und regte sich auch deswegen so sehr über Vollpfosten wie Leefmann auf, dachte sie. In der Hintertasche der Jeans vibrierte ihr Handy.
Tjark hielt sich nicht mit einer Begrüßung auf: »Da ist eben eine ziemlich aufgelöste Sabine Hespe an mir vorbeigelaufen, daher nehme ich an, dass eure Unterredung beendet ist?«
»Ja«, bestätigte Femke.
Er erzählte ihr, was er von Hespe und Fred erfahren hatte, und machte einen Vorschlag für den nächsten Schritt.
Femke sagte bloß: »Dann lass uns keine Zeit verlieren.«

22.

Tjark blendete noch einmal auf – ein Abschiedsgruß an Dr. Kevin Schröder vor ihm, der wieder zurück nach Aurich fuhr und Tjark unmissverständlich erklärt hatte, dass das jetzt endgültig das letzte Mal gewesen sei, dass er ihm auf dem kurzen Dienstweg so spontan ausgeholfen habe. »Natürlich«, war Tjarks Antwort gewesen. Tjark setzte den Blinker nach rechts und stoppte den BMW neben Willem Leefmanns Lieferwagen, den er gestern bereits vor der Werkstatt von Jan Gerdes hatte stehen sehen. Nur war der Wagen jetzt andersherum geparkt. Offensichtlich war die Reparatur abgeschlossen.

Als Tjark und Femke die Werkstatt betraten, war Jan Gerdes an einer Hebebühne gerade mit den Radlagern eines älteren Ford Kombi befasst.

»Moin, Jan«, grüßte Femke.

Gerdes wirkte überrascht. Er grüßte mit einem Nicken zurück, betrachtete Tjark, schaute wieder zu Femke, die nun ihre Marke und den Ausweis vorzeigte.

Gerdes runzelte die Stirn. »Ich weiß durchaus, dass du bei der Polizei bist, Femke.«

»Ich zeige dir den Ausweis, weil ich offiziell hier bin, Jan. Das ist mein Kollege Tjark Wolf.«

»Tag«, sagte Tjark und wies sich ebenfalls aus.

Gerdes schwieg, wischte sich die Hände an der Hose ab und schlug einen Trommelwirbel an den Oberschenkeln. Er lupfte die Brauen, als warte er darauf, über den Anlass des Besuchs unterrichtet zu werden. Warum unnötig Luft verschwenden und danach fragen?

Tjark fragte: »Herr Gerdes, ist es richtig, dass Sie den Rucksackmotor von Carsten Harm am Tag vor dessen Unglück in der Werkstatt reparieren sollten?«

Gerdes' Adamsapfel hüpfte auf und ab wie ein Pingpongball. Er nickte. »Das stimmt. Er hat ihn mir zur Wartung gebracht. War irgendwas mit dem Motor nicht in Ordnung? Das kann nicht sein.«

»Was genau haben Sie mit dem Motor gemacht?«

Gerdes erklärte einige technische Details und fügte hinzu: »Es ist so schrecklich, was mit Carsten passiert ist.«

»Sie kannten einander gut?«

Gerdes zuckte die Achseln. »Was heißt gut. Wir kannten uns schon sehr lange. Wie man sich eben so kennt.«

»Sie waren keine Freunde?«

»Nicht in dem Sinne, nein. Bekannte. Enge Freunde waren wir eher nicht.«

Femke fragte: »Wann hat Carsten den Motor abgeholt?«

»Wie ihr schon gesagt habt: am Abend vor dem Unglück. Er wirkte vollkommen normal. Er sprach davon, dass er den Motor gleich am nächsten Morgen testen wollte, weil gutes Flugwetter angesagt war.«

»War noch jemand in der Werkstatt?«

»Ja, Heiner. Mein Angestellter.«

»Hat Heiner auch mit Carsten gesprochen oder bei der Motorwartung geholfen?«

»Das war nicht nötig, das habe ich allein gemacht. Heiner war damit beschäftigt, eine Bestellung anzunehmen.«

»Was für eine Bestellung?«

»Einige Werkzeuge. Ersatzteile.«

»Die Post war da?«

»Nein, der ›Hörth‹-Vertreter.«

»Herr Horvath?«
»Richtig, ist ja seine Region hier. Er beliefert uns regelmäßig.«
Tjark fragte: »Reparieren Sie des Öfteren Dinge wie einen Flugmotor?«
»Gelegentlich. Rasenmäher, Traktoren. Alles Mögliche.«
»Braucht es für so einen Flugmotor nicht spezielle Kenntnisse?«
»Eigentlich nicht.«
»Und uneigentlich?«
»Ich kenne mich ein wenig mit Flugmotoren aus. Ich bin Mitglied im Modellflugclub. RC Schwalbe Wittmund.«
»Oh«, machte Tjark gespielt. »Verstehe. Wo fliegen Sie denn? Und ist das nicht schwierig bei dem Wind an der See?«
»Wir fliegen bei Wittmund und in Brockzetel.«
»Wo Carsten Harm gestartet ist«, mischte sich eine sonore Stimme in das Gespräch.
Töberich, den Tjark angerufen hatte, war eingetroffen.
Gerdes wirkte zunehmend verunsichert. Er fragte: »Worauf läuft das hier alles hinaus? Ich habe nichts, aber auch gar nichts mit dem Unglück zu tun, beim besten Willen nicht, ich …«
Töberich ergriff erneut das Wort: »Hat der Modellflugclub viele Mitglieder?«
»Um die dreißig.«
»Das sind schon einige. Läuft mit dem Flugmaterial sicher alles übers Internet, hm? Ich wollte meinem Sohn mal so einen Segler schenken, wo kriegt man so was?«
»In Wilhelmshaven gibt es ein Fachgeschäft, aber es wird viel im Netz bestellt, das stimmt. Oft auch direkt über mich.«
»Ah ja«, machte Töberich.
»Wir organisieren Sammelbestellungen und erhalten Rabatte, wenn ich im Namen des Vereins ordere.«
»Mhm.«

Töberich, Femke und Tjark wechselten einige Blicke. Tjark sah demonstrativ auf die Uhr und meinte: »Wir müssen los, Femke.«

Femke nickte. Auch sie hatte begriffen, dass drei gegen einen zu viel war. Töberich würde das Kind allein schaukeln, und wie es aussah, hatte Gerdes ein Alibi für den betreffenden Vormittag und jemanden, der bezeugen könnte, dass er in der Werkstatt gewesen war.

Femke und Tjark verabschiedeten sich. Tjark hörte im Rausgehen, wie Töberich sagte: »Also, alles noch einmal ganz von vorn«, und danach fragte, ob der Modellflugclub denn eine Internetseite habe und ob es ein Mitgliederverzeichnis gebe. Weitere Daten, dachte Tjark, könnte man sich auch über das Amtsgericht und das Vereinsregister besorgen – und natürlich würde die Polizei jedes Mitglied des Vereins genauer anschauen müssen.

Als sie wieder im BMW saßen, musterte Tjark Femke fragend: »Glaubst du ihm?«

»Ich weiß nicht«, erwiderte Femke, während sie vergeblich versuchte, in dem Sportsitz eine angenehme Position zu finden. »Er hat offenbar ein Alibi, und falls mit dem Rucksackmotor etwas nicht stimmte oder er manipuliert wurde, werden die Gutachter das herausfinden. Ich denke, das ist jetzt Töberichs Baustelle, und wir sollten darauf vertrauen, dass er seine Arbeit machen wird.«

Tjark nickte. »Und wir?«

»Wir fahren jetzt nach Oldenburg und schauen uns in der Hexenküche von Rainer Schrot um.«

hende Propeller. Die Kamera musste entweder auf das Cockpit oder ins Cockpit montiert worden sein. Tjark war sich ziemlich sicher, den Parkplatz vom »Dünenhof« zu erkennen. Die Startbahn. Ein Seitenblick zu Femke sagte ihm, dass es ihr genauso ging. Nach einigen Momenten setzte sich das Flugzeug in Bewegung und rollte wackelnd über den Asphalt. Dann gab es einen weiteren Ruck, und die Maschine erhob sich in die Luft. Jetzt war das Bild butterweich und stabil. Die Dächer von Werlesiel waren zu sehen. Der Himmel, die Küste, das Watt. Alles gestochen scharf. Und in der Ferne ein dunkler Punkt, der rasch näher kam.
Schrot ergriff wieder das Wort: »Eingesetzt wurde eine kleine Kamera mit Sender. Die Dinger wiegen nicht einmal hundert Gramm und liefern Full-HD-Auflösung von 1920 mal 1080 Pixeln und zeichnen auf Micro-SD-Karten auf, senden aber gleichzeitig das Livebild mit minimaler Verzögerung, zum Beispiel auf ein Tablet. Das kannst du dann wie eine Zieleinrichtung nutzen. Und ich wette, exakt so hat er es gemacht.«
Schien in der Tat so zu sein, denn auf dem Video war zu erkennen, dass der Modellflieger sich immer wieder neu auf den Punkt am Himmel ausrichtete, der inzwischen ziemlich eindeutig als Harms Gleitschirm zu erkennen war. Dann beschrieb das Flugzeug eine Kurve, und der Gleitschirm geriet kurz aus dem Bild, bis er seitlich wieder sichtbar wurde. Er kam näher. Näher und näher. Immer schneller. Der Pilot gab jetzt richtig Gas. Schließlich war Harm gut zu erkennen. Er schaute nach unten. Hielt etwas in der Hand. Eine Sekunde später füllte Harm das ganze Bild aus, ebenfalls Strippen seines Gleitschirms. Dann gab es ein Chaos, und das Bild brach in sich zusammen. Alles war dunkel.
»Spooky, oder?«, meinte Schrot und stoppte den Mediaplayer. »Wie ein Kamikaze-Video.«

Femke sagte: »Harm hat oft Luftbilder gemacht. Er hatte doch auch eine Kamera um und wirkt auf dem Video, als mache er gerade Aufnahmen.«

Schrot verzog das Gesicht und nickte dann. »Dazu kommen wir gleich.«

»Irgendwas nicht in Ordnung?«

»Gleich«, wiederholte Schrot und öffnete ein neues Programm. Darauf war eine dreidimensionale Satellitenansicht von Ostfriesland und der Küste zu sehen. Dann ploppte eine ganze Reihe von kleinen Punkten auf, die sich wie an einer Perlenkette bis nach Werlesiel zogen. »Gleitschirmflieger haben häufig GPS-Geräte dabei. Sie zeichnen damit ihre Flüge auf und stellen sie ins Netz und in Gleitschirmforen. Es gibt Wettbewerbe, wer wann wie lange geflogen ist und wer Jahressieger wird. Jeder Punkt entspricht einem aufgezeichneten GPS-Impuls, der Datum, Uhrzeit, Höhe, Position und jede Menge weiterer Daten speichert. Irre, oder?«

»Was soll uns das sagen?«, fragte Tjark.

»Du kannst so feststellen, wann er wo losgeflogen ist, welche Route er nahm und wann der Aufschlag geschah.«

»Das wissen wir doch alles.«

»Ja klar, ist aber trotzdem geil, oder?«

Femke gab ein genervtes Geräusch von sich. »Was ist mit den Fotos?«

»Die Kamera hat es beim Aufschlag zerstäubt. Der Chip darin war aber okay. Es waren eine Menge Bilder drauf. Die Qualität ist sehr gut. Gute Kamera, hohe Auflösung, hochwertiges Objektiv.«

Schrot öffnete einen Dateiordner sowie eine Bildervorschau. Er begann mit dem letzten Bild auf dem Chip: eine Aufnahme, die den Baumarkt von oben zeigte. Gestochen scharf. Es folgten weitere Baumarkt-Bilder. Dann waren welche vom Werlesieler

Ortskern zu sehen. Aufnahmen von der Bundesstraße. Bilder von der AquaParc-Baustelle. Dann hätten der Reihenfolge nach eigentlich welche vom »Dünenhof« folgen müssen, der unweit der Baustelle lag – aber Harm hatte keine davon gemacht. Stattdessen liefen etwas ältere Luftbilder durch, die das Maisfeldlabyrinth von oben zeigten, die Scheune, Felder, Windkraftanlagen. Schließlich folgten Großaufnahmen von nackten Hintern, Brüsten und Geschlechtsorganen. Mal war noch Sand zu erkennen, mal die Oberflächen von Handtüchern, unscharfes Riedgras oder die gestreiften Polster von Strandkörben.

»Gott«, schnaufte Femke und zuckte zurück.

»Oops.« Tjark grinste.

Schrot sagte: »Genau. Oops. Das sind alles Aufnahmen, die mit einem starken Teleobjektiv gemacht wurden.«

»Am FKK-Strand«, sagte Tjark.

Femke schüttelte den Kopf: »Den haben wir in der Form nicht. Auch auf den Inseln nicht. Aber natürlich legen sich einige Touristen topless oder nackt in die Dünen oder in die Strandkörbe, um nahtlos braun zu werden.«

»Scheint so«, sagte Tjark, »als hätte Harm voll drauf gestanden.«

»Ein Spanner«, meinte Schrot. »Er läuft mit seinem Mords-Tele durch die Dünen, und alle halten ihn für einen Natur- oder Hobbyfotografen, der Vögel knipsen will. Dabei hat er es auf Pussys abgesehen.«

»Ekelhaft«, sagte Femke.

Tjark streckte sich. »Kann ich die Bilder haben? Die Voyeurbilder brauche ich natürlich nicht. Die anderen.«

»Ich ziehe dir Kopien auf einen Stick.«

Femke sagte: »Alles in allem würde ich sagen: Wir ermitteln jetzt wegen Mordes und mehrfachen Totschlags mit Todesfolge, richtig?«

Tjark sagte. »Wir brauchen einen Durchsuchungsbeschluss für den ›Dünenhof‹.«

Denn sie suchten nicht nur jemanden, der ein erfahrener Modellflugpilot war und eine außergewöhnliche Maschine besaß. Sie suchten auch jemanden, der ein Motiv hatte, um Harm zu töten. Um das Motiv zu erkennen, mussten sie mehr über Harm in Erfahrung bringen. Sollte insgesamt jedenfalls nicht so schwierig sein, sehr bald einen Tatverdächtigen zu haben. Das dachte Tjark zumindest.

24.

Und so senkt sich die Nacht über den Ort und legt sich über eure Gesichter wie ein Leichentuch. Ich lege es darüber. Es ist ein einsames Geschäft.

Was Einsamkeit ist, das wisst ihr nicht. Vielleicht glauben manche von euch, sie zu kennen. Aber das ist falsch. Einsamkeit heißt nicht, allein zu sein. Einsamkeit ist Verlassensein. Und so ist mein Leben, seit ihr es zu dem gemacht habt, was es ist. Ich bin einsam, obwohl ich unter euch gehe, und meine einzigen Begleiter sind der Hass und mein ewiger Durst nach Rache.

Rache. Tatsächlich bin ich noch viel mehr als einsam: Ich bin tot.

Viele sagen, dass sich Rache nicht lohnt. Dass sie hohl ist und nicht heilt. Sie sagen, dass Vergeben besser ist. Das stimmt nicht. Ich habe die Rache inzwischen gekostet. Sie füllt mich aus. Sie fühlt sich genauso an, wie ich es mir immer vorgestellt habe. Ich genieße sie wie kaltes Wasser nach dem Durchqueren einer Wüste. Ich will mehr, und ich werde mir mehr nehmen – denn ich weiß: Erst wenn alles getan ist, werde ich nicht mehr einsam sein. Erst dann werde ich sagen können: Ich habe getan, was zu tun war. Dann darf ich wieder leben.

Denn die einzige Möglichkeit, für Gerechtigkeit zu sorgen, ist, das Gesetz in die Hand zu nehmen. Es wäre das schlimmste aller Tabus, wenn ich es nicht täte. Denn wie heißt es: Dem Gerechten ist kein Gesetz gegeben, sondern den Ungerechten und Ungehorsamen, den Gottlosen und Sündern, den Unheiligen und Ungeistlichen, den Vatermördern und Muttermördern, den Totschlägern, den Hurern, den Knabenschändern, den Menschendieben, den Lügnern, den Meineidigen …

Und all das seid ihr. Ihr alle, die ihr nur seht, was ihr sehen wollt, und so gerne wegschaut, wenn es eigentlich darauf ankommt, hinzuschauen. Ihr, die ihr von Grund auf schlecht und böse seid. Für euch ist das Gesetz der Rache in Feuer geschmiedet worden, und für mich gilt, was die Bibel sagt:

Ich werde mein blitzendes Schwert schärfen und mich an meinen Gegnern und allen, die mich hassen, rächen. Meine Pfeile werde ich im Blut tränken, und mein Schwert wird sich ins Fleisch der Feinde fressen und ihre Köpfe spalten, berauscht vom Blut der Erschlagenen und Gefangenen. Jauchzet alle, die ihr mein Volk seid, denn ich werde mich an euren Feinden rächen und gnädig sein mit den meinen.

Jauchzet. Jauchzet.

25.

Es war Abend. Die Nacht war sternenklar, die Luft frisch. Ein kühler Wind wehte. Willem Leefmann hatte das Seitenfenster des Sprinters geöffnet, den er gerade bei Jan Gerdes abgeholt hatte. Das Getriebe lief wieder wie geschmiert. Er blickte auf die Uhr und rauchte. Im Radio lief ein Song von Rihanna. Leefmanns Tochter stand auf Rihanna, hörte aber im Moment bestimmt eher depressive Musik, lag auf dem Bett und heulte ihrem Pferd hinterher. Sein Sohn würde in seinem Zimmer hocken und an der X-Box einen Egoshooter zocken. Seine Frau säße vor dem Fernseher. Er selbst war unterwegs zu einem Rohrbruch in Dornum. Ziemlich ärgerliche Sache, aber ein Notfall, was will man machen? Zumindest hatte er das zu Hause erzählt. Tatsächlich gab es keinen Rohrbruch.

Leefmanns Sprinter parkte in einem Wirtschaftsweg zwischen zwei Feldern. Geradeaus konnte er das Blinken der roten Leuchten an den Windkraftanlagen sehen, die Flugzeuge warnten. Eine menschenleere Gegend. Und niemand nutzte diesen Weg. Es sei denn, es war Erntezeit – bis der Mais so weit war, dauerte es noch ein wenig. Und dann auch noch um diese Uhrzeit. Nicht eine Menschenseele würde sich hierherbegeben. Na ja, fast keine.

Leefmann beugte sich vor, um im Seitenspiegel nach hinten zu blicken. Nichts als Dunkelheit. Wieder sah er auf die Uhr, seufzte und drückte die Zigarette aus. Er wartete eine weitere Minute und merkte auf, als er ein dumpfes Pochen vernahm. Jemand klopfte an die Hecktür des Sprinters.

Leefmann stieg aus. Er genoss die kühle Abendluft auf der heißen Haut. Den Blaumann hatte er bis zum Brustbein geöffnet, den ganzen Tag lang geschwitzt wie ein Tier und noch nicht geduscht. Erstens hatte er noch keine Zeit dazu gehabt. Zweitens war es ihm scheißegal, ob er frisch oder nach kaltem Schweiß roch. Drittens wäre es sowieso besser, wenn er erst danach duschte. Und zwar ganz besonders gründlich.

Er warf die Tür des Transporters zu. Das Geräusch war in der Stille unnatürlich laut. Er ging um den Wagen herum und stand schließlich der Person gegenüber, die ans Heck geklopft hatte. Er nickte ihr zu. Sie nickte zurück. In der Dunkelheit waren die Gesichtszüge kaum zu erkennen, dafür ein leichter Duft nach Duschgel.

»Du hast mich warten lassen«, sagte Leefmann.

»Es ging nicht schneller. Tut mir leid.«

Leefmann nickte. Er öffnete die Hecktür und ließ sie einrasten, so dass sie offen stehen blieb. Wortlos packte Leefmann sein Gegenüber an den Oberarmen und stieß es ruppig ins Innere. Es gab ein leichtes Krachen und Keuchen. Leefmann trat auf den breiten Stoßfänger und stieg ebenfalls in den Laderaum, in dem Werkzeugkästen, Rohre und alles Mögliche herumflogen. Dann stand er über seinem »Date«, das auf allen vieren auf dem schmutzigen Metallboden kniete. Leefmann öffnete den Blaumann bis zum Schritt. Er atmete schwer. Was die Person am Boden ebenfalls tat, während sie an ihrem Rock herumfingerte, um ihn über den Hintern zu ziehen. Leefmann grinste, als er sah, dass sie kein Höschen trug. Genau so, wie er es mochte.

»Mach's mir«, murmelte sie.

»Und ob«, sagte Leefmann, der das seit geraumer Zeit sehr gerne tat.

Genauer gesagt, seitdem Sabine nackt durch die Straßen gerannt war und gebrüllt hatte, dass alle sie vögeln sollten. Na ja, wenn das keine Einladung war? Natürlich war Sabine komplett gaga, aber Leefmann hatte am Straßenrand gestanden und sich ihren nackten Körper mit den wippenden Brüsten betrachten können, bevor die Polizei sie einsammelte. Brod hört in't Schapp, sagte man. Brot gehört in den Schrank. Also hatte Leefmann zugeschlagen und es nicht bereut. Zu Hause lief ohnehin nichts mehr, und Sabine ging ab wie eine Rakete mit kurzer Zündschnur. So etwas hatte Leefmann noch nicht erlebt.

Während er sich die Unterhose runterzog, fragte er: »Hast du mit den Bullen geredet.«

»Ja. Komm, jetzt mach schon.«

»Hast du etwa irgendwas über mich erzählt? Ich dreh dir den Hals um, wenn du jemandem irgendwas über mich erzählst, ist das klar?«

»Nein, ich hab nicht über dich geredet!«

»He, krieg dich ein.« Leefmann versetzte ihr mit den Arbeitsschuhen einen leichten Tritt in den Hintern, was Sabine aufkeuchen ließ. Sie stand auf so was. Ritzte sich ja auch.

»Wenn das jemals wer erfährt, dann ist was los. Ich lasse nicht zu, dass irgendwer etwas mitbekommt, klar? Du kennst mich, du weißt, wozu ich imstande bin.«

»Halt die Klappe, Willem.«

Natürlich war Sabine nicht zu trauen. Trotzdem konnte und wollte er nicht von ihr lassen. Es war ein Spiel mit dem Feuer, ein Pakt mit dem Teufel. Der Teufel mit dem Prachtarsch. Noch ein Tritt. Noch ein Keuchen und kreisende Bewegungen mit den Hüften.

Sabine flüsterte: »Jetzt mach, Willem. Ich muss schnell wieder zurück.«

»Ahnt dein Alter was?«
Sabine schwieg.
Natürlich ahnt er was, dachte Leefmann. Hespe war zwar alt, aber er war nun wirklich nicht blöd, und die meisten Eltern hatten einen siebten Sinn. Egal, wie erwachsen die Kinder schon waren. Leefmann wusste das sehr gut, ihm ging es nicht anders.
»Ahnt er was?«, wiederholte Leefmann.
»Kann sein, vielleicht.«
»Weiß er von mir?«
»Nein. Vielleicht ahnt er, dass irgendwas ist, aber nicht, was und mit wem.«
»Ich glaub dir kein Wort.«
»Willem …«
»Wenn er was ahnt, dann zieh ich den Schlussstrich.«
»Jetzt fick mich endlich, mach!«
Leefmann nickte. Dann machte er. Und wie er machte.
»Verlass mich nie, Willem«, wimmerte Sabine. »Verlass mich nie! Niemand darf sich zwischen uns stellen. Lass das nie zu.«
»Niemals. Und kein Wort über mich zu irgendwem, hörst du?«, knurrte er und schwitzte. Seine Halsschlagader pulsierte. Seine Augen traten aus den Höhlen. »Niemand darf was wissen … Du weißt, was sonst passiert …«
»Ja«, stöhnte sie. »Verlass mich bloß nicht. Niemals.«
»Nein«, log er mit gepresster Stimme. »Niemals.«
Leefmann war groß, schwer und kräftig. Sabine war klein, drahtig und leicht. Er rammte ihren Körper mit jedem Stoß quer über die Ladefläche, wobei sie Knie und Schienbeine wieder aufs Neue aufriss – so wie neulich schon. Er vögelte sie in die Ecke, wo ihr Gesicht gegen die Kartons knallte. Auf dem kleinen war eine Fernsteuerung abgebildet. Auf dem längeren ein Modellflugzeug mit Motor.

26.

Femke hatte eine Kopfschmerztablette genommen und geduscht. Jetzt saß sie mit untergeschlagenen Beinen und nassen Haaren auf Volkers Sofa und las ihre E-Mails und WhatsApp-Nachrichten auf dem Smartphone. Nebenbei lief der Fernseher und zeigte eine Folge von »CSI: Miami«. Gerade nahm David Caruso in der Rolle des Tatortermittlers Horatio Caine mit einer spektakulären Geste vor einer noch spektakuläreren Skyline die Sonnenbrille ab und sagte: »Er wollte eine Sekunde Rache. Aber was er bekommt, ist eine Ewigkeit hinter Gittern.«
Volker kam mit zwei Schalen Vanilleeis mit roter Grütze aus der Küche. Er war eben von einem Blitzeinsatz nach Hause gekommen: Eine Kuh kalbte und benötigte Assistenz. Femke stellte sich die Szene bildlich vor und dachte darüber nach, dass es bei Kühen nicht groß anders aussah als bei Pferden, die fohlten. Sie stellte sich Justin als staksiges Fohlen vor, wie er zu einem jungen Hengst heranwuchs, der schließlich ein Wallach wurde. Sie erinnerte sich an das unfassbare Glück, als Papa gesagt hatte: »Der gehört nun dir«, und an die unzähligen Male, die sie mit ihm durch den Wind geritten war.
Sie dachte an den Unfall, als sie aus dem Sattel gefallen war und sich der Zügel dabei so unglücklich um den rechten Zeigefinger gewickelt hatte, dass ein Teil davon amputiert werden musste. Wie sie im Krankenhaus lag und der damalige Assistenzarzt sie über die Amputation informierte, weil er die Anzeichen einer Sepsis erkannte hatte, die Femke hätte töten können. Sie erinnerte sich außerdem daran, wie sie vorhin im Badezimmer am Wasch-

becken gestanden hatte, auf ein Stück Seife geblickt und den schrecklichen Gedanken gehabt hatte, dass das nun aus Justins Überresten würde: Seife. Die grauenvollen Bilder schossen ihr durch den Kopf, wie Jörn und der Abdecker den großen Körper mit dem Traktor von der Weide gezogen hatten. Und all das bloß, weil irgendein Arsch seine Wut auf irgendetwas ablassen musste.

Volker reichte Femke eine der Schalen, was sie aus ihren düsteren Gedanken riss. Sie quittierte den Anblick des Desserts mit einem breiten Grinsen.

Volker setzte sich: »Ich frage mich immer, was ihr Polizisten von solchen Serien haltet.«

»Es ist doch Unterhaltung und keine Dokumentation. Crime Scene Investigation ist so etwas wie die Spurensicherung bei uns. Wenn sich die Kollegen allerdings so aufführen würden wie die im Fernsehen: Kopf ab.«

Femke fuhr sich mit dem Löffel an der Kehle entlang. Im nächsten Augenblick dachte sie wieder an Justin, und das Lächeln gefror.

Volker schien das zu bemerken, ging aber nicht darauf ein.

Femke lutschte den Löffel ab. »Unsere Rechtsmedizin meint, dass die Pferde mit einem Ausbeulwerkzeug getötet worden sind.« Auf seinen fragenden Blick hin erklärte sie ihm, was das war, und fügte hinzu: »Also sie sagen es nicht direkt. Fred hatte die Idee, und die Rechtsmedizin meint, das könnte sein, weil die Stiche sehr tief sind und das Gewebe und Adern aufgerissen. Fred und Tjark glauben, dass man so eine Art Werkzeug brauchen würde, weil Pferde einen großen Körper haben, in den man mit einer Waffe sehr tief eindringen muss.«

Volker lutschte an einer Kirsche und zuckte mit den Achseln. »Die sind die Experten.«

»Außerdem müsse der Täter sich gut mit Pferden auskennen, sagen sie. Das denke ich ebenfalls.«

Volker aß schweigend.
»Du bist anderer Meinung?«, fragte Femke.
»Ich habe nicht in die Pferde hineingeschaut und die Wunden nur von außen betrachtet.«
»Sag schon«, forderte sie ihn auf.
»Du weißt doch, wie man einem Pferd Blut abnimmt.«
Das sollte jeder Pferdebesitzer wissen. »Du stichst eine Nadel in die Drosselvene.«
»Wie findest du die Drosselvene?«
»Du fühlst auf der unteren Seite am Hals nach dem Puls und drückst dann etwas auf die Vene. Sie schwillt an, was das Blutabnehmen erleichtert.«
Volker nickte. »Es ist ganz einfach. Jeder kann das. Dazu brauchst du kein Experte zu sein. Wichtige Arterien und Vene verlaufen am Hals, ganz einfach. Die Drosselvene ist beim Pferd außerdem dick wie ein Daumen. Kaum zu verfehlen. Was auch für die Luftröhre gilt. Du brauchst kein sehr langes Werkzeug. Das wäre eher hinderlich, finde ich.«
»So ein Ausbeuldingsbums wäre wie ein Degen.«
»Einen Degen benutzt du als Torero – und da musst du dich auskennen, um den Stich bei einem Stier so zu plazieren, dass du das Herz und weitere wichtige Organe mit einer so dünnen Waffe triffst. Wenn du dann noch mehrfach zustechen willst, musst du die Waffe einen halben Meter weit herausziehen und erneut zustechen. Und wieder und wieder. Ich halte es für unwahrscheinlich, dass ein Pferd so lange stillhält. Die gehen beim ersten Stich durch, und du hältst sie dann nicht.«
Femke aß etwas Eis. »Wie würdest du es tun?«
Volker verzog das Gesicht. »Willst du das wirklich … Also, ich denke, es geht immer noch um Justin, und irgendwie finde ich das komisch, wenn …«

»Volker. Wie würdest du es tun?« Femke blickte ihn fest an.
Volker seufzte. Er stellte sein Eis auf dem Tisch ab, stellte sich hin und simulierte es. »Mit links halte ich das Halfter fest. Mit rechts steche ich zu.«
Er machte eine schwungvolle Bewegung mit der Rechten aus der Hüfte.
Femke dachte einen Moment nach. »Du hast recht. Es kann kein solches Werkzeug gewesen sein. Mit einem fast einen Meter langen Teil kannst du nicht mit einer Hand so gezielt zustechen. Schon gar nicht mehrmals kurz hintereinander. Du kannst auch das Pferd niemals so lange nur mit links festhalten.«
»Ich kenne mich mit diesen Werkzeugen nicht aus. Vielleicht gibt es sie in unterschiedlichen Größen?«
»Du hattest auf ein Stemmeisen oder einen scharfen, spitzen Schraubenzieher getippt. Ich halte das jetzt auch für wahrscheinlicher.«
»Wenn du mit einem Schraubenzieher von oben nach unten oder von unten nach oben zustichst, gibt es auch Rissverletzungen, wie eure Rechtsmedizin sie festgestellt hat. Allerdings bin ich kein Fachgutachter.«
Femke nickte.
Volker setzte sich neben Femke und legte ihr die Hände auf die Oberschenkel. »Ich finde, wir sollten uns jetzt mal wieder einem anderen Thema zuwenden, hm?«
»Ja.« Femke lächelte, nickte und strich ihm mit den Fingern über die Handrücken. »Sollten wir. Aber nicht dem, was du vielleicht im Hinterkopf hast.«
»Nicht in der Stimmung, hm?«
»Nein«, seufzte Femke und sah zum Fenster hinaus. »Bin ich im Moment wirklich nicht.«

27.

Etwas pochte laut ans Fenster. Hespe schnappte nach Luft und sah sich verwirrt um. Er rieb sich die schweren Augenlider und brauchte einige Sekunden, um sich zu orientieren. Dabei saß er im eigenen Wohnzimmer. Der Fernseher lief. Aus den Lautsprechern schepperte volkstümliche Musik. Ziemlich laut, denn Hespe hörte nicht mehr gut. Trotzdem war er eingenickt. Er gab sich noch ein paar Momente, dann stellte er mit einer wuchtigen Bewegung an der Mechanik den Fernsehsessel wieder in die aufrechte Position. Er stand auf und ging ans Fenster. Aber er sah nichts. Hespe runzelte die Stirn und dachte nach. War das Sabine gewesen? Warum klopfte die ans Fenster? Wahrscheinlich hatte sie beim Nachhausekommen gesehen, dass er eingenickt war, und ihm einen Streich spielen wollen.
Hespe streckte sich ein wenig und beschloss, mit ihr zu reden. Nicht weil er besonders scharf darauf war. Sondern weil er es vorhin seiner Frau am Telefon versprochen hatte.
»Sie soll dir genau sagen, worüber sie mit der Polizei gesprochen hat«, hatte Irmlind am Telefon gesagt.
»Ja.«
»Warum hast du sie dir nicht gleich vorgeknöpft?«
»Weil sie zu aufgeregt war und sich zurückgezogen hat.«
»In ihr Zimmer?«
»In ihre Ecke.«
»Sie soll sagen, worüber sie geredet haben.«
»Ich frage sie.«
»Das ist wichtig, Ernst. Du hast nicht aufgepasst.«

»Hatte keine Chance.«
»Pff.«
»Du warst ja nicht dabei.«
»Sie soll sagen, worüber sie gesprochen haben. Wir können das nicht gebrauchen, dass uns die Polizei ins Haus kommt.«
»Alles klar.«
Irmchen hatte natürlich recht. Jetzt war die Polizei schon zweimal hier gewesen, und das war nicht gut. Ganz und gar nicht. Hespe hatte ohnehin ein schlechtes Gefühl. Also: wegen der Sache mit den Pferden und Harm und so weiter. Vor allem wegen Harm. Es fiel doch keiner einfach so vom Himmel und riss noch weitere Menschen mit in den Tod.
Hespe schlurfte in die Diele und rief nach oben. »Sabine?«
Keine Antwort. Er rief erneut. Wieder keine Antwort. Also schleppte er sich die knarzenden Stufen der Holztreppe hinauf. Er schaltete das Licht ein und klopfte an ihre Tür. Keine Reaktion. Er öffnete die Tür einen Spalt und blickte in ihr Zimmer. Keine Sabine. Er schaltete das Licht an und ging hinein.
Es handelte sich um ein ziemlich großes Zimmer. Genauer gesagt um ein Appartement mit einer Kochnische und einem Bad. Sabine sollte schließlich über ihr eigenes kleines Reich verfügen. Aber sie war nicht hier. Auch nicht im Bad, in dem ein schwacher Geruch von Duschgel und Parfüm lag. Warum sollte Sabine sich nach dem Duschen einparfümieren? Für sich selbst? Sicher nicht.
Da war es wieder, dieses Gefühl. Ernst Hespe war alt, aber nicht blöd. Er kapierte schon, dass sich Sabine für Männer interessierte – was keinesfalls verwerflich war, solange es auf einer vernünftigen Ebene geschah und nicht im Irrsinn. Leider verschwammen die Grenzen bei Sabine oft. Tatsächlich wünschte Hespe sich durchaus, dass ein ordentlicher Kerl käme und Manns ge-

nug wäre, es mit Sabines Dämonen aufzunehmen. Vor allem wäre das Sabine zu wünschen. Hespe wollte nur das Beste für seine Tochter. Allerdings war das alles nicht so einfach, und er konnte es keinem verübeln, der vor Sabine Reißaus nahm. Zudem wäre sie dann nicht mehr unter Kontrolle, und sie könnte einem Kerl alles Mögliche erzählen. Was unter Umständen verflucht schlecht wäre.

Hespe stand da und blickte eine Weile aus Sabines Fenster in die Schwärze und erinnerte sich an damals. Schließlich zuckte er zusammen, wie um die dunklen Gedanken von sich zu schütteln. Er betrachtete einen Slip, der auf einer Kommode lag, und fragte sich, ob der gewaschen werden sollte oder ob Sabine ihn herausgenommen hatte, um ihn anzuziehen, sich dann aber umentschieden hatte. Ein Gedanke, der Hespe einen bitteren Geschmack im Mund verursachte. Ihr Handy sah er nirgends. Normalerweise lag es auf der Kommode. Nicht dass sie eines benötigte. Aber es lag immer dort, und jetzt nicht. Er verließ das Zimmer wieder und schaltete das Licht aus. Er ging die Treppe hinab und hinaus auf den Flur, um dann den Hof zu betreten und zu prüfen, ob Sabine sich womöglich wieder dort verkrochen hatte, wohin sie sich manchmal zurückzog. Hespe würde nun in Sabines Ecke nachsehen.

28.

Tjark hatte nach dem Besuch in der Kriminaltechnik beschlossen, nicht zurück nach Werlesiel zu fahren, sondern in Oldenburg zu bleiben und in seinem Loft zu übernachten. Bis nach Hause hatte er es noch nicht ganz geschafft.
Er hatte überlegt, ob er beim Chinesen etwas essen sollte oder im Supermarkt einkaufen. Schließlich hatte er erst mal mit Fred telefoniert. Der hatte dann von Rumpsteaks gesprochen, die er gerade in die Pfanne legen wollte, und ihn kurzerhand dazu eingeladen. Greta war nicht begeistert, Tjark am Esstisch zu sehen, als sie nach Hause kam. Fred hatte einmal Stein und Bein geschworen, dass Greta allein mit ihrem Blick Walnüsse knacken konnte. Einer davon hatte Tjark eben gestreift, aber er hatte ihn überlebt.
Nun saß Tjark neben Fred auf der Terrasse. Beide satt und tief versunken in den Polstern der Gartenstühle. Es waren teure Luxusausführungen. Sie hielten jeweils eine fast leere Flasche Bier in der Hand und starrten in Freds Garten, der von knöchelhohen LED-Lampen erhellt wurde, die einen mit Kies bestreuten Weg säumten.
Tjark fragte: »Warum hast du die Leuchten angebracht?«
»Damit man nicht stürzt, wenn man zum Gartenhaus geht.«
»Das sind nicht mal zehn Meter.«
»Auf zehn Metern kann alles Mögliche passieren.«
»Aber doch nicht auf diesen zehn Metern.«
Fred leerte die Flasche. »Dir kann sogar ein ferngelenktes Flugzeug ins Gesicht knallen, wenn du mit deinem Gleitschirm un-

terwegs bist, habe ich mir sagen lassen. Wer weiß also, was dir auf dem Weg zum Gartenhaus geschehen kann. Vielleicht stürzt gerade die ISS ab und fällt dir auf den Schädel.«
Tjark steckte sich eine Zigarette an und inhalierte tief. »Dann nützen dir die LED-Lämpchen auch nichts mehr.«
Fred öffnete den Mund, um etwas zu antworten, brachte aber nur ein unzufriedenes Brummen zustande.
»Irgendetwas Irres geht in dem Ort an der Küste vor«, sagte Tjark.
Fred nickte. Er kannte Werlesiel ebenfalls – und erinnerte sich noch an Carsten Harm. Fred hatte ein Gedächtnis wie ein Nilpferd. »Hast du ein Okay für die Hausdurchsuchung und die Öffnung des Hauses?«
»Kommt morgen.« Tjark sah dem Zigarettenrauch nach. »Ich habe allerdings keine Idee, wie die Flugzeugsache mit der Pferdesache zusammenhängen soll.«
»Vielleicht tut sie das gar nicht.«
»Tut sie garantiert.«
»Wieso?«
»Weil da etwas Irres abläuft. Man spürt das. Es liegt was in der Luft. Irgendjemand tötet die Pferde. Dann legt er Carsten Harm um. Wer weiß, wie es weitergeht.«
Wieder schwiegen beide. Tjark rauchte.
Fred zupfte das Etikett der Bierflasche ab. »Vielleicht lege ich noch einen Teich an.«
»Mit Koi-Karpfen?«
»Zu teuer. Dann kommt ein Reiher und schnappt sie sich. Erschießt du dann den Reiher, bekommst du Ärger mit dem Tierschutz. Reiher gehen immer straffrei aus. Also besser keine Kois.«
»Klar.«

»Fasst man es?«, sagte Fred. »Die Pferde werden vermutlich mit Werkzeugen zum Ausbeulen von Fahrzeugen gekillt, und ein Kerl mit Autowerkstatt, der solche Dinge vielleicht benutzt, ist ausgerechnet Vorsitzender von einem Modellflugverein. Und mit einem Modellflieger wird ein anderer gezielt vom Himmel geholt.«

Tjark nickte. »Allerdings hat Gerdes für den betreffenden Vormittag ein Alibi. Und selbst wenn das Alibi falsch sein sollte, bleibt die Frage nach dem Motiv.«

»Trotzdem passt das alles schon recht gut zusammen.«

»Auffällig gut.«

»Wieso auffällig?«

»Wenn ich Besitzer einer Autowerkstatt wäre, würde ich kein für eine Autowerkstatt typisches Werkzeug als Tatwaffe wählen. Wäre ich Mitglied in einem Modellflugclub, würde ich mit Sicherheit kein Modellflugzeug nutzen, um damit einen Gleitschirmflieger vom Himmel zu pusten.«

»Es sei denn«, meinte Fred, »du bist total bescheuert.«

»Ja.«

»Was man nie ausschließen kann. Es gibt mehr Bescheuerte da draußen, als einem lieb sein kann, und sie werden täglich mehr.«

Tjark nickte.

»Wann bekommst du weitere Infos über das Flugzeug, diesen Warbird?«

Tjark stieß etwas Qualm durch die Nase aus. »Schrot sagt, es wird in jedem Fall zwei oder drei Tage dauern. Wenn wir Pech haben, sogar eine Woche. Töberich aus Aurich recherchiert Daten über die Mitglieder des Modellflugclubs.«

Fred nickte und zupfte weiter am Etikett herum. »Kommt ihr zu zweit klar in Werlesiel?«

»Willst du mitspielen?«

»Wenn es jetzt um Mordverdacht geht, explodiert die Sache vielleicht. Dann sind die anderen drei Toten keine Unfallopfer mehr, sondern es geht um Totschlag.«

»Richtig.«

»Ich rede mal mit der Chefin«, sagte Fred.

Tjark grinste schwach.

»Was gibt's da zu grinsen?«

»Schätze, sie wird ausflippen.«

Eine kühle Stimme wehte von der Terrassentür herüber. »Wer flippt worüber aus?« Greta trug lediglich einen flauschigen weißen Bademantel. Ohne Make-up, das gewissermaßen zu ihrer Berufskleidung gehörte, war sie sicher ein halbes Pfund leichter. Ihre Gesichtshaut glänzte. Die Haare waren hochgesteckt.

Fred sagte: »Tjark flippt immer noch vor Glück über die leckeren Steaks aus.«

»So ein Quatsch«, sagte Greta, die lässig im Türrahmen lehnte.

»Ist dienstlich«, erklärte Tjark.

»Um diese Uhrzeit wird in meinem Haus nicht mehr über den Job geredet.«

Tjark verkniff sich ein Grinsen. Fred setzte sich aufrecht hin und musterte seine Frau. »Warum trägst du dein Negligé?«

Greta verzog keine Miene, als sie sagte: »Um Tjark den Kopf zu verdrehen. Ich habe mein heißestes Teil angezogen: weißer Frottee aus Bangladesch.«

»Du hast ein Verhältnis mit Tjark?«

»Eher wird der Mond viereckig.« Greta schenkte Fred einen Killerblick. »Geh mir nicht auf die Nerven. Tjark fährt jetzt nach Hause. Wir gehen in die Sauna.«

»Bei dem Wetter?«, fragte Tjark.

Greta schwieg. Dann sagte sie: »In fünf Minuten, Fred Berger.« Und dampfte ab.

Fred zuckte mit den Achseln. »Sauna ist eine gesunde Sache. Solltest du auch mal machen. Natürlich nicht mit meiner Frau.«

»Nie im Leben«, meinte Tjark und drückte seine Zigarette aus. »Ich würde dich in Stücke reißen.«

»Du bist es nicht, vor dem ich Angst habe«, erwiderte Tjark.

29.

Es war dunkel auf dem Hof, aber Hespe fand den Eingang zur Scheune automatisch. Rumpelnd öffnete er die Schiebetür, die hinter ihm wieder zufiel. Er fasste nach rechts und schaltete das Licht ein. Die von Staub und Spinnweben überzogene Glühbirne, die sich hinter einem Metallgitter befand, erleuchtete den großen Raum nur spärlich. An beiden Seiten und an der Stirnwand befand sich ein Zwischenboden aus Holz, auf dem früher das Heu gestapelt worden war. Er wurde von mächtigen Eichenbalken und -pfählen getragen. Zwischen diesen Pfeilern befanden sich Gefache, die kleine Boxen bildeten. Dort waren seinerzeit Schweine, Kühe oder Pferde untergebracht gewesen.
Heute stand dort Gerümpel herum, einige Heuballen und Tanks. Links und rechts führten abgewetzte Leitern aus längst verblichenem Holz nach oben. Die Pfeiler strebten dort dem Gebälk im Giebel entgegen. Gelagert wurde dort nichts mehr, seit Hespe nur noch in Mais machte. Dort oben pfiff lediglich der Wind durch die Pfannen. Für Mais brauchte man keinen Heuboden, sondern ein Silo und eine Maissilage. Man fräste mit der Erntemaschine durch die Reihen, die automatisch alles häckselte und auf den Hänger eines Traktors spuckte, der direkt daneben fuhr. War der Hänger voll, ab damit zum Silo. In der Mitte der Scheune parkte auf der weitläufigen Deele eine solche Erntemaschine samt Traktor und zwei Anhängern.
Die neue Egge war vor den Fahrzeugen abgestellt. Ihr Lack glänzte schwach. Sie roch noch nagelneu, was sich bald ändern würde – also: in der nächsten Saison. Noch würde Hespe sie

nicht brauchen, hatte sie aber dennoch bereits gekauft, weil das Angebot verlockend gewesen war. Kaufe antizyklisch und spare etwas Geld. So einfach war das.

»Sabine!«, rief er.

Keine Antwort. Hespes Stimme hallte schwach. Vorsichtig ging er um die nach wie vor zum Transport hochgeklappte Egge herum, um sich an den scharfen Spitzen nicht das Hemd aufzureißen. Mit der rechten Hand hielt er sich an der Sprosse einer Leiter fest und rief noch einmal den Namen seiner Tochter. Wieder keine Antwort.

Hespe machte einen weiteren Schritt um die Egge herum, um nachzusehen, ob Sabine in ihrer Ecke eingeschlafen war. Genau genommen handelte es sich um keine Ecke, sondern um eine Box im hinteren Scheunenteil. Dort lagen seit ewigen Zeiten Säcke und alte Decken herum. Sabine zog sich manchmal dorthin zurück, um ganz für sich zu sein. Dort hatte sie schon als Kind mit Puppen und Katzen gespielt und sich manchmal selbst wie eine aufgeführt, wenn man sie dort aufspürte, und einen angefaucht, dass man sich sofort verziehen sollte. Gelegentlich war sie dort auch eingeschlafen. Die Ecke war eben eine ihrer zahlreichen Marotten, und sie suchte sie immer noch auf, wenn ihr alles über den Kopf wuchs oder sie aggressiv wurde. Leider auch aggressiv gegen sich selbst: In der Ecke hatte Hespe sie einmal dabei erwischt, wie sie sich mit einem Cutter die Unterarme aufritzte. Er hatte erst gedacht, dass sie sich die Pulsadern aufschneiden wollte. Aber dabei ging es wohl um irgendetwas anderes, wie der Doktor zu erklären versucht hatte, als er Sabine eine Valiumspritze setzte. Etwas Psychologisches, wovon Hespe nichts verstand. Nur eines verstand er ganz genau: dass eine Therapie, wie der Doktor sie empfohlen hatte, nicht in Frage kam. Bei Psychologen musste man reden und war nicht unter

Kontrolle. Beides ganz schlecht. Hespe hatte geantwortet, dass er Psychofritzen nicht traue und außerdem auch ein paar andere hysterische Frauen bei dem Doktor in Behandlung seien und er das mit Pillen und Spritzen eigentlich immer gut im Griff habe. Na gut, hatte der Doktor gemeint, aber irgendwann sei so eine Therapie trotzdem nötig.

Hespe stoppte, als er ein Geräusch hörte. Ein Rumpeln und Schaben. Es kam nicht aus Sabines Ecke. Es kam von oben. Vom Heuboden.

»Sabine?«, rief Hespe. »Bist du da oben?«

Keine Erwiderung.

»Sabine, was machst du da?«

Stille. Dann wieder ein Rumpeln wie von Schuhen auf Holz.

Hespe wurde es zu blöd. Sollte das ein kindisches Versteckspiel werden? Er beschloss, dem Blödsinn ein Ende zu setzen.

30.

Tjarks Roadster rauschte durch die Nacht. Im Autoradio sangen Martha Reeves & The Vandellas »Nowhere to Run«. *It's not love, I'm running from, it's the heartache, I know will come.* Ich laufe nicht vor der Liebe weg, sondern vor dem Kummer, der mit ihr kommen wird.

Tjark gefielen einfache Dinge. Dinge, die es immer schon gegeben hatte. Musikkassetten zum Beispiel wie die, die in seinem Radio steckte. Es war nicht einfach gewesen, eines aufzutreiben, das noch welche abspielte. Tjark besaß Hunderte Kassetten. Alle sauber aufgenommen nach Musiktyp und nach Interpreten oder bestimmte Mixe. Sie waren zum Teil Jahrzehnte alt, aber funktionierten noch tadellos. Kein Grund, sich die ganze Arbeit noch einmal zu machen und alles auf MP3 herunterzuladen und neu zu sortieren. Wozu, wenn alles schon da war? Bloß weil die Industrie das so wollte? Weil irgendwelche Wirtschaftskapitäne vorgaben, das Leben besser machen zu wollen, obwohl es ihnen nur um Gewinnmaximierung und Renditen ging? Fuck you. Am Zeichenstil eines Comic-Artisten wie Jack Kirby gab es nichts zu verbessern. An einem Gitarrenriff von Nile Rodgers ebenfalls nicht – völlig egal, ob man es auf Platte, Band, CD oder als MP3 hörte oder es irgendwann vielleicht direkt per WLAN und mittels eines Chips direkt ins Gehirn übertragen bekam.

Tjark stellte sich drei Fragen:

Stand der Tod von Harm und den Pferden in einem Zusammenhang?

Wer würde aus welchem Grund die Pferde töten?
Warum Harm?
Auf keine hatte er eine zufriedenstellende Antwort.
Eine war zum Beispiel: Harm hasste seinen Beinahe-Nachbarn, den Pferdehofbesitzer namens Jörn, aus irgendwelchen Gründen und killte dessen Pferd und zwei andere – der Hofbesitzer rächte sich und legte Harm um. Oder Harm und Leefmann hatten eine Fehde. Tjark glaubte beides nicht. Aber die andere Möglichkeit, ein Pferderipper ging um und knöpfte sich als Nächstes Gleitschirmflieger vor, war ebenso abenteuerlich. In der Regel hatten Tierripper zwar Rache an Menschen im Kopf, gingen den nächsten Schritt aber eher selten – oder wurden vorher gefasst.
Andererseits: nur die Ruhe. Alles würde sich früher oder später klären, weil sich in der Regel früher oder später stets alles klärte. Hauptsache, dachte Tjark und erhöhte die Geschwindigkeit, es würde nicht noch irgendetwas Unvorhergesehenes in diesem verdammten Kaff geschehen.

31.

Hespe stieg die Leiter hinauf, um auf dem Heuboden nachzusehen. Immerhin könnten die merkwürdigen Geräusche bedeuten, dass Sabine dort oben und etwas mit ihr nicht in Ordnung war. Wahrscheinlich war es nur eine Katze. Oder eine Ratte. Auf einer der oberen Sprossen blieb Hespe stehen. Er kniff die Augen zusammen und spähte in das diffuse Halbdunkel.

»Sabine!«, rief er noch einmal.

Keine Antwort. Stattdessen bewegte sich ein Schatten rasch auf Hespe zu. Begleitet von Poltern und kratzenden Geräuschen. Eine Katze war das nicht. Es waren menschliche Umrisse, und die Person hielt etwas in der Hand. Sie kam vor Hespe zu stehen, der den Kopf weit in den Nacken legen musste, um das Gesicht zu erkennen. Und das, was sein Gegenüber in den Händen hielt. Er versuchte, beides miteinander überein und in Verbindung mit sich selbst zu bringen.

»Sabine, Sabine, Sabine«, äffte eine Stimme Hespes Rufe nach. »Ziemlich blöde letzte Worte, ehrlich.«

Hespes Augen weiteten sich. Er antwortete mit einem Keuchen – und brachte jetzt schließlich alles in einen Zusammenhang miteinander und in Verbindung mit sich selbst. In einen schrecklichen Zusammenhang.

Die Ursache der kratzenden Geräusche war eine Mistgabel, die über die Holzbohlen gezogen worden war. Mit kräftigem Schwung traf sie nun Hespes Oberkörper in Höhe des Brustbeins. Die langen Zinken bohrten sich durch die Rippen bis in die Lungenflügel. Die Wucht, mit der ihm das Werkzeug in den

Körper gerammt worden war, sorgte dafür, dass die nur angelehnte Leiter zurückgeworfen wurde. Mitsamt Hespe, aus dessen Brust der hölzerne Stiel der Forke ragte.
Hespe verlor das Gleichgewicht, ließ die Handläufe der Leiter los und fiel nach hinten. Seine Füße lösten sich von den Sprossen. Er gab einen zischenden Laut von sich, als er aus etwa drei Metern Höhe rückwärts nach unten stürzte – den zwanzig Zentimeter langen Stahlspitzen seiner nagelneuen Egge entgegen.

32.

Der Hof war mit Rettungsfahrzeugen und Streifenwagen vollgeparkt. Die Blaulichter waren ausgeschaltet. Türen klappten auf und zu. Polizisten liefen hin und her, Rettungskräfte und Notärzte mit ihren Assistenten ebenfalls. Funkgeräte krächzten.
Femke hatte der Telefonanruf erreicht, als sie gerade beim Zähneputzen gewesen war. Sie hatte sich Jeans, Turnschuhe und einen Hoodie übergezogen und war sofort losgefahren. Jetzt ging sie mit raschen Schritten an den Fahrzeugen vorbei. Sie hielt ihren Dienstausweis mit der Marke hoch. Schließlich erreichte sie die Scheune, aus der Geschrei zu hören war.
Das Bild, das sich Femke dort bot, war entsetzlich. Mit routinierten Blicken erfasste sie die Situation. Blut. Ein Notarzt. Taschenlampen. Zwei Polizisten im vorderen Bereich der Scheune mit gezogenen Waffen. Zwei Polizisten im hinteren Bereich mit ebenfalls gezogenen Waffen und Taschenlampen. Sie zielten sowohl mit den Waffen als auch mit den Maglites in eine Ecke, die nicht einsehbar war. Außerdem sah Femke eine Leiche: ohne Zweifel Ernst Hespe. Sein Körper war mit dem Rücken auf die spitzen Dornen einer hochgeklappten Egge gepinnt. Die Arme ausgestreckt. Alles war voller Blut. Die Egge, der Boden, Hespe. Einfach alles. Außerdem lag eine Holzleiter auf dem Boden, was dafür sprach, dass Hespe beim Hinaufklettern auf den Heuboden abgestürzt war. Die Schreie aus der Ecke der Scheune und die gezogenen Waffen sprachen wiederum dafür, dass es vielleicht kein Unfall gewesen war.
Femke erkannte einen der beiden Polizisten im hinteren Bereich: Torsten Stibbe.

Neben sich hörte sie die Stimme eines ihr unbekannten Kollegen, der sie offenbar als Kripobeamtin identifiziert hatte. »Weibliche Person, circa vierzig Jahre alt, hat sich in einer der Boxen verschanzt und widersetzt sich der Verhaftung. Sie droht, mit einer Mistgabel zuzustechen, wenn man sich nähert. Die Frau und die Waffe sind blutüberströmt.«

»Sabine Hespe?«, fragte Femke, ohne den Blick abzuwenden.

»Wahrscheinlich.«

»Wer war der Erstmelder?«

»Vermutlich ebenfalls sie.«

»Warum soll sie verhaftet werden?«

»Die ist total durchgedreht und mit der Mistgabel auf uns losgegangen. Die Mistgabel steckte in der Brust des Toten.«

»Also kein Unfall?«

»Erschien uns nicht so, vielleicht ist sie die Täterin.«

»Okay«, sagte Femke und bewegte sich vorwärts.

»Sie können da nicht …«

»Und ob«, schnitt sie dem Kollegen das Wort ab.

Femke drängte sich vorwärts, bis sie Torsten und seinen Kollegen erreichte. Torsten stand mit dem Rücken an das Rad eines Traktors gedrängt und leuchtete mit der Taschenlampe in die Box. In der Rechten hielt er seine Dienstwaffe und zielte hinein. Der Kollege hatte die Maglite ebenfalls auf den Holzverschlag gerichtet. In dem Verschlag kauerte zwischen Decken auf einer Isomatte Sabine. Sie hielt eine Mistforke in den Händen – drohend in Richtung der Polizisten. Die Spitzen glitzerten feucht und dunkel.

»Geht weg!«, kreischte sie mit sich überschlagender Stimme.

»Waffe runter und die Hände hoch!«, bellte Torsten zurück. »Das ist die letzte Warnung!«

»Erschieß mich doch! Dann erschieß mich doch!«

»Und ob ich gleich schieße!«

Torsten machte eine Geste zum Kollegen, der eine Pfefferspraydose hochnahm, um damit auf Sabine zu zielen. Torstens Kopf ruckte zur Seite. Er nahm Femke wahr, blinzelte nervös. »Sie bedroht uns mit der Mistgabel.«
»Sehe ich«, sagte Femke leise, während Sabine kreischte und schrie. »Lass mich mit ihr reden.«
»Chefin …«
»Lass mich mit ihr reden. Sie vertraut mir.«
»Wir treiben sie mit Pfefferspray und einem Warnschuss raus.«
»Torsten«, sagte Femke leise. »Das wird nichts. Das macht es nur schlimmer. Ich gebe euch gleich lautstark eine Anweisung, und die befolgt ihr dann, klar? Egal, was ich sage. Nur nehmt die Waffen runter und entfernt euch aus Sabines Sichtfeld, aber haltet euch am Rand bereit.«
»Auf deine Verantwortung.«
»Ja.«
»Du übernimmst die Verantwortung?«
»Ja.«
Torsten nickte.
Femke machte einen Schritt vorwärts, damit Sabine sie deutlich sehen konnte. Femke kommandierte laut, an Torsten und den anderen Polizisten gewandt: »Sofort weg mit den Waffen und Taschenlampen! Das ist ein Befehl, verdammt noch mal!«
Torsten nahm Waffe und Maglite herunter und gab seinem überraschten Kollegen ein Zeichen. Der senkte ebenfalls die Taschenlampe und das Pfefferspray.
»Lasst mich mit ihr allein, los, weg mit euch!«
Femke deutete mit dem Finger hinter dem Rücken hinter sich, etwa einen Meter neben den Verschlag. Torsten nickte und setzte sich in Bewegung. Der andere Polizist folgte.
»Femke?« Sabines Stimme zitterte und überschlug sich aufs Neue.

»Ja, ich bin das, Sabine.«

»Verpisst euch! Verpisst euch alle! Papa ist tot, Femke …« Der Rest ging in Wimmern und einem Weinkrampf unter.

Femke hockte sich hin und betrachtete das Bündel Mensch, das etwa drei Meter vor ihr im Halbdunkel hockte und die Heugabel wie eine Lanze von sich streckte. Nun auf Augenhöhe mit Sabine, sagte sie mit ruhiger Stimme: »Ich habe sie weggeschickt. Sie sind fort. Nur wir zwei reden jetzt.«

»Die wollten mich erschießen!«

Femke hob beschwichtigend die Hände. »Du musst jetzt die Forke hinlegen und herauskommen.«

»Die erschießen mich dann!«

»Niemand wird das tun.«

»Ich rede mit keinem.«

»Sie haben mir gesagt, dass du selbst die Hilfe gerufen hast, und jetzt ist sie hier.«

»Die wollen mich verhaften! Mich! Obwohl ich angerufen habe!« Sabine wurde erneut von einem Weinkrampf geschüttelt. Femkes Augen hatten sich inzwischen an das spärliche Licht gewöhnt. Soweit sie beurteilen konnte, war Sabine regelrecht mit Blut besudelt. »Bist du verletzt?«

»Nein!«

»Was ist denn überhaupt passiert, Sabine?«

Sie schluchzte und schniefte. Zwischen den Lauten hörte Femke: »… bin nach Hause gekommen … war spazieren und Tor stand auf und Licht … Da komme ich hier rein und sehe Papa … Er ist tot … aufgespießt, und überall ist Blut …«

»Ist er von der Leiter gefallen?«

»Ja! Nein! Ich weiß nicht … Nein! Die Forke steckte in seiner Brust!«

»Du hast sie herausgezogen?«

Sabine nickte zitternd. »Ich habe 112 angerufen … Dann kamen sie, und ich … Und dann ziehen sie die Waffen …«
Femke versuchte, sich bildlich vorzustellen, was abgelaufen war. Die Kollegen treffen ein, bekommen einen Mordsschock, als sie die Leiche und all das Blut sehen und eine blutverschmierte halb Wahnsinnige mit einer ebenso blutverschmierten Heugabel in der Hand. Die Reaktion der Polizisten war vorhersehbar – insbesondere, wenn es sich bei einem davon um Torsten Stibbe handelte. Die Lage war eskaliert, und jemand wie Torsten war verlässlich nicht dazu fähig, eine derartige Situation zu deeskalieren. Ganz im Gegenteil.
»Du musst jetzt die Forke hinlegen, Sabine. Wir müssen herausfinden, was passiert ist, und dazu brauchen wir die Forke und müssen sie untersuchen. Aber wir müssen auch unbedingt mit dir in aller Ruhe reden.«
»Wir reden doch!«, schrie Sabine.
Femke schüttelte schwach den Kopf. »Ich habe meine Kollegen weggeschickt, weil ich nicht will, dass etwas passiert, okay? Du musst die Heugabel hinlegen. Noch mal: Wir müssen sie untersuchen. Und dann müssen wir vernünftig miteinander reden, aber nicht so wie jetzt.«
»Ich lasse mich nicht verhaften!«
»Leg bitte die Heugabel hin.«
Aus den Augenwinkeln registrierte Femke, dass sich zwei Kollegen zu Torsten gesellten. Sie zogen sich Handschuhe an.
Sabine zögerte. Sie wurde wieder von einem Weinkrampf geschüttelt. Dann machte sie eine ruckartige Bewegung nach vorn und warf die Heugabel von sich weg. Sie landete scheppernd neben Femke. Sabine schlug sich die Hände vors Gesicht. Femke schob die Heugabel mit der Schuhspitze von sich. Nach links, wo einer der Kollegen mit Handschuhen in die Hocke ging, die Gabel am Stiel griff und fortzog.

Femke wandte sich wieder an Sabine: »Du musst jetzt herauskommen.«
»Nein!«, schrie Sabine mit tränenerstickter Stimme.
»Wenn du nicht herauskommst, werden meine Kollegen zu dir hereinkommen, und ich kann sie dann nicht mehr zurückhalten. Es ist wirklich besser, wenn du auf mich hörst.«
»Du bist doch auch eine von denen!«
»Ja. Aber ich habe die anderen weggeschickt, damit dir nichts passiert. Du musst jetzt herauskommen. Oder kann ich zu dir herein?«
»Niemand kommt hier rein!«
Sabine funkelte Femke mit einem Blick an, der ihr durch Mark und Bein ging.
»Schade«, seufzte sie.
Femke stellte sich wieder hin. Sie trat einige Schritte zurück, bis sie das große Traktorenrad im Rücken spürte. Dann nickte sie in Richtung der wartenden Polizisten, die sich sofort in Bewegung setzten. Femke drehte sich fort, um nicht mit ansehen zu müssen, wie die vier Kollegen unter Geschrei die um sich schlagende und tretende Sabine überwältigten und ihr Handschellen anlegten.
»Du hast mich verraten!«, kreischte sie, als sie abgeführt und zu einem Streifenwagen gebracht wurde.
Femke ging halb in Trance nach draußen, um frische Luft zu schnappen. Sie warf noch einen Blick auf die aufgespießte Leiche, dann trat sie ins Freie, starrte in den Sternenhimmel. Sie stemmte die Hände in die Hüften und atmete tief die kühle Luft ein und mit einem leisen »Oh, Gott« wieder aus.
Was, zum Teufel, war hier nur los? War Sabine jetzt vollends durchgedreht und hatte ihren eigenen Vater getötet? Und daraufhin die Polizei gerufen? Oder hatte sie ihn tot aufgefunden,

wie sie behauptete? Femke hörte das Geräusch von zuklappenden Türen. Ein Motor sprang an. Ein Wagen fuhr fort. Sabine wurde weggebracht.

Dann hörte sie Torstens Stimme neben sich: »Tjou, alles unter Kontrolle, Chefin.«

»Gut«, murmelte Femke und nickte ihm zu. »Oder auch nicht gut. Je nachdem.«

»Die ist komplett durchgedreht. So was habe ich noch nicht erlebt. Meine Leute werden sie sich jetzt erst mal vorknöpfen.«

»Ihr müsst einen Arzt hinzuziehen. Sabine ist psychisch krank. Am besten, ihr bringt sie direkt in eine geschlossene Abteilung, wo man ihr etwas zur Beruhigung gibt. Besorgt euch einen entsprechenden Bescheid.«

»Aber wir müssen sie doch erst einmal befragen.«

»Wenn sie nicht zurechnungsfähig ist – und das ist sie im Moment mit Sicherheit nicht –, dann hilft das nicht viel, Torsten.«

»Aber die hat ihren Vater umgelegt. Abgesehen davon habe ich sowieso schon längst Schichtende. Warum passieren solche Sachen immer, wenn ich eigentlich bereits Dienstschluss habe? Was ich an Überstunden schiebe, das geht auf keine Kuhhaut.«

Femke warf Torsten einen scharfen Blick zu.

Er registrierte ihn, zuckte mit den Achseln und brummte: »Ich mein ja nur.«

Femke sagte: »Das Einzige, was wir sicher wissen, ist, dass jemand Hespe die Mistforke in die Brust gerammt hat. Du kannst nicht automatisch Sabine die Schuld dafür geben. Wie es aussah, wollte Hespe die Leiter hochsteigen. Dann ist die Leiter umgestürzt, und er wurde aufgespießt. Vielleicht stand jemand auf dem Heuboden und hat Hespe die Forke in die Brust gerammt. Vielleicht erst nach dem Sturz. Vielleicht ist die Forke aber auch nach dem Sturz von oben herabgefallen. Vielleicht hat Sabine die Heugabel dann herausgezogen – vielleicht hat sie sie aber auch die ganze Zeit in der Hand gehalten. Das sind extrem viele Vielleichts, Torsten. Es ist zum gegenwärtigen Zeitpunkt nichts über den Hergang klar, okay?«

»Logisch.«

»Immerhin hat Sabine den Hilferuf abgesetzt.«

»Das muss ja nichts heißen.«

Da hatte Torsten nicht ganz unrecht. Und fraglos war Sabine im Moment die Hauptverdächtige. Sie hatte außerdem mit einer möglichen Tatwaffe die Polizei bedroht und sich der Befragung widersetzt. Es führte folglich kein Weg daran vorbei, dass sie festgenommen werden musste.

»Was ist hier nur los, Torsten?«, fragte Femke und schüttelte den Kopf. »Ich versteh die Welt nicht mehr. Drei tote Pferde, dann Carsten Harms Absturz und dabei noch drei weitere Tote. Jetzt Ernst Hespe.«

»Ist wie ein Fluch«, sagte Torsten und rieb sich den Nacken.

»Könnte man fast annehmen, ja.«

»Bin gespannt, ob sie doch noch das Scheunenfest absagen – bei so vielen Geschehnissen. Dabei habe ich Karten im Vorverkauf für meine Eltern besorgt. Ich gehe zu so was nicht hin, aber wenn die Karten dann wegen diesem ganzen Scheiß verfallen – also: Da kannst du dein Geld ja ebenso gut verbrennen, oder? Die haben jeweils zwölf Euro gekostet, und …«

»Das Scheunenfest ist das Letzte, woran ich gerade denke.«

»Aber na ja: Es ist noch nie ausgefallen. Nur das eine Mal damals. Ich kann mich kaum noch dran erinnern, aber ich weiß noch, dass da der Teufel los war und alle sich maßlos aufgeregt haben. Fast so wie im Moment wieder.«

Femke atmete tief ein und aus. »Was war denn damals?«

Torsten winkte ab. »Anfang der Neunziger hatten sie die Scheune mit Flüchtlingen belegt. Deswegen machen die heute so einen Aufstand darum.«
Femke runzelte die Stirn. »Davon habe ich nichts mitbekommen.« Für einen Moment fragte sie sich, warum eigentlich nicht. Im nächsten war ihr klar, dass sie zu der Zeit fraglos noch zu jung gewesen war, um sich dafür zu interessieren.
»Tjou.« Torsten zog sich den Einsatzgürtel hoch. »Ich kümmere mich jetzt mal darum, dass hier alles sauber läuft und keiner irgendeinen Schiet macht.«
»Tu das«, erwiderte Femke. »Und schaut euch auch mal im Haus um, ob es da etwas Auffälliges zu sehen gibt. Ob es einen Kampf oder Einbruch gab. Und sperrt den kompletten Hof ab. Außerdem muss Frau Hespe verständigt werden.«
Femke erklärte, wo sich Sabines Mutter zurzeit offenbar aufhielt – nämlich zu Besuch bei ihrer Schwester.
»Logisch, Chefin«, entgegnete Torsten und dampfte ab, während Femke nach dem Handy griff, um Töberich zu verständigen. Und Tjark.

33.

Willem Leefmann betrachtete die Schwärze in seiner Tasse. Der Kaffee ließ ihn an einen Strudel denken, der ihn mit sich in die Finsternis riss. Beinahe wartete er darauf, dass Tentakel durch die Reste der Crema schießen würden, um ihn mit einem Ruck in eine bodenlose Tiefe zu reißen.

Das Grauen, dachte er. *Das Grauen.*

Ilona war heute früh im Supermarkt gewesen und hatte Brötchen fürs Frühstück geholt. Dort hatte sie gehört, dass Hespe tot war. Und dass die Polizei Sabine verhaftet hatte. Man musste kein Hellseher sein, um sich vorzustellen, wonach sie Sabine fragen würden und was dabei alles ans Licht käme. Unter anderem würde die Polizei Sabine zweifellos die Frage nach einem Alibi stellen, und Sabine würde antworten: *Klar habe ich eins, ich habe mich wieder mal von Willem Leefmann vögeln lassen, brauchen Sie seine Telefonnummer?*

Und das wäre nur eine Facette des Grauens, über das Leefmann gerade nachdachte. Mit einem Mal stand für ihn alles auf dem Spiel. Seine gesamte Existenz. Die Familie. Alles. Aber wie sagte man im Norden? Nicht lang schnacken, Kopp in' Nacken.

»Du hast ja gar nichts angerührt«, sagte Ilona.

Sie kam aus dem Bad und weckte Leefmann mit ihrer Bemerkung aus den düsteren Gedanken. Er blickte auf und sah noch den Rücken seiner Tochter Gabriele in der Haustür verschwinden, die mit einem Rums hinter ihr zufiel. Sie trug eine große Umhängetasche, in der ihre Schulsachen verstaut waren. Immerhin hatte Leefmann heute wenigstens einen Hauch von Gabi zu

Gesicht bekommen, im Gegensatz zu den letzten Tagen, in denen sie sich in ihrem Zimmer verbarrikadiert hatte. Jonas, sein Sohn, hockte im Schneidersitz auf dem Wohnzimmerteppich und zockte irgendein Autospiel auf der X-Box. Er musste erst zur zweiten Stunde in die Schule. Das Röhren von Motoren donnerte basslastig aus der Surround-Anlage.

»Willem?«

»Hm?«

»Wieso frühstückst du nichts?«

»Irgendwas mit dem Magen.« Er stand auf.

Ilona lupfte skeptisch eine Braue. »Du hast doch einen Kuhmagen.«

Leefmann zuckte mit den Achseln und leerte den Becher.

»Und dann trinkst du Kaffee, wenn du es mit dem Magen hast?«

Leefmann mahlte auf den Backenzähnen. »Schatz, kannst du einfach mal etwas akzeptieren, was ich sage? Ein einziges Mal?«

»Ich meine ja nur.«

»Mir ist nicht nach Essen. Mir ist aber nach Kaffee. Punkt.«

»Ich habe extra Brötchen geholt.«

Leefmann mahlte wieder auf den Backenzähnen. Er hätte am liebsten erwidert, wohin sie sich die Brötchen stecken könne, ließ es aber bleiben. Er öffnete den Mund, um zu wiederholen, dass er eben nun mal keinen Appetit habe.

Stattdessen blaffte er in Richtung Wohnzimmer: »Und wenn du den Scheiß nicht sofort leiser machst, Jonas Leefmann, dann schmeiße ich das blöde Ding in das Hafenbecken!«

Ilona zuckte zurück. Jonas reagierte lediglich mit einer leichten Handbewegung und stellte den Ton mit der Fernbedienung um etwa null Komma eins Prozent leiser. Er war mit dem blöden Ding regelrecht verwachsen. Leefmann verzichtete darauf, erneut auszurasten. Wenn man Jonas das Zocken untersagte, war er noch schrecklicher gelaunt als Gabriele, und zwei Teenager im Stimmungstief war das Letzte, was Leefmann brauchte.

Ilona räumte demonstrativ die Brötchen weg – und zwar mit spitzen Fingern und einem vorwurfsvollen Blick. Nach mehr als zwanzig Jahren Ehe wusste sie, wie sie ihren Mann zur Weißglut bringen konnte. Dabei sagte sie: »Du bist in letzter Zeit unausstehlich.«

»Kein Wunder, wenn um einen herum die Leute sterben wie die Fliegen, und von der Pferdeversicherung werden wir keinen Cent sehen.«

»Lass es nicht an mir und den Kindern aus.«

»Was soll das denn heißen?«

»Das weißt du ganz genau.«

Leefmann schlug mit der Hand auf den Tisch: »Na klar! Ich habe ja auch ein paar Tausender zu verschenken – und obendrein darf ich jeden Tag Mommsen angrinsen, obwohl ich ihm in die Fresse hauen könnte. Weißt du, was uns das kostet, dass er den Auftrag für den AquaParc vergeben hat?«

»Dann hau ihm doch eine rein.«

Leefmann verdrehte die Augen.

»Oder deinem Lieblingsfeind von Facebook. Wie man hört, hast du dich gestern mit dem an der Scheune geprügelt.«

»Wer erzählt das denn?«

»Was man eben so hört. Schlimm genug, dass ich es von anderen erfahren muss statt von dir.«

Leefmann entschied, die Sache mit Horvath nicht zu erklären oder zu sich rechtfertigen. Er atmete tief durch, wischte sich die feuchten Hände am Blaumann ab. »Ich muss in die Firma.«

Im Gehen rief er Jonas erneut zu, dass er das verdammte Spiel endlich leiser stellen solle, setzte sich dann in den Lieferwagen, fuhr mit Vollgas los und verfolgte im Rückspiegel, wie sein Einfamilienhaus, das von den anderen Einfamilienhäusern in der Siedlung kaum zu unterscheiden war, langsam kleiner wurde. An der Kreuzung setzte er den Blinker nicht nach rechts, um zum Betrieb zu fahren. Er setzte ihn nach links und fuhr durch die Innenstadt. Er passierte den Hafen und den immer noch geschlossenen Baumarkt. Dann bog er auf das Gelände der Tankstelle ab und parkte den Sprinter an der Servicestation mit den Staubsaugern und den Luftdruckgeräten. Er stieg aus, ging an der Einfahrt zur Waschanlage vorbei und betrat den Werkstattraum von Jan Gerdes, der einen Volvo XC90 aufgebockt hatte, um neue Räder aufzuziehen. Er und sein Mitarbeiter machten Kaffeepause. Sie aßen belegte Brötchen aus der Hafenbäckerei, die noch halb in den Tüten steckten, und sahen Leefmann an.

»Moin.« Leefmann bedachte Gerdes mit einem intensiven Blick. »Können wir kurz reden?«

Gerdes nickte, wischte sich einige Krümel aus dem Mundwinkel und stieß sich mit der Hüfte von der Werkbank ab, um ins Büro zu gehen. Leefmann folgte ihm. Gerdes schloss die Tür hinter sich.

Im Büro herrschte eine Bullenhitze. Der uralte Schreibtisch bog sich unter Papieren, Katalogen und Packungen für kleinere Ersatzteile – Muster, wie es aussah. Darauf stand außerdem ein Computer, der vor zehn Jahren up to date gewesen sein mochte. An der Wand hing ein »Hörth«-Kalender mit Bikini-Schönheiten. Er datierte aus dem Jahr 2012.

Leefmann vergrub die Hände in den Hosentaschen seines Blaumanns. »Hast du gehört, dass sie Sabine verhaftet haben?«

Gerdes hob das Kinn ein wenig an, auch die Brauen. »Oh. Haben sie? Nein, nichts gehört. Wegen ihres Vaters?«

»Scheint so.«
»Habe gehört, er ist in der Scheune von der Leiter gefallen. Schlimme Sache. Na ja, er war alt.«
»Wenn sie Sabine mitnehmen, heißt das, sie glauben nicht an einen Unfall.«
»Es kann alles Mögliche heißen, Willem. Vielleicht ist sie ausgeflippt.«
Leefmann leckte sich über die Lippen. Er schwitzte und förderte aus der Tasche etwas zutage. »Die verdammte Polizei ist hier überall und schnüffelt herum.«
»Kein Wunder, oder?«
»Nein, sicher nicht.«
Leefmann hielt eine Rolle Geldscheine in der Hand. Alles Hunderter. Er reichte sie Gerdes, der das Geld wortlos annahm und in der Schreibtischschublade verschwinden ließ. Gerdes sagte: »Bei mir waren sie ebenfalls.«
»Bei dir? Wie kommen die denn auf dich?«
Gerdes erklärte ihm die Sache mit den Modellflugzeugen. Dass sie eine Liste der Clubmitglieder wollten und außerdem von ihm wissen wollten, wann er sich wo aufgehalten habe und wie sein Verhältnis zu Harm war.
Leefmann fragte: »Und was hat das mit Harm zu tun?«
Gerdes zuckte die Achseln.
»Soll ein Modellflieger in den Tod von Carsten verwickelt gewesen sein oder wie?«
Gerdes antwortete, dass er das nicht wisse.
»Sie wollten nur die Clubmitglieder-Liste?«
»Nur die.«
»Und mehr haben sie nicht gefragt?«
»Sie haben alles Mögliche gefragt.«
»Und was glaubst du, weswegen sie danach fragen?«

Gerdes zuckte mit den Achseln. Sein Adamsapfel hüpfte auf und ab. Mit den Fingern trommelte er einen Beat auf der Schreibtischkante.

Leefmann sagte: »Mir geht diese Herumschnüffelei auf die Nerven. Es ist nicht gut, dass Femke ihre Nase in Angelegenheiten steckt, die sie einen Scheiß angehen.«

Gerdes zuckte wieder mit den Achseln. »Na ja, es sind eine Reihe Leute gestorben, und ihr Pferd wurde getötet. Die Polizei ermittelt. Was erwartest du?«

»Mein Pferd wurde auch getötet.«

»Gabis Pferd.«

»Und ich hab's bezahlt, oder?«

»Du hast es bezahlt.«

Leefmann senkte die Stimme. »Jan, es ist scheiße, dass sie Sabine festgenommen haben. Die werden sie ausquetschen wie eine Zitrone.«

»Werden sie wohl, ja.« Gerdes aß sein Brötchen weiter.

»Ihr Vater hatte sie einigermaßen im Griff, aber … Aber wer weiß, was die alles erzählt.«

»Ja, wer weiß«, erwiderte Gerdes und sah Leefmann mit einem Blick an, der alles oder nichts bedeuten mochte.

»Wie meinst du das?«, fragte Leefmann.

»Wie meine ich was?«

»Was du da gerade gesagt hast?«

Ahnte Gerdes etwas?, fragte sich Leefmann. Ahnte Gerdes, dass Leefmann die durchgeknallte Sabine vögelte und damit Gerdes' Schwester betrog? Er hatte genau einen solchen Gesichtsausdruck aufgesetzt. So einen arroganten, wissenden, abschätzigen. Eine Miene, die Leefmann schon in der Schule nicht hatte ertragen können und die in ihm das Bedürfnis weckte, sie seinem Gegenüber aus dem Gesicht zu prügeln.

Gerdes erwiderte: »Ich weiß nicht, was du meinst.«
Leefmann betrachtete ihn prüfend.
Gerdes fragte: »Wie geht's Ilona? Habe sie lange nicht mehr gesprochen.«
»Warum interessiert dich das?«
»Weil sie meine Schwester ist?«
»Warum fragst du das jetzt?«
»Weil es mich interessiert. Steckt sie das mit dem Pferd gut weg? Und Gabi?«
»Beiden geht es den Umständen entsprechend gut.«
»Und der Junge?«
»Zockt X-Box.«
Gerdes nickte.
Leefmann fragte: »Machst du dir wegen Sabine keine Gedanken oder was?«
»Offenbar nicht so viele wie du. Ich mache mir über ganz andere Dinge Gedanken.«
»Was meinst du damit?«
Gerdes zuckte mit den Achseln. Er sah auf die Uhr und fragte: »Sehen wir uns beim Scheunenfest?«
Leefmann überlegte eine Weile. Dann nickte er: »Klar.« Denn niemand fehlte beim Scheunenfest. Er warf noch einen Blick auf die Halbnackte auf dem »Hörth«-Kalender. Dann schwirrte er ab.

34.

Tjark hatte die Hände in den Hosentaschen vergraben und sah den Assistenten dabei zu, wie sie an einem anderen Metalltisch eine Leiche auf einen Rollwagen verfrachteten und den Tisch abspülten. Er hörte zu, wie Fee und Femke sich darüber austauschten, ob nun ein Ausbeuldingsbums oder doch etwas anderes die Tatwaffe im Fall der Pferdetötungen gewesen war. Femke glaubte, dass es kein Ausbeuldingsbums gewesen sein könne, obwohl Fred darauf tippte. Fee wiederum stellte sich auf den Standpunkt, es könne sowohl das eine als auch das andere gewesen sein. Für Tjark spielten die Details keine große Rolle: Man konnte ein Ausbeuldingsbums in einer Kfz-Werkstatt finden, und es gab dort auch spitze Schraubenzieher oder Stemmeisen. Auf der anderen Seite konnte man sich das eine oder das andere auch im Baumarkt kaufen oder über das Internet bestellen.

Fee trug ihr rabenschwarzes Haar mittlerweile auf beiden Kopfseiten zum Undercut geschnitten. Beinahe eine Irokesenfrisur, allerdings mit Pferdeschwanz. Dazu trug sie eine übergroße Nerdbrille, was sie mitsamt des grünen OP-Kittels so aussehen ließ, als würde sie in ihrem düsteren Laboratorium eher merkwürdige Kreaturen erschaffen als die Obduktion an einem toten Landwirt abschließen. Fee war eine Kapazität auf ihrem Gebiet, hielt Vorträge an Unis und hatte inzwischen eine gewisse Fangemeinde auf Facebook, und jede Menge Freaks hatten ihren Blog abonniert, in dem es um alles Mögliche ging, das irgendwie mit Gothic und Gothic-Horror zu tun hatte. Nicht Tjarks Welt, kein Stück.

Tjark wendete sich den beiden diskutierenden Frauen zu. Immerhin sprachen sie einigermaßen sachlich und vernünftig miteinander. Das war keineswegs immer der Fall. Meist gab es eine frostige Distanz mit einer guten Portion Gezicke zwischen ihnen, was Tjark wohl auf sich selbst zurückzuführen hatte. Fee hatte ihn verschiedentlich angegraben. Er wiederum hatte sie abblitzen lassen, dafür aber mit Femke eine kurze Affäre gehabt, wovon Fee Wind bekommen hatte – und außerdem war Femke über Fees misslungene Anmachversuche informiert. Das alles war ein empfindliches Geflecht, aber längst Schnee von gestern, wenn nicht sogar von vorgestern.

Tjark sah Fee mit den Schultern zucken und hörte sie sagen: »Ja. Kann sein. Keine Ahnung. Ich kenne mich mit Pferden nicht aus, aber es klingt logisch. Die Verletzungen geben einen solchen Tathergang her: Jemand hält ein Pferd am Halfter und sticht mehrere Male in einem spitzen Winkel zu. Das Pferd ruckt herum, dabei gibt es zusätzlich zu den Schnittwunden auch innere Rissverletzungen.«

Femke erwiderte: »Wenn du acht oder zehn Mal auf ein Pferd einstichst, musst du das außerdem extrem schnell tun. Und du musst kräftig sein, um es so lange zu halten.«

»Eher ein Mann als eine Frau, meinst du?«

»Ja, das meine ich.«

»Einigen wir uns darauf. Was dein Freund glaubt, klingt für mich sinnvoller als das, was Fred meinte. Außerdem ist dein Toyboy Volki ein Mediziner.«

»Er ist nicht mein Toyboy, und er heißt Volker.«

Fee grinste. »Sieht er gut aus?«

»Sicher.«

Tjark starrte auf den Leichnam von Ernst Hespe, in dessen Brust sich vier exakt parallele Löcher befanden. Solche Löcher wies auch die Rückseite auf, nur waren es dort mehr, und sie waren größer. So als hätte sich Hespe auf ein Fakirbrett gelegt und jemand wäre mit der Dampfwalze über ihn gerollt.

Hespes Hof lag nicht weit entfernt von Harms »Dünenhof«. Gerade gestern hatte Tjark noch eine Luftaufnahme davon gesehen, als er sich am späten Abend im Bett die Fotos auf dem Laptop genauer angesehen hatte, die Harm aus der Luft geschossen hatte. Tjark hatte sie wahllos vergrößert, herumgescrollt und geschaut, ob ihm etwas auffiel. Aber er hatte mit keinem der Bilder etwas anfangen können. Er sah Straßen, Gebäude, Fahrzeuge, einzelne Personen, Schiffe, Plätze, den Hafen, Felder, Parkplätze und Bäume, die Großbaustelle des AquaParcs in allen Details. Lediglich der Umstand gab ihm zu denken, dass die Grundstücke von Harm und Hespe benachbart und die jeweiligen Besitzer beider Grundstücke tot waren.

Tjark wandte sich an Fee: »Und worauf einigen wir uns bei Ernst Hespe?«

Fee wirbelte herum. »Er steigt die Leiter hoch. Jemand rammt ihm die Forke in die Brust, wobei ein Zinken das Herz durchbohrt und ihn tötet. Entweder durch die Aufprallwucht oder weil er im Sterben das Gleichgewicht verliert, stürzt er rücklings nach hinten und fällt auf die Egge, wobei er sich außerdem Wirbel- und Rippenbrüche zuzieht. Die Forke wurde ihm mit erheblicher Wucht in den Oberkörper gestochen. Die Zinken sind fast fünfzehn Zentimeter tief in den Torso eingedrungen, und zwar von oben nach unten. Ich würde sagen, so.« Sie machte eine Bewegung, als würde sie mit einem Speer nach einer Forelle stechen.

Tjark musterte die Leiche. Er sah Femke an: »Warum sollte Sabine das tun?«

»Ich habe keinen Schimmer.«

»Hat sie es getan?«

»Ich weiß nicht.«
»Was glaubst du?«
»Ich glaube, sie hat nicht gelogen und kam nach Hause, fand die Scheune offen und dann ihren Vater. Sie rief mit ihrem Handy die 112 an. Danach eskalierte die Situation.«
»Von wo kam sie nach Hause?«
»Wissen wir nicht. Noch in der Nacht ist sie zwangsweise in der Psychiatrie untergebracht worden und bekam Beruhigungsmittel.«
»Wann können wir mit ihr reden?«
»Vielleicht noch heute. Spätestens morgen, denke ich. Ich fahre anschließend mal vorbei und frage, wie es ihr geht.«
»Du solltest Dr. Schröder mitnehmen.«
»Dort gibt es doch genug Psychologen?«
»Auch wieder wahr.«
»Und was glaubst du?«, fragte Femke.
»Ich halte eine Kettenreaktion für möglich. Einen Dominoeffekt. Der Tod der Pferde hat möglicherweise die weiteren Ereignisse in Gang gesetzt. Ich weiß aber nicht, wie und warum. Ich halte es außerdem für denkbar, dass es eine Verbindung zwischen Hespe und Harm gibt. Vielleicht auch zwischen den beiden sowie deinem Stallbesitzer und Leefmann oder dir, was wiederum zum Tod der Pferde führte.«
»Mir?«
»Es wurden Pferde von diesem Jörn, von Leefmann und dir getötet. Damit fing es an. Es muss Verbindungen geben. Ich glaube, dass das alles zusammenhängt.«
Femke zuckte mit den Schultern und knibbelte an der Unterlippe.
Die Tür zum Obduktionssaal ging auf. Fred kam herein. Er wedelte mit einigen Papieren in der Hand.

»Moin! Durchsuchungsbeschluss für den ›Dünenhof‹. Auf geht's, Kollegen.«
Femke strich sich die Haare aus der Stirn. »Macht ihr beide das mal. Ich schaue nach Sabine. Und mit Töberich will ich auch noch sprechen. Wir sollten heute Abend unsere Ergebnisse zusammenwerfen und eine größere Dienstbesprechung ansetzen, finde ich. Wir sollten nicht bis morgen früh warten.«
Fee sah sie der Reihe nach an: »Seid ihr jetzt fertig? Oder sollen wir von draußen noch ein paar Leute einladen und eine Grillparty in meinem Obduktionssaal machen?«
»Super Location dafür«, sagte Fred und hielt den Daumen hoch.
Fee verdrehte die Augen. »Verzieht euch jetzt, echt.«

35.

Tjark konnte sich nicht an das Gefühl gewöhnen, das Wohnungs- und Hausdurchsuchungen in ihm auslösten. Man drang in das Intimste von Menschen ein und erfuhr Dinge über sie, die man gar nicht wissen wollte. Manchmal auch Dinge, die jahrelang vor einem Partner verheimlicht worden waren. Ein einzelner Zugriff durch die Polizei, und das ganze Leben lag offen. Der Staat übernahm die Kontrolle, und seine ausführenden Organe wühlten sich durch Unterhosen, Schubladen, Aktenordner, Schränke und Computerdateien und förderten dabei jede Menge Schmutz zutage. Es wurden Cremetiegel konfisziert, Zahnpastatuben ausgedrückt. Alles kam ans Licht. Vermögensverhältnisse oder Schulden, kleine und große perverse Geheimnisse. Jemand wechselte seine Socken nur alle fünf Tage, putzte seine Zähne nicht und sammelte Badehosen, die er in Freibädern stahl? Alles kam heraus. Nichts blieb verborgen.
Das mit den Badehosen war übrigens kein Scherz: Sie hatten vor einigen Jahren in Oldenburg zusammen mit dem Staatsschutz die Wohnung eines Neonazi-Führers der verbotenen Wiking-Jugend nach illegalen Schriften und Hakenkreuzbannern durchsucht und dabei vier Kartons mit Badehosen sichergestellt. Sie waren Fetische für ihn. Was man niemandem vorwerfen konnte. Tjark hatte sogar einmal gelesen, dass Menschen mit Fetischen glücklicher lebten – den Grund hatte er vergessen. Jedenfalls war es bizarr, sich ausgerechnet den Befürworter einer arischen Herrenrasse in geklauten gebrauchten Badehosen vorzustellen, wie er … Na ja …

Wenn man eine Reihe derartiger Durchsuchungen vorgenommen hatte, überraschte einen nichts mehr. Man bekam außerdem eine völlig andere Sichtweise auf seine Mitmenschen und auf das Bild, das die meisten nach außen hin abgaben. Man begriff, dass es kein Klischee war, wenn man davon sprach, dass alle Masken trugen und jeder Mensch seine dunklen Seiten hatte und im Verborgenen die abstrusesten Dinge schlummerten. Denn natürlich hatte jeder seine Geheimnisse.

Menschen, glaubte Tjark, verfügten über verschiedene Schichten ihrer Persönlichkeit. Manche davon waren tiefer verborgen als andere. Es war wie bei den Häuten einer Zwiebel, und je näher man dem Kern kam, desto heftiger konnte es einem sprichwörtlich die Tränen in die Augen treiben. Weswegen Tjark in Bezug auf sich selbst kein Freund vom Zwiebelhäuten war. Es gab verschlossene Türen, die aus gutem Grund verschlossen waren. Er wusste oder ahnte, was dahinter auf ihn lauern würde. Kein Grund also, sich davon zu überzeugen und sich zu martern.

Bei einer Hausdurchsuchung hingegen wurden alle Türen aufgestoßen. Alle Schichten der Zwiebel wurden durchdrungen, und niemand konnte sich dagegen zur Wehr setzen. Man war der Staatsmacht ausgeliefert, die verfügt hatte, dass alle Hüllen fallen gelassen werden müssen.

So wie im Haus von Carsten Harm. Sie hatten bei der Durchsicht einiger Akten innerhalb von Minuten herausgefunden, dass Harm Verbindlichkeiten bei der Brauerei und anderen Lieferanten sowie Banken in Höhe von mehr als vierzigtausend Euro hatte. Sie hatten außerdem festgestellt, dass die Immobilie »Dünenhof« und das Grundstück Harm überhaupt nicht mehr gehörten. Es gehörte alles Knut Mommsen und damit der Werlesieler Brauerei.

»Knut Mommsen? Dieser unangenehme Typ?«, hatte Fred gefragt.

Er stand neben Tjark und hatte sein Polohemd bereits durchgeschwitzt. Er trug wie Tjark Gummihandschuhe und über den Straßenschuhen Plastiküberzieher, gab ein pfeifendes Geräusch von sich und sah sich etwas ratlos um.
»Genau der.« Als Tjark und Fred seinerzeit in der Vikki-Rickmers-Sache in Werlesiel ermittelt hatten, hatten sie auch Mommsen vernommen.
»Gehört dem irgendetwas nicht?«, fragte Fred.
Tjark zuckte mit den Achseln. »Es ist nicht unüblich, dass Brauereien Immobilien gehören, die sie an Gastronomen verpachten, um dort ihr Bier zu verkaufen.«
»Ich dachte, der ›Dünenhof‹ sei ein alteingesessener Betrieb?«
»Ist er auch. Vor sechs Jahren hat Harm ihn veräußert. Vielleicht wegen Geldsorgen oder Schulden, die er mit Mommsen verrechnet hat.«
»Dann werden wir wieder einmal mit dem Kerl reden müssen?«
»Müssen wir wohl.« Tjark ahnte, dass das kein freundliches Gespräch werden würde.
Fred schaute sich weiter um und schüttelte verständnislos den Kopf. »Wie kann man nur so leben«, murmelte er.
Tjark zuckte mit den Achseln.
Harm war offensichtlich das gewesen, was man als einen Messie bezeichnet. Vielleicht war er das nicht immer gewesen. Vielleicht waren die Dinge erst außer Kontrolle geraten, nachdem er von seiner Frau verlassen worden war. Die Wohnung, die sich im Stockwerk über dem Restaurant des »Dünenhofs« befand, war in einem chaotischen Zustand. Überall lag Schmutzwäsche herum, dazu Berge von Altpapier, randvolle gelbe Säcke lagen auf dem Flur, Unmengen von leeren Bierflaschen und Dosen standen herum. Die Wände waren mit verstaubten Bilderrahmen regelrecht gepflastert. In den Rahmen befanden sich Luftbilder oder

Fotos, die aus Thailand stammen mochten. Dschungel, Palmen, Tempel. Die Küche war kaum noch zugänglich, weil überall Müll herumstand und sich schmutzige Teller, Tassen und Töpfe stapelten. Im Bad war es nicht viel besser. Der einzige Raum, in dem es einigermaßen okay aussah, war eine Art Arbeitszimmer, in dem sich ein Schreibtisch, ein Computer und Aktenschränke mit sauber beschrifteten Ordnern befanden, die die Buchhaltung des »Dünenhofs« beinhalteten.

Außer Tjark und Fred waren vier weiter Beamte damit befasst, die Wohnung zu durchwühlen, Film- und Fotoaufnahmen zu machen. Das Gleiche geschah in etwa zur selben Zeit an anderer Stelle in Werlesiel – nämlich in der Wohnung von Ernst Hespe, wo Töberich und seine Crew aktiv waren und sich außerdem ein Notfallseelsorger zusammen mit Töberichs Kollegin um Hespes inzwischen heimgekehrte Witwe kümmerte.

»Was für ein Scheiß«, brummte Fred und sah sich weiter um. »Aber ich musste ja unbedingt dabei sein, statt gemütlich im Büro zu sitzen.«

»Eben«, sagte Tjark. »Selbst schuld.«

Mit den Blicken verfolgten sie einen Kollegen, der mit Harms PC unter dem Arm das Haus verließ. Er hatte außerdem eine Fototasche umhängen, in der sich Reste von Harms Kamera-Equipment befanden, das Fred als Profiausrüstung bezeichnet hatte.

»Herr Wolf?«, rief eine Stimme aus dem Arbeitszimmer.

Ein Kollege, der nicht weniger als Fred schwitzte, hatte einen Karton auf dem Schreibtisch abgestellt. In dem Karton befanden sich jede Menge Fotoumschläge – solche, die man früher in analogen Zeiten erhielt, wenn man einen vollen Film abgegeben und sich Abzüge bestellt hatte, und in denen dann die Abzüge samt Negativen aufbewahrt wurden. Die Verpackungen waren allesamt beschriftet und mit Daten versehen. Der Kollege blätterte mit dem Daumen durch einen Stapel Fotos.

»Kacke«, sagte Fred.

Tjark widersprach nicht. Die Bilder zeigten ein nacktes junges Mädchen. Er war zunächst nicht sonderlich überrascht, hatte er doch Harms Spanner-Fotos in der Kriminaltechnik gesehen. Typen wie Harm, dachte Tjark, kannten in der Hinsicht für gewöhnlich keine Grenzen. Doch beim zweiten Hinsehen war Tjark doch überrascht, denn es handelte sich nicht um die Art von Bildern, die aus einem Versteck mit einem Teleobjektiv geschossen worden waren. Vielmehr posierte das junge Mädchen regelrecht für Harm. Während ihr Gesichtsausdruck verriet, dass ihr das nicht sonderlich gefiel. Ihre Züge kamen Tjark bekannt vor.

Unter den Fotos waren nicht nur pseudokünstlerische Aktaufnahmen, die im Freien geschossen worden waren. Es gab auch plumpe Nacktbilder. Großaufnahmen von Geschlechtsorganen sowie beim Sex geschossene Bilder, die unscharf und verwackelt waren. Mit Spanner-Bildern hatten diese hier nichts mehr zu tun. Zudem war eine eindeutig Minderjährige darauf abgebildet, die selbst mit der Schminke im Gesicht höchstens für fünfzehn Jahre durchging. Womöglich war sie noch jünger, worauf ihre körperliche Entwicklung schließen ließ.

»Wie alt sind die Bilder?«, fragte Fred.

Der Kollege drehte die Fotos um. Auf der Rückseite der Abzüge waren in feiner grauer Schrift Codes und das Logo des Herstellers gedruckt. Außerdem Daten.

»Etwa fünfundzwanzig Jahre«, antwortete der Polizist.

Tjark sagte: »Da war Harm selbst erst zwanzig Jahre alt.« Er fischte mit den Fingern nach dem Papierumschlag, aus dem die Fotos stammten.

Fred fragte: »Gibt's noch mehr solcher Bilder?«

Der Kollege erwiderte: »Es gibt noch Fotos von nackten Badenden oder welchen im Bikini. Reichlich sogar. Aber die sind anders.«

Fred nickte verstehend.

Tjark drehte den Umschlag um. Er las, was darauf mit einem Filzstift geschrieben worden war. »Kann ich die Bilder mal haben?«

Der Kollege gab sie ihm. Tjark sah sich das Gesicht des Mädchens genauer an.

»Shit«, zischte er.

»Was denn?«, fragte Fred.

Tjark sagte es ihm. Zeigte ihm, dass auf dem Umschlag »Juni 1992« stand und außerdem der Name »Sabine«. Und er sagte ihm, dass er keinen Zweifel daran hatte, dass diese Bilder eine sehr junge Sabine Hespe zeigten.

36.

Sabine Hespe befand sich weder in der JVA noch in einer regulären geschlossenen Psychiatrie. Das Amtsgericht hatte für sie kurzfristig eine einstweilige Unterbringung im Maßregelvollzug in einer Klinik für forensische Psychiatrie und Psychotherapie verfügt, wohin sie mit dem Rettungswagen in Begleitung von zwei Streifenpolizisten gebracht worden war. Die Klinik lag in der Nähe von Oldenburg. Von außen sah das Gebäude unscheinbar aus. Es war rot verklinkert wie so viele im Norden und erinnerte eher an einen Schulbau aus den fünfziger Jahren oder ein Kasernengebäude. Zu dem Gebäudekomplex zählte allerdings auch eine hohe Mauer, die ebenfalls aus rotbraunen Klinkern bestand. Sie umgab einen Innenhof und wäre sicher kaum zu überwinden. Ein massives Tor gab es außerdem und dahinter hohe Scheinwerfermasten.

Sabine war hier in einer Form der Untersuchungshaft untergebracht, weil einerseits unklar war, ob sie ihren Vater getötet hatte, es andererseits aber dringende Gründe für die Annahme gab, dass sie teilweise oder vermindert schuldunfähig wäre. Fraglos bedurfte sie einer psychiatrischen Betreuung und würde in den kommenden Tagen von Ärzten auch gutachterlich untersucht werden und so lange hierbleiben, bis klar war, wie ihr Vater genau ums Leben gekommen war und wer für seinen Tod die Verantwortung trug.

Sabine hatte bislang kein Alibi vorzuweisen, und es gab jede Mengen Spuren von ihr am Tatort, außerdem ihre blutigen Fingerabdrücke auf der Tatwaffe. Wie auch immer sie auf den Holzstiel der Forke gekommen waren – sie waren nun einmal drauf. Zudem hatte Tjark mit Femke telefoniert und ihr Fotos aus dem Fundus von Carsten Harm gemailt, die er mit dem Handy abfotografiert hatte. Daraus ließ sich folgern, dass Harm Sabine als Minderjährige missbraucht hatte – was ein Grund für ihre spätere psychische Entwicklung sein mochte. Andererseits gab es ein Motiv her, Harm aus später Rache zu töten. Zwar konnte sich Femke nur schlecht vorstellen, dass Sabine zu diesem Zweck ein Modellflugzeug steuern würde, um Harm mit seinem Gleitschirm zum Absturz zu bringen – aber vielleicht hatte das ein anderer für sie übernommen?

Die Bilder jedenfalls waren erschütternd. Einige hatte Harm im Freien aufgenommen. Im Hintergrund war die Festscheune zu sehen gewesen. Die Aufnahmen erzählten Femke eine Geschichte. Womöglich hatte Harm Sabine zu schönen Fotos von sich überredet. Daraufhin war die Sache dann ausgeufert. Es kam zum Sex, was Harm von Anfang an geplant hatte – vielleicht hatte er Gewalt gebraucht oder Sabine erpresst oder ihr Geld gegeben. Wie das alles passiert war, musste jedenfalls dringend geklärt werden, und dafür war Sabines Mithilfe unabdingbar.

Außerdem hatte es Femke überrascht, dass der »Dünenhof« Harm gar nicht mehr gehörte, sondern Mommsen, der ohnehin schon die halbe Stadt besaß. Ob das etwas zu bedeuten hatte, würde sich noch zeigen. Zunächst ging es darum, eine brauchbare Aussage von Sabine über die Geschehnisse des Vorabends zu bekommen. Die Ärzte hatten ihr Okay für einen nur kurzen Besuch gegeben, denn immerhin ging es um das Klären einer schweren Straftat, vielleicht sogar mehrerer.

Innen glich die Klinik einerseits einem Altenheim, andererseits einem videoüberwachten Hochsicherheitstrakt mit Zellen wie in einer Justizvollzugsanstalt. In einem etwas moderneren Anbau hatte Femke sich angemeldet und ausgewiesen. Sie war durch einen Metalldetektor gegangen und wartete auf der anderen Seite der Schleuse auf Dr. Reinhard Preggen, der kurze Zeit später mit einem Angestellten erschien, der weiße Anstaltskleidung trug und recht kräftig wirkte. Im Gegensatz zu dem schlanken, tief gebräunten Dr. Preggen, der ein teures Sakko über einem Polohemd sowie die Haare nach hinten gegelt trug, was ihn ein wenig deplaziert wirken ließ.

Im Gehen erklärte er Femke: »Frau Hespe hat Beruhigungsmittel erhalten. Sie ist außerdem rechtsmedizinisch untersucht worden – jemand von der Vierundzwanzig-Stunden-Ambulanz war da.«

Femke nickte. Sabine war erkennungsdienstlich behandelt worden, sprich: Man hatte ihr die Fingerabdrücke abgenommen. Später war ihr dann Blut abgenommen worden sowie eine Speichelprobe zur Ermittlung ihrer DNA. Sicherlich waren dann noch weitere Proben erfolgt – zum Beispiel Abstriche von ihrem blutigen Körper, um festzustellen, um wessen Blut es sich handelte. Außerdem musste sie nach eigenen Verletzungen abgesucht und fotografiert worden sein.

Schließlich öffnete der Angestellte eine Tür und betrat mit Dr. Preggen und Femke Sabines Zimmer. Der Raum war schlicht, wirkte reizarm und im Hinblick darauf eingerichtet, dass sich hier niemand etwas antun konnte. Die Fenster waren auf dezente Art und Weise vergittert. Sabine saß auf dem schmalen Bett und starrte gegen die weiße Wand. Sie reagierte fahrig, wandte sich zur Tür und musterte ihren Besuch aus rot geränderten Augen. Sie trug ein Krankenhaushemd. Auf dem Bett lag ein zusammengefalteter Jogginganzug, der gewiss ebenfalls von der Klinik stammte: Sabine hatte ja keine persönlichen Sachen bei sich gehabt, soweit Femke wusste.

Auf Femkes und Preggens Gruß reagierte Sabine lediglich mit einem schlürfenden Geräusch. Speichel lief ihr aus dem Mundwinkel. Ihre Augenlider wirkten schwer. Preggen und Femke setzten sich auf das zweite Bett in dem Raum, Sabine gegenüber.
Sabine sah Femke direkt an: »Du hast mich verraten.«
»Ich bin Polizistin, Sabine. Du wolltest nicht tun, worum ich dich gebeten habe. Also musste ich mir etwas einfallen lassen.«
»Papa ist tot.«
»Ja, das ist sehr schlimm. Deswegen bin ich hier, Sabine. Weil ich mit dir darüber reden muss, was passiert ist. Und zwar in Ruhe. Ist das für dich in Ordnung?«
Preggen machte eine zustimmende Geste in Richtung Femke. Er schien ihr bedeuten zu wollen, dass die Art und Weise, in der sie mit Sabine sprach, angemessen war.
Sabine sagte müde: »Ich habe dir doch schon alles gesagt.«
»Erzähl es noch mal.«
Sabine verdrehte die Augen, machte erneut ein schlürfendes Geräusch und sagte: »Ich bin nach Hause gekommen. Als ich auf dem Hof war, habe ich gesehen, dass die Scheunentür offen stand und Licht herausfiel. Ich bin hingegangen und habe Papa gefunden. Alles war voller Blut. Die Forke steckte in seiner Brust. Ich habe sie herausgezogen und geweint und seinen Puls gefühlt. Aber da war keiner mehr.«
»Sabine, wo warst du denn vorher? Du hast gesagt, du bist nach Hause gekommen. Von wo?«
Sabine schwieg. Sie verdrehte erneut die Augen und taumelte im Sitzen leicht, fing sich aber wieder. Eine Antwort gab sie nicht.
Femke fragte: »Als du nach Hause gekommen bist – warst du da vielleicht sauer oder so? Du warst sehr aufgeregt, als wir mittags miteinander den Spaziergang gemacht haben.«
Sabine zuckte die Achseln.

»Warst du abends immer noch wütend?«
»Glaube nicht.«
»Was genau hatte dich eigentlich so aufgeregt?«
»Mich hat aufgeregt, dass ihr in Richtung Scheune wolltet. Ich gehe nicht zur Festscheune. Ich gehe nie dort lang.«
»Warum nicht?«
Sabine schwieg.
»Bist du öfter am ›Dünenhof‹?«
»Was soll ich denn da? Da gehe ich auch nicht gern entlang.«
»Bist du gestern Abend von dort gekommen? Vom ›Dünenhof‹?«
Sabine blickte Femke fragend an.
Dr. Preggen schaltete sich ein: »Frau Hespe, ich glaube, Frau Folkmer möchte das deswegen so genau wissen, weil das wirklich sehr vorteilhaft für Sie wäre. Wenn die Polizei weiß, wo Sie vorher waren, und sich das bestätigt, dann müsste man Sie wohl nicht länger verdächtigen, etwas Schlimmes getan zu haben. Das wäre dann ein Alibi. Sicher kennen Sie den Begriff. Das ist eine reine Routinearbeit.«
Femke fragte: »Wie lange kennst du eigentlich Carsten Harm?«
»Lange schon.«
Femke dachte an die Fotos und an die Scheune im Hintergrund.
»Ist an der Festscheune mal etwas passiert, weswegen du dort nicht gern vorbeigehst?«
Sabine kaute auf den Lippen und starrte auf ihre Zehen.
Femke fragte: »Hat Carsten Harm dort mal etwas Schlimmes mit dir gemacht?«
Preggen warf Femke einen bedeutungsvollen Blick zu.
»Keine Ahnung«, sagte Sabine leise. Mit den Fingernägeln kniff sie sich in die Haut am Handgelenk.
Femke sagte: »Wir haben das Haus von Carsten Harm durchsucht, Sabine. Wir haben dabei etwas gefunden. Da waren Fotos …«

Jetzt schlug sich Sabine die Hände vors Gesicht und begann, zu wimmern und sich zu wiegen. Dr. Preggen streckte sich und warf dem Angestellten einen Blick zu. Dieser regte sich ebenfalls.

Femke versuchte es noch einmal: »Sabine, du musst mir sagen, wo du gewesen bist, bevor du wieder nach Hause kamst. Bist du spazieren gewesen? Hast du dich mit jemandem getroffen? Wo warst du?«

Sabine schniefte. Sie kippte langsam nach hinten und schlug mit dem Hinterkopf gegen die Wand.

»Du musst mir antworten.«

Sabine schlug nun selbständig den Kopf gegen die Wand. Dann verdrehte sie die Augen und begann zu zucken. In ihren Augen war nur noch Weiß zu sehen.

Dr. Preggen sprang auf. »Schluss jetzt!«, rief er.

Der Pfleger riss die Tür auf und brüllte etwas in den Flur.

»Scheune …«, stammelte Sabine und zuckte, als ob sie Stromschocks bekommen würde. Preggen war sofort bei ihr.

»… Antworten alle in der Scheune … Alles … In der Scheune …«

Femke stand auf und presste sich mit weit aufgerissenen Augen gegen die Wand, als diverse Pfleger und ein Arzt hereingelaufen kamen, um sich um Sabine zu kümmern.

37.

Die Polizeiinspektion Aurich/Wittmund lag in Aurich an der Ecke Fischteichweg und Leerer Landstraße. Sie befand sich in einem älteren Bau aus rötlichen Ziegeln und mit vielen weißen Fensterrahmen, der wie ein Quadrat mit einem Innenhof angelegt war. Sie war verantwortlich für sechzehn Gemeinden, Städte wie Aurich, Esens, Norden, Wittmund und Norderney sowie die Inseln Juist, Baltrum, Langeoog und Spiekeroog und damit für mehr als zweihundertfünfzigtausend Einwohner und jede Menge Urlauber. Sie verfügte über mehr als vierhundert Bedienstete in einundzwanzig Dienststellen.

Es gab zahlreiche Büros und einige Besprechungsräume. Einen davon hatte die Gruppe um Töberich in Beschlag genommen – samt Tjark, Fred und Femke. Der Raum war unspektakulär: die Wände weiß, die Einrichtung halbwegs modern. Auf den zusammengeschobenen Tischen standen Thermoskannen mit Kaffee, etwas Gebäck und Softdrinks in Flaschen. Der Raum unterschied sich von anderen lediglich dadurch, dass es überall die Möglichkeit gab, Laptops anzuschließen, und dass an den Flipcharts eine Reihe grauenhafter Tatortfotos hingen sowie Passbilder von Menschen, die nicht mehr lebten, dazu Pläne, auf denen mit Edding Abkürzungen, Kreuze und Kreise gezeichnet waren, und einige Aufnahmen von Fernsteuerungen sowie eines Modellfliegers in ganzer Pracht und in zerschepperten Einzelteilen. Tjark und die anderen hatten sich hier über die Ermittlungsergebnisse ausgetauscht und zusammengetragen, was die Durchsuchung bei Harm und die Befragung von Sabine ergeben hatten. Töberich schilderte, dass weder die Beschau des Tatorts bei Hespe noch die Untersuchung von Sabines Zimmer etwas Erhellendes ergeben habe. Die Spurensicherung untersuchte noch den Dachboden – wer immer dort auf Hespe gelauert hatte, hatte womöglich Schuhabdrücke und mit etwas Glück auch Fingerabdrücke hinterlassen. Der Baumarkt war noch nicht wieder freigegeben, was sich allerdings rasch ändern sollte: Die Geschäftsleitung der Kette hatte Druck gemacht und – wie Töberich mit einem verzerrten Lächeln bemerkte – die Frage in den Raum gestellt, wer den Einnahmeausfall von mehreren Tagen denn wohl ausgleichen werde?

Töberich fasste nun zusammen: »Wir haben eine Liste der Mitglieder des Modellflugvereins erhalten. Es handelt sich um zwanzig Personen. Wir haben sie alle überprüft. Jeder kann ein Alibi vorweisen. Um die Uhrzeit, als Harms Gleitschirm abstürzte, waren die meisten bei der Arbeit. Wir kennen außerdem die Ergebnisse der kriminaltechnischen Untersuchung bezüglich dieses ›Warbirds‹ – Herr Wolf hat es eben zusammengefasst –, und wir wissen dank der Videoaufnahmen aus der Kamera des Fliegers, wo er gestartet ist. Wir müssen uns also sehr genau auf den ›Dünenhof‹ und das Umfeld konzentrieren. Irgendjemand muss etwas gesehen haben – man marschiert doch nicht mit so einem Riesenteil durch die Landschaft, ohne dass irgendjemand etwas davon mitbekommt.«

Femke ergänzte: »Wir sollten uns unter den Modellfliegern noch einmal umhören, nachdem wir nun wissen, um was für einen Flugzeugtyp es sich gehandelt hat.«

»Konkret nach Warbirds fragen?«, hakte Töberich nach.

»Richtig«, ergänzte Tjark. »Wir sollten in Kürze Antworten darauf haben, wann wo von wem in Deutschland das betreffende Flugzeug verkauft worden ist.«

»Die KTU arbeitet noch an dem Bericht und der Recherche«, sagte Fred. »Da werden wir morgen mehr wissen.«

»Okay, dann bringen wir ab morgen den Warbird ins Spiel«, erwiderte Töberich, »und fragen die Modellflieger danach. Unterhalten wir uns auch nochmals mit den Leuten vom Reiterhof, ob ihnen etwas aufgefallen ist. Jemand, der dort vielleicht geparkt hat und mit einer großen Tasche Richtung ›Dünenhof‹ unterwegs war. Oder die Leute von der AquaParc-Baustelle.«

Femke fragte: »Sind die Bauarbeiter denn noch nicht dazu befragt worden?«

»Nicht alle«, sagte Töberich. »Und es macht nichts, den Rest doppelt zu fragen.«

Tjark sah Femke an. »Wir übernehmen die Baustelle. Ihr den Reiterhof.«

Töberich nickte.

»Zu den toten Pferden wissen wir nichts Neues?«, hakte Femke nach.

Töberich schüttelte den Kopf. »Wir hatten Willem Leefmann befragt, ob ihm jemand einfallen würde, der ihm oder seiner Tochter eins habe auswischen wollen. Ihm fiel niemand ein. Das Gleiche haben wir den Reiterhofbesitzer Jörn Noltensmeier gefragt. Dieselbe Antwort. Und Femke Folkmer …«

»… hätte nach wie vor reichlich ehemalige Kunden, die ihr vielleicht eins auswischen wollten, wovon sie nichts ahnt«, erwiderte Femke.

Töberich kommentierte das nicht. »Wir haben eine Liste mit bereits bekannten Tierrippern abgearbeitet. Bislang kommt niemand aus diesem Pool für die Tat in Werlesiel in Frage. Es muss sich um einen Neueinsteiger handeln.«

»Oder«, sagte Tjark, »alles steht in einem Zusammenhang. Erst die Pferde, dann Carsten Harm, dann Ernst Hespe.«

»Aber sind das nicht drei grundverschiedene Taten mit grundverschiedenen Vorgehensweisen?«, hakte Töberich nach.
»Das stimmt. Ziemlich clever.«
»Inwiefern?«
»Weil niemand auf einen Zusammenhang stößt. Dennoch folgt alles einem Schema. Carsten Harm muss beobachtet worden sein. Der Täter kannte Harms Gewohnheiten, hat sie studiert und am Tag X gut vorbereitet zugeschlagen. Er muss außerdem irgendwo trainiert haben, ein Flugzeug so präzise mittels einer Kamera zu steuern, dass er damit einen Gleitschirm zum Absturz bringen kann. Was Hespe angeht: Die Tat geschieht an einem Abend, als Hespe allein ist. Er wird in die Scheune gelockt. Auch das spricht dafür, dass er beobachtet und der richtige Moment abgepasst wurde – nämlich, als seine Tochter beschließt, nochmals wegzugehen. Bei den Pferden war es ebenso: Der Täter wusste, wann er zuzuschlagen hatte und wie.«
»Aber was wäre der Zusammenhang, von dem du sprichst?«, fragte Femke.
Tjark zog ein Kaugummipäckchen aus der Hemdtasche. »Harm missbraucht vor Jahren die minderjährige Sabine Hespe. Sie wird darüber psychisch krank. Ernst Hespe weiß vielleicht von den Vorfällen und spricht nicht darüber. Sabine hat aber Jahre später einen Lover, dem sie sich anvertraut. Der Lover rastet aus und nimmt Rache oder wird von Sabine für diese Rache instrumentalisiert.«
»Und wie passen die Pferde da rein?«
»Keine Ahnung. Tun sie aber.«
»Was macht dich so sicher?«
»Weiß ich nicht.« Tjark dachte nach. »Wir müssen herausfinden, ob sich Sabine tatsächlich mit jemandem getroffen hat und wer das war.«

Femke nickte. »Ich kümmere mich darum und versuche noch einmal, etwas aus ihr herauszubekommen. Ich kann mir inzwischen allerdings einfach nicht vorstellen, dass die Pferdemorde auf ihr Konto gehen könnten. Dazu muss man sowohl kaltblütig als auch sehr kräftig sein. Sabine ist eher zierlich, impulsiv und unberechenbar. Ich kann mir ebenfalls nicht denken, dass sie so einen Modellflieger ins Ziel steuert oder überhaupt auf die Idee dazu käme.«
Fred schaltete sich ein. »Wir sollten uns diesen Modellfliegerchef nochmals vornehmen – egal, ob er ein Alibi vorweisen kann. Vielleicht ist es nicht stichhaltig. Wir müssen außerdem mit diesem Mommsen über die Besitzverhältnisse des ›Dünenhofs‹ reden. Vielleicht ergibt sich da was.«
»Und was?«, fragte Töberich.
»Harm und Mommsen kennen sich. Haben ein paar politische Leichen im Keller. Der eine hat gewaltige Schulden, der andere jede Menge Geld. Wer weiß?«
Töberich nickte. Manchmal musste man im Nebel stochern und war hinterher erstaunt, was das zutage förderte.
Fred fügte hinzu: »Wir haben schon angerufen und um einen Termin in der Brauerei gebeten.«
Tjark schob sich einen Kaugummi in den Mund und hörte Femke sagen: »Ich muss die ganze Zeit über die Scheune nachdenken. Ihr könnt mich jetzt für irre halten, aber die Pferdeweide und die Scheune liegen an der Straße zum Wilden Acker, über die es eine alte Legende gibt. Der ›Dünenhof‹ ist ebenfalls ganz nah bei der Scheune. Das gilt außerdem für Hespes Bauernhof. Das Maisfeldlabyrinth …«
Fred fragte: »Legende?«
Femke erzählte in knappen Worten von dem verstoßenen Geisterreiter, der seither heimatlos umherirrt und nie wieder zurückkann.

»Spooky«, sagte Fred.
Tjark nickte. »Und das Thema Scheune … Auf den Bildern, die Harm von Sabine gemacht hat, war die Festscheune zu sehen. Ihr Vater wurde in seiner Scheune getötet. Sabine geht nie zur Scheune und flippt aus, wenn man darüber redet, und erzählt komische Dinge über Antworten, die es in der Scheune geben soll. Sie machen außerdem einen wahnsinnigen Aufstand um das Scheunenfest, und an der Scheune prügeln sich außerdem Leefmann und Mommsen mit dem Horvath, der da mit dem Wagen zufällig vorbeikam.«
»Ziemlich viel Scheune«, meinte Fred.
Femke strich sich die Haare aus der Stirn. »Ich würde mir gerne die Fotos von Sabine genauer ansehen und sie von der KTU vergrößern lassen. Es waren Fahrzeuge im Hintergrund zu sehen.«
»Nur zu«, meinte Töberich.
Tjark kaute auf dem Kaugummi herum und dachte nach. Er nahm sein Schlüsselbund aus der Tasche und fragte: »Die Baustelle des AquaParcs – wie weit ist die vom ›Dünenhof‹ entfernt? Ich bin einige Male daran vorbeigefahren, aber …«
Femke antwortete: »Schätzungsweise vierhundert Meter.«
Tjark nickte und löste dann einen USB-Stick vom Schlüsselbund ab. Er verband den Stick mit einem Laptop, beugte sich umständlich vor und stellte den Beamer an.
»Diashow aus Bullerbü?«, fragte Fred.
Tjark sagte nichts. Bullerbü – das war eine von Freds zahlreichen Umschreibungen für Dänemark. Er öffnete per Mausklick einen Ordner sowie eine Bildervorschau. Im nächsten Moment war ein gestochen scharfes Luftbild von der AquaParc-Baustelle zu sehen. Eines von denen, die Harm mit seiner Kamera vom Gleitschirm aus geschossen hatte. Tjark vergrößerte einen Bildausschnitt und deutete mit einer Kopfbewegung auf die Leinwand.

Das Dach von einem am Baustellenrand parkenden Fahrzeug war zu sehen. Das Foto war nicht aus dem steilen Neunzig-Grad-Winkel, sondern einem flacheren geschossen worden. So konnte man einen Teil der linken Autoseite und einen Aufdruck zumindest vage erahnen.
Tjark fragte Femke: »Fällt dir dazu etwas ein?«
Femke fiel dazu etwas ein. Denn der seitliche Aufdruck sah aus wie der der Firma »Hörth«.

38.

Die alte Kurklinik in Werlesiel, die »Nordseeklinik«, lag außerhalb des Ortes vor den Dünen. Der flache, deswegen aber nicht gerade unauffällige Siebziger-Jahre-Block aus Waschbetonverkleidung war für mehrere hundert Patienten ausgelegt, die hierher zur Luftkur kamen. Zunächst geführt von einer Krankenkasse, dann vom Land Niedersachsen und schließlich von einer Reihe wechselnder Träger mit undurchschaubaren Unternehmenskonstruktionen sowie einer Fondsgesellschaft, war sie vor sechs Jahren vollends geschlossen worden. Kurz: Die Nordseeklinik war ebenso wie das »Heilbad« Werlesiel Opfer der Strukturreform im Gesundheitswesen geworden. Die Gemeinde hatte schließlich die Immobilie für einen symbolischen Euro übernommen. Nicht etwa, weil sie etwas damit anzufangen gewusst hätte, sondern lediglich, damit sie nicht verfiel und nicht von Vandalen beschädigt wurde. Man hatte einen Bauzaun darum gezogen, denn ein Abriss hätte viel zu viel gekostet – zumal davon auszugehen war, dass jede Menge Sondermüll anfiel: Der Bau war Asbest- und PCB-belastet. Eine Kurklinik für Atemwegserkrankungen. Kaum zu glauben, aber in den Siebzigern waren diese Stoffe von Architekten und Bauunternehmern noch völlig anders bewertet worden als heute.

Seit einiger Zeit herrschte wieder Leben in der Nordseeklinik, die als städtische Immobilie notdürftig in Schuss gehalten worden und schließlich reaktiviert worden war, als dringend Raum benötigt wurde.

Als Tjark an diesem Abend dort vorfuhr, kam ihm die Atmosphäre regelrecht mediterran vor. Die Sonne war gerade untergegangen, der Himmel hatte die Farbe von Malven und Orangen angenommen und war mit dunklen Wolken betupft. Der Asphalt auf dem Parkplatz strahlte noch die Wärme der Sonne ab. Unter den wenigen geparkten Fahrzeugen waren einige vom Arbeiter-Samariter-Bund und zwei Rettungswagen.
Auf dem Parkplatz spielten Kinder Fußball und Gummitwist. Menschen saßen auf Klappstühlen im Freien und schauten zu oder redeten miteinander. Andere standen in Gruppen zusammen und unterhielten sich gestikulierend. Manche gingen gerade zur Straße und Richtung Innenstadt. Andere kamen von dort zurück und hatten Einkaufstüten in der Hand. Viele telefonierten. Einige starrten ins Nichts. Viele Frauen trugen Kopftücher und lange Kleider oder Röcke, die meisten Männer Jogginganzüge in Dunkelblau und mit Emblemen der Bundeswehr – offensichtlich eine Spende. Die Kinder waren in einen wilden Mischmasch aus Textilien gekleidet – offensichtlich ebenfalls Spenden. Manche hatten dunklere Haut, andere helle. Viele kamen aus dem Irak oder Syrien, Afghanistan oder Pakistan. Andere waren Serben, Georgier oder Kosovaren.
Für den Aufstand, den Leute wie Willem Leefmann und andere im Internet um diese Unterkunft machten, ging es vor Ort recht entspannt zu, dachte Tjark beim Aussteigen und fragte sich, ob die Flüchtlinge wussten, wie manche über sie redeten. Er zwinkerte einigen Jungs zu, die seinen Roadster bestaunten, und ging zu dem Zelt, das vor der Unterkunft aufgeschlagen worden war. Tjark ging zu dem Pavillon, unter dem sich eine Gulaschkanone befand. Er erkundigte sich bei einer jungen Frau, die in ihrem T-Shirt vom Arbeiter-Samariter-Bund einen offiziellen Eindruck machte, wo er einen bestimmten Mann finden könne. Die junge Frau deutete in Richtung Klinikeingang. Tjark bedankte sich

und ging zur Eingangstreppe. Dort saßen ein älterer Mann und eine jüngere Frau, die beide fraglos Flüchtlinge waren. Bei ihnen saß ein zweiter Mann, der vollkommen anders gekleidet war. Er trug eine helle Leinenhose, ein weißes Hemd und einen über die Schultern geworfenen dünnen Pullover. Die drei hielten mit ihrem Gespräch inne und sahen Tjark an – der Senior und die Frau daneben neutral, der gut gekleidete Mann eher fragend.

»Ja, bitte?«, fragte er.

»Bogdan Horvath?« Tjark stellte sich vor und wies sich aus. »Können wir uns kurz etwas abseits unterhalten?«

Horvath stand auf. »Gibt es ein Problem mit einem der Bewohner?«

»Nein.« Tjark lächelte. »Ich habe ein paar Fragen an Sie.«

»Wegen des Vorfalls auf der Straße mit Herrn Leefmann?«

Tjark deutete zum Parkplatz. »Gehen wir doch ein Stück.«

»Es versteht uns hier sowieso niemand, Herr Wolf. Die zwei Herrschaften neben mir sind Roma und sprechen Bulgarisch.«

»Sie sind Bulgare?«

»Nein«, erwiderte Horvath mit einem dieser »Mach mich bloß nicht wegen meiner Herkunft an«-Blicke. »Ich bin ein Deutscher, der Bulgarisch spricht.«

»Super«, sagte Tjark. »Ich spreche nicht einmal Französisch.«

»Worum geht es denn, wenn nicht um die unschöne Szene mit Herrn Leefmann, wenn ich fragen darf?«

Tjark zog die Zigarettenschachtel aus der Jackentasche und bot Horvath eine an. »Um den Tod von Carsten Harm und drei weiteren Personen sowie den Tod von Ernst Hespe.«

»Danke, ich rauche nicht.« Ansonsten keine Reaktion. Kein nervöses Blinzeln, nichts. Horvath fragte lediglich: »Was könnte ich dazu sagen?«

»Gehen wir ein Stück?«, fragte Tjark.

»Natürlich.«

Tjark ging in Richtung einer etwas abseits liegenden Rasenfläche. Horvath folgte ihm.

»Fällt Ihnen etwas ein, das wichtig für mich sein könnte?« Tjark klemmte sich im Gehen eine Zigarette zwischen die Zähne und steckte sie an.

»Nun, es ist schrecklich, was geschehen ist. Man kann es nicht beschreiben. Andererseits haben viele Menschen hier vergleichbar schreckliche Dinge erlebt. Manche noch sehr viel schlimmere. Ich klinge etwas zynisch, ich weiß.«

Tjark zuckte mit den Schultern und entließ einen Schwall Rauch durch die Nase. »Wie viele Menschen leben hier?«

»Es ist ein Notaufnahmelager. Aktuell sind es zwischen zweihundertfünfzig und dreihundertfünfzig Personen. Die Zahlen wechseln täglich.«

»Andere Kommunen sind schlimmer dran.«

»Was meinen Sie damit?«

»Schlimmer im Sinne von weitaus mehr Flüchtlingen.«

»Richtig. Und dennoch nichts im Vergleich mit Erstaufnahmeländern, Küstenstaaten wie Griechenland, Italien oder der Türkei. Sie bezahlen zehn Euro, um als Tourist von Kos aus in die Türkei zu schippern. Sie bezahlen tausend Euro an Schlepper, um als Flüchtling die gleiche Strecke in der umgekehrten Richtung zu fahren.«

»Das klingt sehr viel zynischer.«

»Ist aber so.«

»Die Realität ist meistens zynisch.«

Horvath schwieg einen Moment, dann sagte er: »So zynisch wie das gesamte Verfahren. Wenn Sie aus dem Kosovo kommen, sind Sie als Einwanderer in Deutschland nicht zugelassen. Also kommen Sie als Asylbewerber. Sie haben zwar ebenfalls keine Chance, aber Sie sind dann erst mal hier. Und wenn Sie Deutschland sehen, wollen Sie nicht wieder fort. Sie denken an die paar, die es geschafft haben und die Fotos von sich mit einem Mercedes und einer blitzenden Uhr ins Heimatdorf schicken, und sagen sich: Das will ich auch.«

»Nachvollziehbar.«

»Sie wollten etwas von mir wissen – aber ich kann Ihnen beim besten Willen nichts weiter dazu sagen, Herr Wolf.«

Tjark zog an der Zigarette. »Sie sind an der AquaParc-Baustelle beschäftigt?«

»Beschäftigt? Wie darf ich Ihre Frage verstehen?«

Tjark blieb an der Rasenfläche stehen. Hier war niemand, der zuhören konnte. Horvath tat es ihm gleich. Tjark schenkte ihm ein Lächeln. Horvaths Ausdrucksweise ging ihm auf den Wecker. Zu betont, um natürlich zu sein. Eher etwas zum Angeben. Wie eine gefälschte Rolex. »Waren Sie am Tag des Unglücks an der Baustelle? Als Herr Harm abstürzte?«

»An dem Tag war ich dort, ja. Warum ist das wichtig?«

Tjark dachte an die Luftaufnahme von Harm. Das Firmenlogo an der Seite eines Fahrzeugs hatte Femke als eines von »Hörth«-Werkzeuge identifiziert. Auch die anderen hatten keinen Zweifel daran gehabt. Leider war das Kennzeichen nicht zu erkennen gewesen, sonst hätte man den Wagen zweifelsfrei zuordnen können.

Tjark erläuterte Horvath: »Wir befragen mögliche Zeugen des Geschehens. Von der Baustelle aus könnte man etwas gesehen haben. Herrn Harm in der Luft oder den Absturz an sich.«

»Ich war mehrfach auf der Baustelle. Das genaue Datum und die Uhrzeit meines letzten Besuchs kann ich im Terminkalender nachschauen – aber ich bin mir relativ sicher: Es war am Tag des schrecklichen Unfalls, denn auf dem Rückweg habe ich den Menschenauflauf am Baumarkt gesehen.«

»Wo haben Sie geparkt?«

»Am Rand der Baustellenzufahrt.«
»Was hatten Sie dort zu tun?«
»Was man als Vertreter von Werkzeug und Baumaterial auf einer solchen Baustelle eben so zu tun hat.«
Tjark nickte. »Spricht man da mit dem Polier, oder wie muss ich mir das vorstellen?«
»Ich habe mit dem Bauleiter gesprochen.« Horvath nannte den Namen. »Ist das relevant?«
Tjark ging nicht auf die Frage ein. »Und Sie haben keinen Flugzeugmotor oder so gehört? Nichts gesehen?«
»Auf einer Baustelle ist es sehr laut, Herr Wolf.«
»Wie lange waren Sie dort?«
Horvath überlegte. »Vielleicht eine halbe Stunde?«
»Woher kennen Sie Herrn Harm und Herrn Hespe?«
Horvath lächelte. »Ich habe etwa fünfhundert Kunden in meinem Bereich. Bei manchen bin ich häufiger, bei manchen weniger oft, manche kennt man besser, manche weniger gut.«
»Klar.«
»Sie würden sich wundern, wie viele Landwirte Bedarf an Material und Werkzeug haben. Sie sind die schlimmsten Verhandlungspartner.« Horvath lachte.
Tjark grinste. »Hespe war also Ihr Kunde?«
»Ja.«
»Harm ebenfalls?«
»Nein. Aber ich weiß, dass ab und an etwas für ihn mitbestellt worden ist. Schrauben, mal ein Akkubohrer – derlei Dinge. Jemand mit so geringem Bedarf wie ein Gastwirt benötigt meine Dienste eher nicht.«
»Aber man kannte sich?«
»Es war kaum möglich, Herr Wolf, in den letzten Tagen den Namen Carsten Harm nicht zu hören.«

»Logisch. Ist Herr Leefmann ebenfalls Ihr Kunde?«

Horvath seufzte und nickte. »Man kann sie sich leider nicht aussuchen, sondern muss zwischen persönlichen Animositäten und dem Geschäft unterscheiden. Wenngleich Herr Leefmann nicht persönlich mit mir spricht. Er verkehrt nur schriftlich oder beauftragt einen Angestellten.«

»Geht nicht zur Konkurrenz?«

»Es gibt in diesem Landstrich keine. Man arbeitet mit meiner Firma – oder muss in den Baumarkt.«

»Was verkaufen Sie alles?«

Horvath blähte die Backen und gab Tjark einen Eindruck von der Produktpalette.

»Autowerkzeug und -zubehör ebenfalls?«, fragte Tjark.

»Keine Spezialwerkzeuge und kein spezielles Zubehör. Das Werkzeug wird in der Regel exklusiv von den Fahrzeugherstellern an die Werkstätten geliefert. Das ist viel zu individuell.«

»Was ist mit Standardsachen?« Tjark tat so, als suche er nach einem Beispiel. »Ausbeulwerkzeuge?«

Horvath lachte. »Benötigen Sie welche?«

»War nur ein Beispiel.«

»Ja, einige weit verbreitete Spezialwerkzeuge wie Ausbeulhebel vertreiben wir.«

Tjark nickte und fragte, ob Horvath ihm einige Namen von Arbeitern auf der Baustelle nennen könne. Er konnte. Dann reichte Tjark ihm seine Karte – verbunden mit der Bitte, sich zu melden, wenn ihm noch etwas einfiele, und Bescheid zu geben, was die Recherche in seinem Terminkalender ergeben habe.

»Nur rein interessehalber«, fragte Tjark und ließ seinen Block mit den Notizen in der Hintertasche seiner Jeans verschwinden. »Sie wohnen doch in Aurich. Warum helfen Sie hier den Flüchtlingen und nicht dort, wo Sie wohnen?«

»Werlesiel ist ein neueres Notaufnahmelager. In Aurich gibt es bereits viele Helfer. Und hier wird jemand gebraucht, der Rumänisch und Bulgarisch kann, denn es leben hier einige Roma.«
»Sie stammen gebürtig aus Osteuropa?«
»Gewissermaßen.«
Tjark machte eine Geste, die die ganze Unterkunft umfassen sollte. »Kostet sicher viel Zeit, ein solcher Einsatz.«
»Das kann man sagen. Ich helfe, wann immer es mir möglich ist.«
»Prima.« Tjark nickte anerkennend. »Ich bin ehrlich: Für mich wäre das nichts. Ich glaube, man braucht einen gewissen inneren Antrieb dazu.«
»Es ist nie verkehrt, Menschen zu helfen, denen es schlechter geht als einem selbst und von denen man weiß, was sie durchgemacht haben und was sie durchmachen.«
Tjark nickte.
Sie verabschiedeten sich, doch im Gehen hatte Tjark den Eindruck, dass Horvath noch etwas sagen wollte. Er blieb stehen und wartete ab. Schließlich fragte Horvath: »Stimmt es, dass die Polizei nach einem Modellflugzeug sucht?«
»Gewissermaßen.«
»Verrückte Sache«, meinte Horvath.
»Wir kommen Sie darauf?«
»Herr Gerdes hat mir das erzählt.«
»Jan Gerdes von der Autowerkstatt?«
»Genau der. Wir haben kürzlich über das Unglück gesprochen, da hat er mir erzählt, dass die Polizei bei ihm war und sich für Modellflugzeuge interessiert.«
»Sie kennen sich damit aus?«
Horvath lachte, machte eine abwehrende Geste und sagte: »Für solche Hobbys lässt mir mein Beruf wirklich keine Zeit.«

Tjark nickte, lächelte und ging. Auf dem Nachhauseweg überlegte er, dass Verkäufer vor allem eines tun: einem etwas verkaufen. Und dass Horvaths Job ihm vielleicht keine Zeit für Hobbys wie Modellflug ließ, aber dennoch ausreichend Zeit, sich ehrenamtlich zu betätigen.

Es ist nie verkehrt, Menschen zu helfen, von denen man weiß, was sie durchmachen, hatte Horvath gesagt. Tjark fragte sich, was Horvath selbst durchgemacht hatte.

39.

Knut Mommsen hielt eine ganze Menge von sich. Während sein Urgroßvater noch als Bierkutscher gearbeitet und das erste »Werlesieler« in einer umgebauten Räucherei hergestellt hatte, war unter seiner Ägide »Werlesieler« zu einem Imperium des Nordens geworden. Mommsen führte das Familienunternehmen jetzt in der vierten Generation und füllte jährlich um die hundertfünfzigtausend Hektoliter Bier in etwa fünf Millionen Flaschen. Aber der Biermarkt hatte seine Grenzen – wollte er einen Schritt weitergehen, müsste er mit den bundesweit agierenden Brauereien kooperieren, was bedeutete: Er müsste verkaufen. Oder er müsste mit ihnen konkurrieren und massiv aufrüsten. Beides kam nicht in Frage. »Werlesieler« war zu klein, um im Biergeschäft noch größer zu werden, aber zu groß, um zu stagnieren. Ein Dilemma. Folglich musste sich Mommsen anderen Geschäftsfeldern zuwenden, um zu expandieren.
Zum Beispiel Immobilien und dem AquaParc, mit dem er sich selbst ein Denkmal setzen würde. Vielleicht würde er auf seine alten Tage noch einmal als Bürgermeister kandidieren – mit dem Motto: »Werlesiel muss man richtig machen.« Bis es so weit war, reichte es ihm, Chef des Heimatvereins und Chef der Bürgerinitiative für Werlesiel zu sein, die einige Vollidioten als Haufen von Braunen missverstanden – dabei ging es um etwas völlig anderes. Mommsen hatte nichts gegen Flüchtlinge oder Ausländer pauschal. Sie waren ihm völlig gleichgültig. Er hatte ja sogar eine Polin geheiratet. Außerdem konnte er jeden verstehen, der aus irgendwelchen Drecksländern floh, um sich in

einem anständigen Land mit harter Arbeit eine goldene Nase zu verdienen. Vermutlich wäre er selbst der Allererste gewesen, der aus solch einem Ort abgehauen wäre. Man musste sich ja nur einen Supermarkt in Aleppo oder Kabul vorstellen und dann einen in Deutschland. Oder deren Gebrauchtwagen und die hiesigen. Mehr gab es dazu nicht zu sagen.
Kriegsflüchtlinge verstand er sowieso, seinetwegen konnten sie auch zehnmal am Tag gen Mekka beten. Täglich beten würde er andersrum in Damaskus auch, wenn er Katholik wäre. War er aber nicht. Er war Kapitalist.
Weswegen Mommsen bereits vor drei Jahren folgende Idee gehabt hatte: Überall auf der Welt gab es irrsinnige Kriege, und Millionen Menschen waren auf der Flucht. Irgendwo mussten diese Menschen unterkommen, und zunächst taten sie das für gewöhnlich in Aufnahmelagern in Zelten und Wohncontainern.
Mommsen hatte einen guten Draht zu einigen Zeltherstellern, weil er immer wieder mal Planen und Zelte mit dem Logo von »Werlesieler« bedrucken ließ. Also hatte er sich in die Branche eingekauft – und das Geschäft war regelrecht explodiert. Mommsen verdiente sich dumm und dämlich an den Flüchtlingsströmen und exportierte die Zelte und Container europaweit. Die Umsätze hatten sich mehr als verzehnfacht – kurz: das beste Geschäft seines Lebens, und wenn es nach ihm ginge, brauchten die Länder oder Bezirksregierungen und Regionaldirektionen und wie sie alle hießen keine öffentlichen Bauten belegen. Eine Wiese reichte vollkommen aus – eine Wiese, die voll mit Mommsens Zelten und Containern stand.
In Werlesiel aber ging es im Hinblick auf die Flüchtlinge um etwas anderes. Es ging, vereinfacht gesagt, um die Hygiene. Werlesiel war wie die Inseln und andere Küstenorte ein touris-

tisch geprägter Ort. In touristische Orte passten keine Notaufnahmelager. Punkt. That's all.
Na ja, fast: Die Flüchtlinge brachten manchen durchaus zum Durchdrehen. Daran konnte man nichts ändern. Allenfalls die Bundespolitik mit neuen Gesetzen – und abgesehen davon: Ähnlich dimensionierte Fluchtwellen hatte es in den Neunzigern schon mal aus dem früheren Ostblock gegeben, und Deutschland stand noch. Der Unterschied war, dass die mediale Omnipräsenz im Internet ständig den Untergang des Abendlands prognostizierte, weil sich damit viele Klicks generieren ließen. Das kapierten Hohlköpfe wie Willem Leefmann allerdings nicht und hielten das alles für wahr. Zudem ermöglichten es die sozialen Netzwerke, dass jeder seinen Mist verzapfen und seine persönliche Hexenjagd und Verschwörungstheorie propagieren konnte. Mommsen wusste das alles, klar, aber ändern konnte er es auch nicht. Und was man nicht ändern konnte, musste man entweder hinnehmen oder zusehen, dass man es einigermaßen kontrollierte oder für seine Zwecke nutzte.
Mommsen hatte das Internet und die sozialen Netzwerke in Werlesiel einigermaßen unter Kontrolle und wusste, wie man sie bedienen musste, um Menschen in bestimmte Richtungen zu lenken. Nicht mehr, aber auch nicht weniger.
Dennoch: In Werlesiel war die Stimmung aufgebracht. Und deswegen war es auch so verflucht wichtig, dass das Scheunenfest stattfand. Feste verbesserten die Laune und den Zusammenhalt. Und wenn – wie in den Neunzigern – das Scheunenfest wegen der Flüchtlinge hätte ausfallen müssen … Besser nicht darüber nachdenken. Dann könnte es tatsächlich sein, dass die Sache außer Kontrolle geriet und Leute wie Leefmann zu Brandstiftern würden.

Exemplarisch dafür war Leefmanns Ausraster an der Scheune gewesen. Er hätte diesen Schraubenvertreter Bogdan Horvath um ein Haar in Einzelteile zerlegt – bloß weil dieser Horvath eine Zielscheibe für Leefmann war und Leefmann alles auf Horvath projizierte, was ihm so Tag für Tag auf die Nerven ging. Zudem schmälerte Horvath innerhalb der Facebook-Gruppe Leefmanns Ansehen, weil Horvath durchaus eine gewisse Schar von Unterstützern hatte und dafür mit »Likes« regelmäßig belohnt wurde. Und Horvath-Fans hielten Leefmann und Leefmann-Fans für Faschos.

Tja. Nach Mommsens Ansicht war das nicht so ganz falsch. Es gab zwar das – gerade im Internet – viel beschworene Recht auf freie Meinungsäußerung, aber das hieß nach Mommsens Ansicht noch lange nicht, dass es jedem Vollidioten erlaubt sein sollte, auch davon Gebrauch zu machen. Innerhalb der Initiative sonnte sich Leefmann außerdem recht gern in Mommsens Nähe – sei ihm vergönnt, er war ein Volkstribun. Aber er brauchte eine Lektion und sollte wissen, dass man sich die Finger verbrannte, wenn man glaubte, der Sonne so nahe kommen zu dürfen, wie man wollte.

Aus diesem Grund hatte Mommsen Leefmann keinen Auftrag für den AquaParc gegeben. Damit der Kerl nicht annahm, irgendwie verschwistert oder verbrüdert mit Mommsen zu sein.

Mommsen stand gerade mit einem Cognac in der einen und einem Smartphone in der anderen Hand auf den Terrakottafliesen im Wohnzimmer seiner ans Brauhaus angeschlossenen Villa und telefonierte. Vor ihm erstreckte sich eine Sitzlandschaft aus weißem Leder und auf dieser Sitzlandschaft der kurvige Körper seiner Frau Aneta. Sie schaute fern, schnitt eine Grimasse und wedelte mit den Fingern, wie um eine Fliege zu verscheuchen, weil Mommsen sie mit seinem Telefonat bei irgendeiner beknackten Sendung störte.

Mommsen marschierte also in Richtung Arbeitszimmer und sagte abwechselnd »Ja« und »Nein« und »Mhm« und dachte, dass er Aneta mit einer ebensolchen Geste wieder zurück in den Stripclub nach Warschau verscheuchen sollte, in dem er sie vor einigen Jahren aufgelesen hatte.
Am Telefon war der Bürgermeister Fedder Gerkens. Gerkens war Amtsrichter und sah in etwa so aus, wie man sich den Kapitän eines Walfängers aus dem neunzehnten Jahrhundert vorstellte – inklusive weißem Bart.
Gerade sagte er: »Und jetzt auch noch das mit Ernst Hespe. Die Festscheune ist direkt gegenüber von seinem Hof – also man sollte wirklich das Fest ein wenig verschieben und …«
»Kommt nicht in Frage.«
»Aus Rücksicht auf die Hinterbliebenen kann man doch nicht …«
»Vergiss es, Fedder.«
Gerkens' Tonfall änderte sich. »Knut, wir können uns auch anders unterhalten – mir gefällt das zwar nicht, aber du weißt schon, dass die Scheune unter städtischer Verwaltung steht, und eine Genehmigung …«
»Und wer hat sie für hunderttausend Mark damals sanieren lassen?«
»Dennoch kann ich ein Fest dort untersagen lassen, das weißt du.«
Mommsen goss sich den Hennessy auf ex rein und dachte, dass er gleich irgendetwas kaputt schlagen musste. Was dachte der kleine Scheißer, mit wem er hier sprach? Wie oft hatte Mommsen Gerkens und alle möglichen anderen Wichtigtuer eingeladen zu Jagdausflügen und derlei Dingen? Erinnerte er sich nicht mehr dran? Oder war ihm das egal? Aber so waren die Burschen. Undankbar.

»Fedder, kürzen wir den Blödsinn ab: Du wirst das Fest nicht absagen.«
»Weil?«
Weil du nicht den Mumm dazu hast, dich mit mir anzulegen. »Weil du weißt, wie wichtig das Fest für die Stadt ist. Gerade jetzt. Außerdem solltest du Folgendes bedenken: Wenn das Fest nicht stattfindet, werden die Leute es den Flüchtlingen anlasten. Sie werden sagen: Nur wegen denen dürfen wir nicht feiern. Die sind schuld. Das ist nicht gut für das Klima in der Stadt. Die Leute werden sich außerdem fragen: Auf wessen Seite stehen unsere Politiker wirklich, wenn sie uns das Brauchtum und das Feiern verbieten? Sind das noch die Politiker, die wir wollen? Die Antworten kannst du dir selbst geben – ich denke, darüber brauchen wir nicht zu sprechen. Wir sollten lieber darüber sprechen, ob du zur Eröffnung eine Rede halten willst.«
Gerkens schwieg eine Weile. Dann fragte er: »Eine Rede?«
»Eine Rede«, bestätigte Mommsen. »Du wirst aus aktuellem Anlass vom Heimatverein, also von mir, eingeladen. Eine Schweigeminute, ein Gedenken im Anschluss. Eine Ehrung der Verstorbenen im Rahmen des Festes. Das ist die Gelegenheit. Der ganze Ort ist da, jeder wird sich dem anschließen. In Zeiten der Trauer stehen alle zusammen – und du vorweg und mahnst daran. Zur Eröffnung kommen natürlich auch die Medien. Und du gibst im Vorfeld eine Pressemitteilung auch an die überregionalen Medien heraus. Vielleicht berichtet jemand.«
Der Bürgermeister schien das Für und Wider abzuwägen. Schließlich sagte er: »Ich halte das für eine gute Idee. Allerdings wird das knapp mit einer Pressemitteilung – wann sollen die das denn noch drucken?«
»Vielleicht klappt es noch kurzfristig bei dem einen oder anderen Medium – außerdem sind die doch heute alle im Internet

aktiv, da geht das innerhalb von Sekunden, und es wird sich über die sozialen Netzwerke verbreiten. Dafür sorge ich schon.«

»Ja – gut. Ich glaube, es ist eine gute Idee«, wiederholte der Bürgermeister, wie um sich nochmals zu versichern.

Das fand Mommsen auch – vor allem, weil mit einer offiziellen Pressemitteilung des Bürgermeisters das Scheunenfest auch über den Landkreis hinaus angekündigt würde, was eine Art der Werbung und Aufmerksamkeit bedeutete, die der veranstaltende Verein allein so nie erzielt hätte.

Gerkens schlug vor: »Vielleicht lässt sich am Sonntag noch ein Gottesdienst anschließen – nicht in der Kirche, sondern in der Scheune? Ich könnte mit dem Superintendenten sprechen. Die Kollekte ist für die Hinterbliebenen. Wir stellen außerdem eine Spendenbox auf.«

»Großartig«, sagte Mommsen, dem das gleichgültig war, und goss sich etwas Cognac nach.

»Es sind noch zwei Tage, das wird alles sehr knapp mit der Ankündigung, der Rede und der Organisation …«

»Die Rede schreibt doch eh dein Pressereferent.«

Gerkens lachte. Sie verabschiedeten sich. Mommsen tippte ein wenig auf dem Handy herum und checkte seine E-Mails. Sein Sekretariat teilte ihm mit, Kriminalhauptkommissar Fred Berger habe sich wegen eines Termins gemeldet – zusammen mit seinem Kollegen Tjark Wolf. Sie wollten kurzfristig mit Mommsen reden.

»Auch das noch«, murmelte Mommsen.

Er wollte zurückschreiben, dass er frühestens nächste Woche zu sprechen sei. Aber vermutlich würde der Bulle sich darüber hinwegsetzen. Also antwortete Mommsen lediglich: »Okay, irgendwo dazwischenschieben.«

Und er überlegte, wie er den Burschen so schnell wie möglich wieder loswerden könnte.

40.

Tjark und Fred standen auf einer Düne. Der Ostwind bog an diesem frühen Morgen das Riedgras und ließ die Sanddorn- und Hagebuttenbüsche rascheln. Ein Uferstreifen von mehreren Kilometern Länge war damit dicht bewachsen – mal nur zehn, mal fast hundert Meter breit. In ihrem Rücken erstreckte sich das Wattenmeer. Es glitzerte, als hätte jemand Millionen Diamanten hineingegossen. Egal, dachte Tjark, ob er diesen Ort mochte oder nicht, und gleichgültig, ob ihm die See gefiel – es hatte etwas. Der Geruch und der Blick auf die Kutter im Hafen, der frische Wind mit der Sicht auf die Nordsee, die feinen, weißen Streifen der Inselstrände, die den Horizont markierten und das Wattenmeer gegenüber dem offenen Meer abgrenzten und einfassten.

Zwar mochte er die See nach wie vor nicht, aber … Aber vielleicht änderte sich seine Einstellung langsam ein wenig. Wäre möglich, nachdem sich der Tod seiner Mutter geklärt hatte. Und irgendwie zog es ihn ja immer ans Meer. Er hätte kein Häuschen in Dänemark mieten müssen. Logischer wäre gewesen, eines im Allgäu auszusuchen, weit weg von der See.

Vor ihnen reichten die Felder und Wiesen bis hin zum Horizont. Links lag der »Dünenhof«, rechts die Großbaustelle des AquaParcs. Dort standen drei riesige Kräne, die sich unaufhörlich bewegten. Lkws fuhren hin und her, Bagger ebenfalls. Metall krachte auf Metall, Sägen kreischten. Es wurde gehämmert, gebohrt, geschreddert. Was dort einmal entstehen würde, ließ sich auf den ersten Blick unmöglich sagen. Statt einer gigantischen

Badelandschaft unter einer Kuppel mit künstlichem Strand hätte es genauso gut die Baustelle eines Flughafens oder eines überdimensionierten Parkhauses sein können.
Tjark hielt ein Tablet in der Hand. Darauf war die Luftaufnahme zu sehen, die Harm von der Baustelle geschossen hatte. Die Baustellenzufahrt war gut zu erkennen. Insgesamt parkten dort und im näheren und weiteren Umfeld sicher an die zwanzig Fahrzeuge. Lieferwagen von Firmen, Baustellenfahrzeuge und Privatwagen. Auch heute standen dort reichlich Autos. Eines gehörte Tjark, der schon sehr früh hier gewesen war. Ein anderes Fred, der vor wenigen Minuten eingetroffen war.
Tjark deutete ein wenig herum, nach links und rechts.
Er sagte laut, um den Lärm zu übertönen: »Töberich und seine Leute haben mit den Arbeitern zwar gesprochen, aber sie haben nicht danach gefragt, wer genau sich an diesem Tag auf der Baustelle aufgehalten hat. Ich habe vorhin mit dem Bauleiter geredet und ihn gebeten, zu rekonstruieren, wer wann dort war, damit wir wirklich alle befragen können.«
»Hätten die sich nicht eh gemeldet, wenn denen was aufgefallen wäre?«
Tjark zuckte mit den Achseln. »Ich habe den Bauleiter auch nach Bogdan Horvath gefragt. Er hat bestätigt, dass sie miteinander gesprochen haben. Es ging um einige Bestellungen. Es war morgens. Aber genau kann er das nicht mehr sagen.«
»Verständlich. Der Mann hat in so einem Ameisenhaufen andere Dinge im Kopf, als sich solche Uhrzeiten zu merken.« Fred deutete zu der Baustelle. »Wenn du selbst gebaut hast, bekommst du erst richtig Respekt für so etwas.«
Tjark nickte. Fred ebenfalls. Tjark hatte ihn von seiner Idee überzeugt. Zwischen dem »Dünenhof« und der Baustelle lagen ein paar hundert Meter, und der Parkplatz am »Dünenhof« war

zum Starten des Modellflugzeugs verwendet worden. Tjark glaubte kaum, dass der Pilot sein Auto direkt dort oder an der Straße geparkt hatte. Zu riskant. An der Baustelle aber wäre ein weiterer Wagen nicht aufgefallen. Und innerhalb von fünf Minuten wäre man von hier aus am »Dünenhof« sowie innerhalb von fünf weiteren Minuten wieder zurück im Auto. Gäbe es also eine Art Aufenthaltsliste von der Baustelle und Informationen zu den jeweiligen Fahrzeugen vor Ort und deren Fahrern, könnte das extrem hilfreich sein.

Sie setzten sich in Bewegung und gingen wieder zu ihren Autos.

41.

Jan Gerdes und sein Angestellter waren in der überhitzten Werkstatt dabei, einen SUV mit elektronischen Messgeräten zu verkabeln, als Tjark und Fred dort eintrafen. Im Hochsommer musste in der Werkstatt eine Temperatur wie in der Biosauna herrschen.

Gerdes blickte auf. Er verzog schwach den Mund und hob die Augenbrauen. Sein »Moin« klang ein wenig genervt. Und er ergänzte: »Man kommt ja gar nicht mehr zum Arbeiten hier.«

Tjark nickte ihm zu und schwieg.

Fred stellte sich vor und fügte hinzu: »Tut uns fürchterlich leid, Sie stören zu müssen.«

»Sie machen nur Ihre Arbeit, aber müssen Sie dafür hier bald täglich ein und aus gehen?« Gerdes lachte leise.

»Schon mal überlegt«, fragte Fred ungerührt, »warum das so ist?«

»Nein?«, meinte Gerdes.

Tjark warf einen Blick auf den Angestellten, der sich locker an das Messgerät lehnte und Gerdes mit seiner Präsenz den Rücken zu stärken schien. Dann wandte er sich wieder an Gerdes: »Wir interessieren uns für ein bestimmtes Flugzeugmodell. Eine Chance Vought F4U Corsair.«

Gerdes streckte sich ein wenig. Blinzelte. Öffnete den Mund, schloss ihn wieder. Trommelte mit den Fingern auf dem Oberschenkel. Schwer zu sagen, wie die Reaktion zu bewerten war. Es konnte Überraschung sein – verbunden damit, dass Gerdes überlegte, ob er jemanden kannte, der so ein Flugzeug besaß. Es mochte aber auch etwas anderes bedeuten.

Tjark fragte ihn direkt: »Ihnen fällt dazu etwas ein?«
»Sie meinen … Meinen Sie wirklich, ein derartiges Modellflugzeug ist mit Harm in der Luft zusammengeprallt und hat den Unfall verursacht?«
»Hat keiner gesagt«, sagte Fred.
»Nein«, stammelte Gerdes, »aber es ist nicht schwer zu erraten. Sie fragen nach Mitgliedern des Modellflugclubs und jetzt nach einem solchen Flugzeug?«
»Könnte auch andere Gründe haben.«
Gerdes zuckte mit den Achseln.
»Aber Sie sind clever und zählen eins und eins zusammen, richtig?«
»Ja.« Gerdes' Adamsapfel hüpfte auf und ab. »Nein. Keine Ahnung …«
»Was denn jetzt?«, fragte Fred. »Ja, nein oder dazwischen?«
»Ich weiß nicht, worauf Sie hinauswollen.«
»Ich will darauf hinaus, dass mein Kollege Sie gerade vielleicht nur kumpelhaft nach einem Supertipp gefragt haben könnte, weil er ins Modellfliegergeschäft einsteigen möchte und unheimlich auf Warbirds steht. Sie aber bringen das sofort mit dem Unfall in Verbindung. Darauf will ich hinaus. Und vielleicht ist das der Grund, warum wir hier ein und aus gehen, Herr Gerdes: weil mit Ihnen irgendetwas nicht stimmt.«
Gerdes schluckte, blickte von einem zum anderen. Fred hatte ihn ruckzuck dorthin gebracht, wo sie ihn haben wollten: auf schwankenden Boden und in schwere See.
Tjark sah ihn direkt an. »Es beschäftigt Sie, dass es einen solchen Zusammenhang geben könnte, stimmt's? So sehr, dass Sie kürzlich Herrn Horvath davon erzählt haben, dass ein Modellflugzeug eine Rolle spielt. Bogdan Horvath, der Vertreter der Firma ›Hörth‹. Den kennen Sie doch, nicht?«

Gerdes nickte.
»Und dem haben Sie erzählt, dass ein Modellflugzeug eine Rolle spielen soll, obwohl Sie das gar nicht wissen könnten, selbst wenn es so wäre. Das ist Ihre Interpretation. Oder es ist Täterwissen.«
Gerdes stammelte. »Ich … Also … Ich, das ist doch …«
»Wann haben Sie darüber mit Herrn Horvath gesprochen?«
»Vorgestern.«
»Ist der öfter hier?«
»Er ist … öfter hier, ja.«
»Sie kennen sich gut, hm? Befreundet?«
»Nein, bin nur ein Kunde von ihm. Er … hat diese Art.«
»Art?«
»Na ja, die Art, die die Verkäufer alle draufhaben. Jovial. So als seien Sie ihr bester Kumpel. Die können das gut.«
Tjark nickte. »Herr Gerdes – kennen Sie jemanden, dem ein solches Flugzeug gehört?«
Gerdes räusperte sich und schüttelte den Kopf.
»Niemand in Ihrem Club?«
»Es gibt einige, die Weltkriegsmodelle besitzen oder Kampfjet-Replikas. Aber mir ist niemand bekannt, der eine solche Maschine hat.«
»Man besitzt doch sicher mehrere. Kennen Sie verlässlich alle Modelle von jedem Clubmitglied?«
»Sicher nicht, nein.«
»Welche haben Sie selbst?«
Gerdes antwortete wie aus der Pistole geschossen. Er befand sich wieder auf sicherem Terrain. Die Flugzeugtypen, die er aufzählte, sagten Tjark nichts.
Fred klinkte sich ein: »Aber sicher kennt man den einen oder anderen, der vielleicht jemanden kennt, der eine solche Maschine besitzt?«

Gerdes sagte: »Es gibt jede Menge Spezialisten und jede Menge Flugtreffen und sehr viele Vereine in ganz Deutschland und Foren im Internet.«
»Und kein Clubmitglied besitzt verlässlich ein solches Modell? Da sind Sie hundertprozentig sicher?«
»Nicht dass ich wüsste. Natürlich könnte es trotzdem sein.«
»Dann nennen Sie uns doch mal Ihre Clubmitglieder.«
Gerdes nannte einige Namen. Tjark notierte sie.
Fred fragte: »Haben Sie manchmal an der AquaParc-Baustelle zu tun?«
Gerdes wischte sich über den Nacken. »Ich habe einen Kfz-Betrieb.«
»Ja«, sagte Fred. »Ach was.«
»Wir waren kürzlich dort, weil es Probleme mit Fahrzeugen gab.«
»Wann genau?«
Gerdes gab Auskunft. Einmal einen Tag vor dem Unglück. Ein anderes Mal drei Tage davor. Er erklärte, dass ein Bagger einen Motorausfall gehabt hatte. Ein anderes Mal war ein Privatfahrzeug nicht angesprungen. Kurz kam Tjark in den Sinn, dass der Täter das Modellflugzeug vor Ort deponiert haben könnte. Auseinandergebaut in einer Tasche zum Beispiel. Plaziert in einem Versteck in den Dünen oder sogar bereits am »Dünenhof«. Damit man niemandem auffiel, wenn man mit einer großen Tasche oder einem Karton herumlief.
»Die Baustelle gibt allen Brot?«, fragte Fred.
»Fast allen.«
Als Tjark nachfragte, was mit »fast« gemeint war, erklärte Gerdes die Sache mit seinem Schwager Willem Leefmann und dessen Streit mit Mommsen wegen des ausbleibenden Auftrags für den AquaParc. Und fügte hinzu, dass Leefmann nicht einmal

durch die Hintertür an Aufträge als Subunternehmer von Subunternehmern gelangte – allenfalls gerufen wurde, wenn wirklich Not am Mann war.
Fred nickte verstehend: »Kann ich mir vorstellen, dass Leefmann als örtlicher Handwerker sehr sauer ist.«
Gerdes nickte vorsichtig.
Mommsen, dachte Tjark. Der wäre als Nächster dran, und er freute sich schon darauf, dessen Gesicht zu sehen, wenn sie ihre Trümpfe aus dem Ärmel zogen und Blatt für Blatt auf Mommsens Schreibtisch legten.

42.

Mommsen trank seinen Tee aus einer schalenartigen, weißen Tasse mit blauem Muster. Er gab einige Stücke Kandiszucker hinzu und rührte gemächlich um. Er trug einen zweireihigen Anzug mit goldenen Knöpfen und Einstecktuch. Sein Schreibtisch war wuchtig und auf Pseudobarock getrimmt. Das galt auch für die übrigen Möbel in dem üppig und geschmacklos eingerichteten Büro. Geschmacklos zumindest nach Tjarks Meinung. Auch die Bilder mit Seemotiven an der Wand fand er schrecklich. Sie waren dick gespachtelt und mit goldenen, verschnörkelten Rahmen eingefasst. Die Art von Bildern, die irgendwelche chinesischen Kunststudenten in zehn Minuten auf die Leinwand brachten – wahlweise mit Dreimastern, den Alpen oder griechischen Tempeln als Motiv. Jemand, der aus Las Vegas kam, oder ein Oligarch aus Sankt Petersburg hätte gewiss seine Freude an der Einrichtung, die auf relativ einfache, aber effiziente Art und Weise vermitteln sollte: Ich bin schweinereich und leiste mir Original-Ölbilder.

Tjark und Fred lauschten dem Kratzen von Silber auf Porzellan, während Mommsen seinen Tee umrührte. Ihnen hatte er keinen angeboten. Auch keinen Kaffee. Gar nichts. Sie hockten einfach da wie bestellt und nicht abgeholt und warteten darauf, dass Mommsen sich zu einer Antwort herabließ. Der schwache Geruch nach kaltem Rauch teurer Zigarren und holzigem Aftershave hing in der Luft.

Endlich nahm Mommsen den Löffel aus der Tasse, ließ ihn abtropfen und legte ihn auf der Untertasse ab. Er faltete die Hände,

sah Tjark und Fred und dann wieder Tjark an, zuckte mit den Schultern und fragte: »Ja, und?«
Fred schnaubte ein Lachen und rieb sich das Ohrläppchen. Tjark blickte Mommsen einfach weiter an und las in dessen Augen eine tiefe Abneigung, die Tjark nur allzu herzlich erwiderte. Unprofessionell, aber nicht zu ändern. Mommsen hielt Tjark für einen Idioten. Tjark fand Mommsen abstoßend. Beide wussten, was sie voneinander hielten. Also kein Grund, das zu verheimlichen oder so zu tun, als ob es anders wäre.
Tjark wiederholte: »Ihnen gehört das Grundstück, auf dem sich der ›Dünenhof‹ befindet, samt der Immobilie. Früher gehörte es Carsten Harm, der finanzielle Probleme hatte. Sie haben alles aufgekauft, und Harm ist tot.«
Mommsen zuckte die Achseln. Er löste die Hände von der Schreibtischoberfläche, trank einen Schluck Tee und bleckte die Zähne, weil der Tee offensichtlich sehr heiß war.
»Was genau, Herr Wolf, wollen Sie eigentlich wissen? Meine Zeit ist knapp. Formulieren Sie bitte präzise, dazu sollten Sie doch in der Lage sein als Schriftsteller.« Mommsen betonte das letzte Wort, um damit auf Tjarks True-Crime-Bestseller anzuspielen.
Tjark hatte große Lust, aufzustehen und Mommsen eine reinzuhauen. Das war ihm schon so gegangen, als er Mommsen vor einigen Jahren zum ersten Mal getroffen hatte. Er hasste diese Kotzbrocken, die sich selbst für die Herren des Universums hielten. Die in ihrer überheblichen Hybris annahmen, für sie würden – wenn überhaupt – andere Gesetze gelten als für den Rest der Menschheit.
Tjark fragte: »Hatten Sie Ärger mit Harm?«
»Nein.«
»Hatte Harm Schulden bei Ihnen?«

»Nein.«
»Bei anderen?«
Mommsen zuckte mit den Schultern.
»Hatte er Ärger mit anderen?«
Mommsen zuckte erneut die Achseln.
»Können Sie sich vorstellen, wer ihm etwas antun wollte?«
»Nein.«
»Kannten Sie Hespe?«
»Natürlich.«
»Können Sie sich vorstellen, wer ihm etwas antun wollte?«
»Nein.«
»Hatten Sie Ärger mit ihm?«
»Nein.«
Mommsen schmunzelte. Er fühlte sich als Herr der Lage. Der perfekte Zeitpunkt, um die Taktik zu ändern und Mommsen etwas zu erschüttern.
Tjark nahm Fotokopien aus einer Mappe und legte sie Mommsen hin. »Sicher kennen Sie die Dokumente – das eine ist ein Kaufangebot für den Hof von Herrn Hespe, ausgefertigt in Ihrem Auftrag und von Ihrem Notar. Das andere ist eine Bauvoranfrage für das ›Dünenhof‹-Grundstück. Darin taucht die Immobiliengesellschaft Ihres Unternehmens auf, die dreißig Ferienwohnungen im Zusammenhang mit dem AquaParc errichten will.«
Mommsens Mine gefror. »Woher haben Sie das? Das sind vertrauliche und nicht öffentliche Unterlagen.«
Fred nickte. »Es gab Hausdurchsuchungen bei Hespe und Harm. Kaufangebote heftet ein ordentlicher Mann ab. Bauvoranfragen stellt man an Gemeindeverwaltungen. Sie werden Kommunalpolitikern zugeschickt.«
Tjark fügte hinzu: »Wenn ich in finanzieller Schieflage bin und jemand meinen Betrieb kauft, um ihn abzureißen und Ferien-

häuser darauf zu bauen, wäre ich reichlich schlecht gelaunt. Wenn jemand meinen Hof für einen Preis über dem Marktwert kaufen will, werde ich hellhörig – vielleicht sogar ärgerlich, weil ich ihn für einen Aasgeier halte, der weiß, dass ich alt bin und keinen Erben habe beziehungsweise meine Tochter dafür nicht in Frage kommt.«

Mommsen räusperte sich, trank noch einen Schluck Tee und fragte: »Worauf wollen Sie hinaus?«

»Sie sagen, es gab keinen Ärger mit Harm oder Hespe. Ich glaube Ihnen nicht.«

Mommsen schwieg.

»Ich glaube vielmehr, dass Sie mit einer Menge Leute Ärger haben. Zum Beispiel auch mit Herrn Leefmann.«

Mommsen sagte nichts.

Fred schaltete sich wieder ein: »Wir wollen auf Folgendes hinaus: Wenn Sie nicht mit offenen Karten spielen, fragen wir uns, warum das so ist. Außerdem spitzen wir die Ohren und werden misstrauisch.«

»Das alles«, sagte Mommsen und strich mit den Handflächen über die Tischunterlage, »geht Sie nicht das Geringste an.«

Tjark blickte Mommsen direkt an. »Sie kapieren das nicht, oder?«

Mommsen lupfte eine Braue.

Tjark sagte. »Harm und Hespe sind tot, und wir finden Dokumente, die uns zu Ihnen führen.«

Mommsen erwiderte: »Sicherlich haben Sie auch Quittungen bei beiden gefunden, die Sie zum örtlichen Supermarkt führen.«

»Geld«, sagte Fred ungerührt, »ist stets ein Motiv für alles Mögliche. Viel Geld ist ein noch besseres.«

Mommsen lächelte schwach. Er schwieg eine Weile. Dann sagte er: »Ich denke, unser Gespräch ist hiermit beendet. Ich muss das Scheunenfest vorbereiten.«

Auf Tjarks fragenden Blick hin fügte Mommsen hinzu: »Schlussendlich hat sich der Bürgermeister auf meine Empfehlung hin entschlossen, in Anbetracht des Klimas im Ort das Fest stattfinden zu lassen. Das ist eine politische Entscheidung, und nun haben wir alle Hände voll zu tun, das bis morgen Abend zu schultern. Sie entschuldigen mich also bitte.«

Fred und Tjark nickten und standen auf.

»Dann sehen wir uns dort«, sagte Tjark. »Scheunenfeste sind meine Leidenschaft.«

Während Mommsen die Gesichtszüge entglitten, verließen Tjark und Fred das Büro. Sie gingen über den Flur und durch das Foyer nach draußen, wo Fred fragte: »Du willst zu diesem Fest?«

»Vielleicht.«

»Warum?«

»Weiß nicht.«

»Hm.« Fred runzelte die Stirn. »Die feiern ein Fest unter diesen Rahmenbedingungen? Ich hätte mehr Verständnis dafür, wenn sie es absagen würden.«

»Nicht unsere Entscheidung.«

»Nein, natürlich nicht.«

»Aber ich sehe es genau wie du. Mommsen hat gesagt, man habe sich auf seine Empfehlung hin dazu entschlossen, es stattfinden zu lassen. Weiß der Teufel, was der Kerl im Schilde führt – und ein Gewissen hat der nicht.«

»Vielleicht fürchtet er, nicht genug von seinem Bier abzusetzen.«

Tjark zuckte mit den Achseln.

»Wie auch immer«, meinte Fred. »Ich fahre nach Oldenburg zu Schrot. Mal sehen, wie weit er mit der Herkunft des Modellflugzeugs ist.«

»Tust du mir einen Gefallen?«

Fred sah Tjark fragend an.

»Schau doch mal nach, was wir über diesen Bogdan Horvath haben.«

»Ja, Bwana.«

43.

Die Geschäftsstelle des *Wittmunder Echos* mit angeschlossener Zwei-Mann-Redaktion war im Erdgeschoss eines Geschäftshauses in Werlesiel untergebracht, in dem sich zudem eine Apotheke, Büros von Versicherungen und ein Augenarzt befanden. An dem Verkaufstresen konnte man Tickets für Veranstaltungen kaufen oder Anzeigen aufgeben. In dem kleinen Shop wurden zeitungseigene Produkte und Regionalkrimis verkauft. Man konnte außerdem auf Tablets die Online-Ausgabe der Zeitung ansehen. Hinter dem Bereich lag das Redaktionsbüro. Das bestand im Wesentlichen aus zwei aneinandergeschobenen Computerarbeitsplätzen, die sich vor Papierstapeln nur so bogen – papierloses Büro hin oder her. An einem Tisch saß die Redakteurin Janine Ruwe. Ihre Miene hellte sich auf, und sie stand auf, um Femke freundlich zu begrüßen. Femke war nicht blöd: Natürlich erhoffte sich Ruwe von diesem Besuch einige Exklusivinfos. Nach dem Motto: Eine Hand wäscht die andere.
Ruwe war Anfang vierzig, hatte wilde Korkenzieherlocken und trug ein weites Boho-Kleid, das ihre breiten Hüften gut kaschierte.
Sie begrüßten einander freundlich und wechselten ein paar Worte über die Geschehnisse. Ruwe war etwas gestresst, was an der gerade eingegangenen Pressemitteilung lag, dass das Scheunenfest kurzfristig nun doch stattfinden sollte. Sie musste den Umbruch ändern, um es noch in die morgige Ausgabe zu bekommen, und es ins Internet stellen. Femke fand das ziemlich pietätlos in Anbetracht der Umstände und konnte auch nichts mit der Erklärung

anfangen, dass es um den sozialen Frieden im Ort gehe und beim Fest der Opfer gedacht und für sie gesammelt werden sollte. Eigentlich, dachte sie, sollten alle Werlesieler dieses beschissene Fest boykottieren – aber vermutlich wäre das Gegenteil der Fall. Es würden viele kommen, um trotzdem zu feiern, und wären froh darüber, dass sie sich ordentlich betrinken konnten.

Ruwe stellte den zweiten Computer an und erklärte Femke, wie man ihn bedienen musste. Sie rief das Archivprogramm auf und plapperte vor sich hin: »Als Sie gestern angerufen haben, musste ich erst einmal überlegen, wie weit unser Archiv überhaupt zurückreicht.« Sie lachte herzlich. »Inzwischen ist ganz viel digitalisiert worden. Man kommt ja um das Internet nicht mehr herum, und die E-Paper-Kunden wollen natürlich auch recherchieren können. Vereine tun das gerne oder Hobby-Ortshistoriker. Uns schafft es den Keller frei von den alten Zeitungsbänden. Wobei das Internet ganz viele Tücken hat. Schneller, höher, weiter – Sie verstehen? Die Onliner hauen Nachrichten im Viertelstundentakt heraus, das Hintergrundwissen ist halbgar und die Nachricht damit nicht fundiert. Kann sie ja nicht sein. Wie denn auch? Dann beklagen sich alle über das Halbwissen, und außerdem sorgt das Netz für eine Boulevardisierung. Konnten Sie ganz wunderbar verfolgen in den letzten Tagen. Schrecklich ist das. Es werden Nachrichten mit Kommentaren verquickt, und selbst die großen Leitmedien arbeiten mit so Sachen wie – keine Ahnung – Ukrainekonflikt: Putin startet Atomrakete, und dann lesen Sie in der nächsten Zeile, dass der Versuch seit Jahren angekündigt war und nix mit dem Konflikt zu tun hat. Na ja, und alle anderen Medien dann so: Waaas?« Sie spreizte die Finger ab. »Und steigen drauf ein, weil sie die Nachricht auch wollen – und als Leser denken Sie: Was geht denn da ab, weil Sie überall mit der gleichen falschen Info gefüttert werden. Dann wird den Medien pauschal Kriegstreiberei vorgeworfen, Verschwörungstheoretiker halten alles für Propaganda – na ja. Das gleiche Schema, das auch bei uns auf Facebook in der Werlesiel-Gruppe abläuft, oder? Deswegen sind verlässliche Informationen und Quellen ja so wichtig, Frau Folkmer. Was interessiert die Polizei denn so an den Neunzigern in Werlesiel?«

Jetzt schwieg sie auf einmal, stützte sich auf der Schreibtischunterlage ab und strahlte Femke regelrecht an.

Femke keuchte ein Lachen hervor. »Auf die Frage habe ich nur gewartet.«

»Nehmen Sie mir aber nicht übel?«

Femke schüttelte den Kopf und setzte sich an den Computer. »Nein, das ist Ihr Job. Aber Sie wissen, wie das ist: Zu laufenden Ermittlungen kann ich leider nichts sagen. Aber ich bin Ihnen sehr dankbar, dass ich im Archiv schnüffeln darf.«

»Und was hat das nun mit den Neunzigern zu tun?«

Femke lächelte. »Kann ich nicht sagen. Aber ich kann Ihnen etwas anderes mitteilen – quasi als Dankeschön. Rufen Sie unseren Pressesprecher in Aurich an, bestellen Sie ihm einen Gruß von mir und sagen Sie, dass ich gerade hier bin, und erkundigen Sie sich, ob die Polizei derzeit im Zusammenhang mit dem Gleitschirmunfall einen neuen Ansatz verfolgt.«

»Können Sie mir das nicht auch sagen?«

»Kann ich schon, tue ich aber nicht. Dann bekomme ich Mordsärger, weil das bei Behörden nun mal seine geordneten Wege gehen muss. Aber sagen wir so: Der Pressesprecher wartet bereits auf Ihren Anruf. Es wird heute Mittag eine Pressemeldung an alle Medien herausgehen, und wenn Sie sowieso anrufen, dann wird er keine Probleme haben, Sie vorab zu informieren, und für etwa drei Stunden haben Sie die Nachricht dann exklusiv für Ihre Online-Kanäle. Nachdem Sie mit ihm telefoniert haben, können Sie mich dann fragen, und ich gebe Ihnen einen O-Ton dazu, dass es richtig ist, dass die Polizei derzeit in Richtung soundso ermittelt, wir aber noch keinen Tatverdächtigen haben, bla, bla – ein paar unverfängliche Dinge zum Unfall, zu dem Tod von Hespe und zu der Pferderipper-Sache. Nichts Konkretes, aber in jedem Fall zitierfähig, okay?«

Femke lächelte. Ruwe nickte mit offenem Mund und saß schnell wie der Blitz an ihrem Telefon, um in Aurich anzurufen. Dort würde die Pressestelle Ruwe mitteilen, was Femke gestern mit Töberich besprochen und dieser dann mit der Staatsanwaltschaft und dann wieder mit der Pressestelle. Nämlich, dass vermutlich ein Modellflugzeug eine Rolle spielte und die Polizei um Mithilfe bat: Wer kennt den Typ des Flugzeugs? Wer hat etwas Auffälliges bemerkt? Wer hat im Umfeld von Hespes Hof etwas gesehen? Woraufhin die Pressestelle dann mit Femke gesprochen und abgestimmt hatte, was sie mit welchen Worten sagen könne und was auf keinen Fall.

Es dauerte eine Weile, bis Femke fand, wonach sie suchte. Nebenbei hörte sie das Telefongespräch von Ruwe mit, die anschließend die Finger über die Tastatur fliegen ließ und sich einige unverfängliche und kaum konkrete Sätze von Femke aufschrieb. Ruwe wusste ohne Zweifel, dass sie mit den darin enthaltenen Infos nichts anfangen konnte. Aber immerhin hatte sie einen O-Ton aus berufener Quelle, der ihren Bericht auflockerte und rund machte, und sie demonstrierte damit die guten Kontakte ihres Blattes, bewies Lesernähe, da Femke schließlich aus Werlesiel stammte, und hatte in jedem Fall mehr, als die anderen Medien haben würden.

Femke überflog die alten Zeitungsseiten, die als PDF-Dateien eingescannt worden waren. Sie machte sich ein paar Notizen – nicht allzu viele. Und nach etwa zwanzig Minuten hatte sie eine

ungefähre Vorstellung von damals und begriff einiges von dem, was sich heute abspielte.
Anfang der neunziger Jahre war der Eiserne Vorhang gefallen. Für Zigtausende Menschen war mit einem Mal der Weg in den Westen frei. Viele, die in ihrer Heimat politisch verfolgt wurden oder auch nicht, strömten nach Deutschland. Aus Rumänien waren Zigtausende Roma nach Deutschland gekommen, weil sie vom Ceauşescu-Regime verfolgt wurden. Außerdem kamen viele vom Balkan, wo die Situation kaum besser war. Die Welle war weitaus größer als die aktuelle, und die Kreise, Städte und Gemeinden hatten noch keine Erfahrung, wie damit umzugehen war. Schulen, Turnhallen sowie Festsäle wurden mit Menschen aus dem ehemaligen Ostblock belegt. Alles ging drunter und drüber, die Verhältnisse waren katastrophal. Zudem waren die Behörden komplett überfordert. Nicht gerade wenige Menschen kamen auf die Idee, sich und die ihren bei verschiedenen Kommunen als Asylbewerber zu melden und mehrfach Geld zu kassieren. Wovon die Behörden erst später Wind bekamen. Es gab keine Computernetzwerke, keinerlei Infrastruktur, und viele hatten noch nicht einmal Pässe dabei. Das bürokratische Chaos war umfassend und umso gigantischer, als die größte Furcht der Bürokratie ist, dass etwas nicht geregelt sein könnte. Anfang der Neunziger war bezüglich der Aufnahme von Flüchtlingen überhaupt nichts geregelt.
Eine Menge Menschen mochten außerdem mit der D-Mark nicht viel anfangen, weswegen sie Banken aufsuchten, um das Geld in Gold umzutauschen – was mancherorts dafür sorgte, dass die Goldvorräte in Ortssparkassen aufgebraucht waren. Mehr und mehr Flüchtlinge kamen. In den Sommerferien 1991 platzte gar manche Grundschule aus den Nähten, die komplett mit Hunderten Menschen belegt worden war, weil die Kommunen sich nicht anders zu helfen wussten. Erst nach Wochen be-

gannen einige, die Begrüßungsgelder umzustellen, und zwar in Warengutscheine, die im Supermarkt einzutauschen waren. Was zum Teil für Tumulte in Unterkünften und vor Rathäusern führte, aber den gewünschten Zweck erfüllte. Die Menschen zogen weiter. Irgendwie. Niemand wusste genau, wohin.

Und Werlesiel?

Stand damals Kopf. Es waren etwa fünfzig Personen in der Festscheune untergebracht worden. Es hieß, dass es keine andere Möglichkeit gäbe. Deswegen musste in jenem Jahr das Scheunenfest ausfallen. Es gab jede Menge Zeitungsberichte darüber. Fast täglich war die Scheune Thema gewesen, und es gab sogar eine Demonstration im Ort – gegen die Flüchtlinge und für das Scheunenfest. Zum Glück war es zu keinen Ausschreitungen und zu keinen Vorfällen gekommen, bei denen Wohnheime brannten – es wäre das Letzte gewesen, was die Werlesieler getan hätten: ihre Festscheune anzünden.

Sie fand Polizeiberichte darüber, dass die Kleinkriminalität angestiegen war, sowie darüber, dass Ordnungs- und Gesundheitsämter einschritten, weil die hygienischen Zustände katastrophal waren. Schließlich reduzierte sich die Zahl der Flüchtlinge schlagartig. Niemand konnte genau erklären, warum, aber man nahm an, die Roma waren in die Niederlande weitergezogen oder nach Frankreich. Einige wenige verblieben in der Festscheune. Die Rede war von einer Handvoll oder weniger, und in diesem Zusammenhang gab es wiederum Proteste im Ort darüber, wie es denn möglich sein könne, mit so wenigen Personen noch weiterhin die Festscheune zu blockieren – da müssten sich doch bessere Möglichkeiten finden? Wenngleich der Termin des Scheunenfests längst verstrichen war.

Schließlich waren auch die Letzten eines Tages plötzlich verschwunden – ebenfalls weitergezogen wie die anderen, nahm

man an. Genau kontrollieren oder überprüfen konnte und wollte das niemand.
Die Unterbringung der Flüchtlinge hatte die Festscheune und ihr Umfeld ziemlich ramponiert. Nicht weil die Menschen dort randaliert hätten. Es handelte sich eher um die Folge davon, dass ein Gebäude zu Zwecken verwendet worden war, für die es nicht vorgesehen war. Wenn fünfzig Leute in einem Bonsaigarten Foxtrott tanzten, durfte man danach nicht erwarten, dass der Garten hübscher geworden war. Folglich standen umfangreiche Sanierungen an – die Scheune war ohnehin in die Jahre gekommen. Der Kommune fehlten im betreffenden Haushaltsjahr die finanziellen Mittel. Also sprang die Werlesieler Brauerei ein und pumpte als Sponsor jede Menge Geld in die Sanierung, die noch vor der Winterpause umgesetzt wurde – die Verwaltung hätte frühestens im folgenden Sommer tätig werden können und sich außerdem um Fördergelder bemühen müssen. Ein deutlich jüngerer Knut Mommsen hatte sich für sein spontanes und unbürokratisches Handeln entsprechend abfeiern lassen.
Femke hatte genug gesehen. Genug, um zu verstehen, warum so ein Wirbel um die Festscheune gemacht wurde. Außerdem genug, um nachzuvollziehen, um was für Autos es sich im Hintergrund der Aktbilder von Sabine gehandelt hatte: um Wagen von Flüchtlingen. Eine Vergrößerung und Bearbeitung würde wahrscheinlich erbringen, dass die Kennzeichen der Fahrzeuge osteuropäisch waren.
Sie lehnte sich zurück und streckte sich. Sie stellte das Archivprogramm aus und war sich ziemlich sicher, dass Ruwe im Anschluss den Verlauf checken würde, um zu sehen, welche Seiten Femke aufgerufen hatte. Sollte sie nur. Das würde ihr gar nichts sagen.
Die Frage war, ob es Femke etwas sagte.
Sie verstand nun einige Zusammenhänge besser – aber hatte das etwas mit den Taten zu tun? Wohl eher nicht. Dennoch war es

merkwürdig, was so alles um diese Scheune kreiste. Schließlich stand sie auf, bedankte sich vielmals bei Ruwe und hörte das Handyklingeln in der Handtasche. Im Hinausgehen nahm sie ab. Am anderen Ende war Dr. Preggen aus der Forensik. Er hatte einen Bericht über die medizinische Untersuchung von Sabine erhalten, aus dem hervorging, dass sie am Tag ihrer Einweisung Geschlechtsverkehr gehabt hatte.

Vielleicht war das der Grund ihrer zeitweisen Abwesenheit gewesen, überlegte Femke. Vielleicht hatte Sabine ein Verhältnis und war nach einem Techtelmechtel zurück zum Hof gekommen. Dass sie mit jemandem zusammen gewesen war, könnte Sabine zum einen ein Alibi geben und sie als Täterin ausschließen. Es könnte auf der anderen Seite aber auch das Gegenteil bedeuten – es könnte die Spur zu jemandem sein, der möglicherweise Sabines wegen eine oder mehrere Taten begangen haben mochte. Jemand, der auf eigene Rechnung arbeitete, von Sabine instrumentalisiert worden war – oder sogar ihr Komplize. Denn es gab keinen Grund, anzunehmen, dass sie es hier nur mit einem Einzeltäter zu tun hatten. Insgesamt gesehen gab es also sehr viele Gründe, dass Femke Sabine noch einmal auf den Zahn fühlte. Und zwar gründlich.

44.

Dr. Preggen saß neben Femke auf dem freien Bett in Sabines Zimmer. Der breitschultrige Pfleger stand vor der Tür und blockierte sie wie ein Zerberus. Sabine hockte mit untergeschlagenen Beinen auf ihrem Bett und zitterte.

Femke beugte sich etwas nach vorn und sagte mit ruhiger Stimme: »Sabine, wir haben die Bilder von Carsten Harm sehr genau angesehen – und wir wissen inzwischen, dass es eine ganze Menge gibt und es nicht nur einmal passiert ist. Du warst sehr jung – hat er dich erpresst und bedroht?«

Sabine schwieg. Femke ließ es geschehen. Sie fragte nicht nach, sondern wartete einfach ab. Manchmal musste man den Dingen in einer Vernehmung Raum und Zeit geben. Dr. Preggen sagte ebenfalls kein Wort, sondern blickte aus dem Fenster. Wo er sicher nicht viel sah, denn es war bereits dunkel.

Schließlich nickte Sabine. Ihre Stimme war nicht mehr als ein Wispern. »Es … ist einfach so passiert. Er hat mir Komplimente gemacht und gesagt, dass er mich gerne fotografieren mag. Dann hat er mir Bilder in einem Buch von anderen Mädchen gezeigt und gesagt, dass er mich auch so fotografieren wolle. Ich fand das nicht schlimm, die Bilder waren schön. Schließlich wollte er mehr, ich aber nicht … Und er sagte, dass ich doch sicher nicht wolle, dass mein Vater und der ganze Ort diese Bilder zu sehen bekomme, und ich besser machen soll, was er sagt … Und er hat weitere Bilder gemacht und noch mehr und mehr …« Sabine zuckte mit den Achseln.

Femke nickte. »Hast du dich nie jemandem anvertraut?«

Sabine schüttelte den Kopf.
»Du hast dich nicht getraut?«
Sabine starrte vor sich hin. Einmal öffnete sie den Mund, als wollte sie etwas sagen. Dann schloss sie ihn wieder und schwieg. Ihre Blicke flitzten von links nach rechts. Femke ahnte, dass es noch mehr über diese Sache zu sagen gab, aber sie beließ es zunächst dabei.
Stattdessen fragte sie: »Mit wem hast du dich an dem Abend getroffen, als dein Vater starb?«
Sabine sagte kein Wort.
»Wir wissen, dass du an dem Abend Sex gehabt hast.«
Sabine merkte auf, aber schwieg.
»Es ist folgendermaßen, Sabine: Meine Kollegen glauben, dass du deinen Vater getötet haben könntest. Es ist ihnen ganz egal, wenn ich ihnen sage, dass ich mir das nicht vorstellen kann. Für meine Kollegen zählen nur Beweise, und die sprechen zurzeit leider gegen dich. Wenn du aber zu der Zeit, in der das in eurer Scheune geschah, gar nicht da warst, weil du mit jemandem zusammen gewesen bist, entlastet dich das, okay?«
Sabine blickte Femke an, sagte aber nichts.
Femke ließ Sabine nicht aus den Augen. »Wir hören uns sowieso danach im Ort um, Sabine. Früher oder später finden wir heraus, mit wem du dich getroffen hast. Ich kann verstehen, dass du es geheim halten möchtest, denn vielleicht ist es ja ein verheirateter Mann.«
Ein Blinzeln.
»Du hast versprochen, es nicht zu sagen – und du hast über Jahre hinweg auch keinem erzählt, was damals mit Harm passiert ist. Du kannst ein Geheimnis gut bewahren. Aber das war falsch, Sabine, bitte, glaube mir. Du hättest es jemandem erzählen sollen, hast das vielleicht aus Scham nicht getan oder Angst gehabt,

dass man dir nicht glaubt. Ich weiß, dass das bei Frauen, Jugendlichen und Kindern, die so etwas erleben, sehr oft der Fall ist. Dieses Mal ist es anders. Du musst keine Angst haben und dich nicht schämen, und es wird dir schaden, wenn du uns nicht sagst, mit wem du zusammen warst. Meine Kollegen werden nämlich annehmen, dass du sie belügen willst.«

»Ich lüge nicht.«

»Du schweigst aber. Und meine Kollegen glauben, dass du etwas verheimlichst, weil es mit dem Tod deines Vaters zu tun haben könnte. Deswegen ist es so wichtig, dass du mir sagst, wer der Mann ist. Wir können ihn fragen, und wenn er es bestätigt, dass ihr zusammen wart, dann …«

»Das wird er niemals tun.«

»Er wird das bestimmt tun, und zwar aus einem einfachen Grund: weil er nicht in den Verdacht geraten will, etwas mit dem Tod deines Vaters zu tun gehabt zu haben. Du gibst ihm ein Alibi. Er gibt dir eines.«

Sabine zupfte an der Haut ihrer Handknöchel. Presste ihre Nägel hinein. Sie murmelte wie ein Mantra: »Es muss ein Geheimnis bleiben. Niemand darf das wissen. Du musst schweigen, Sabine. Niemand darf es wissen.«

Dr. Preggen räusperte sich. »Frau Hespe – Frau Folkmer hat leider recht. Aber vielleicht möchten Sie noch einmal darüber schlafen und etwas nachdenken.«

Femke schüttelte den Kopf. »Nein. Sabine. Wir müssen herausfinden, was mit deinem Papa passiert ist und warum. Willst du das nicht auch? Und deine Mutter …«

»Der ist doch sowieso alles egal. Ich bin ihr egal – sie hat sich nie darum gekümmert, was mit mir los ist. Hauptsache, sie hatte ihre Ruhe. Alles ist ihr egal.«

»Aber dir ist nicht alles egal.«

Sabine schüttelte den Kopf. Sie atmete tief ein und aus. Sie zerdrückte eine Träne – und vielleicht lag es nur an den Medikamenten, die sie umnebelten, dass sie schließlich leise sagte: »Willem.«
»Willem?«, fragte Femke. »Meinst du Willem Leefmann?«
»Ja.«
Femke schluckte und gab sich Mühe, eine Reaktion auf die Tatsache zu unterdrücken, dass Sabine mit dem Ekelpaket Leefmann eine Affäre hatte. Womit Femke nun als Allerletztes gerechnet hatte. Leefmann, der Familie hatte, Kinder, und das Gegenteil von attraktiv war.
»Gut«, antwortete sie und lächelte. »Es ist wirklich gut, dass du mir das gesagt hast, Sabine.«
Sabine zuckte die Achseln.
Femke kaute auf der Unterlippe. Dr. Preggen wollte etwas sagen – sicherlich, dass sie nun Schluss machen sollte mit der Befragung. Aber Femke kam ihm zuvor. »Das mit Harm – ist das immer in der Scheune passiert? Der Festscheune?«
Sabine schüttelte den Kopf.
»Was hast du gestern gemeint, als du gesagt hast, die Wahrheit sei in der Scheune begraben? Hast du das Geheimnis gemeint, dass Harm dich missbraucht hat?«
Sabine sagte nichts. Zupfte nur wieder an der Haut ihrer Fingerknöchel und vergrub ihre Nägel darin. Preggen signalisierte Femke, es jetzt gut sein zu lassen.
Femke ignorierte das und fragte: »Was du eben gesagt hast: Niemand darf es wissen. Du musst schweigen. Hat Harm dir das eingebleut? Oder Willem?«
Sabine begann, sich vor und zurück zu wiegen. Sie machte ein schlürfendes Geräusch und knibbelte stärker an der Haut. Ein Blutfaden lief über ihren Zeigefinger. Sie flüsterte: »Du musst schweigen. Niemand darf es wissen.«

»Warum darf es niemand wissen? Und was nicht? Was ist mit der Scheune, Sabine?«
Preggen stand auf und sagte, dass es jetzt gut sei – aber mitten im Satz kippte Sabine nach hinten. Erneut ein Anfall. Sabine verdrehte die Augen und schlug mit dem Kopf gegen die Wand. Immer wieder. Und keuchte. »Schweigen.« Kopfstoß. »Schweigen.« Kopfstoß.
Preggen herrschte den Pfleger an, einen Arzt zu holen. Der Mann setzte sich in Bewegung. Preggen griff nach Sabine, die nun zu kreischen begann und um sich schlug. Sie zappelte wie eine außer Kontrolle geratene mechanische Puppe. Femke sprang auf. Sie keuchte. In ihrem Magen glühte es heiß. Was, zum Teufel, hatte es mit dieser Scheune noch auf sich? In jedem Fall gab es zuvor etwas zu klären: die Sache mit Willem Leefmann.

45.

Leefmann war den ganzen Tag über unkonzentriert gewesen. Er hatte beinahe einen Unfall mit dem Lieferwagen verursacht, Bestellformulare und Termine durcheinandergebracht, so dass seine Mitarbeiter bereits gefragt hatten, was denn los sei. Leefmann hatte versucht, sich mit einem aufsteigenden Infekt herauszureden, und alle nach Hause geschickt, um noch ein paar Werkzeuge zu sortieren. Das tat er immer, wenn er nachdenken musste. Es beruhigte ihn. Dazu drehte er den CD-Player in der Werkstatt laut auf. »Die drei Tenöre« mit achtzig Dezibel – live aus den Caracalla-Thermen in Rom, aufgenommen bei der Fußballweltmeisterschaft 1990.

Leefmann hatte das Konzert damals im Fernsehen verfolgt und geweint. Bis zu diesem Zeitpunkt hatte er keinen Schimmer gehabt, dass so etwas wie Oper überhaupt existierte und was Musik mit einem machen konnte. Luciano Pavarotti, José Carreras und Plácido Domingo hatten Leefmann aus den Schuhen gehauen. Es hatte ihn emotional einmal von links nach rechts gekrempelt – ohne dass er genau verstand, was da mit ihm geschehen war. Jedenfalls halfen die Tenöre ihm seither beim Überlegen. Manchmal beim melancholischen Nachdenken darüber, was alles aus ihm hätte werden können. Manchmal auch beim Sinnieren über das Leben an sich und darüber, dass es begrenzt war und wie traurig einen das machen konnte. Vor allem bei »Nessun dorma« aus »Turandot«. Unglaublich, was das Lied für ein Selbstmitleid in ihm auslösen konnte. Er hatte keine Ahnung, worum es dabei ging und wo dieses Turandot lag, wahrscheinlich in Ita-

lien, aber, Alter, das Lied hatte ihm 1990 vor dem Fernseher die Neuronen neu sortiert.
Auf einer Werkbank verteilt lagen unzählige Schraubenschlüssel und Zangen, die Leefmann nach Zustand, Größe und Typ sortierte. Er fragte sich, ob Sabine ausgepackt hatte. Also: ausgepackt über ihn. Wenn sie das getan hatte, wäre es nur eine Frage der Zeit, bis die Bullen bei ihm aufkreuzten. Er war sich nicht sicher, was dann als Nächstes geschehen würde.
Wenn Sabine den Bullen gesagt hatte, dass sie am Abend des Todes ihres Vaters zusammen gewesen waren, würden sie in jedem Fall von ihm wissen wollen, ob das stimmte. Er könnte »Nein« sagen, »Ist gelogen« und dass er doch nicht mit einer Irren rummache und die ihm nur eins auswischen wolle. Er könnte »Ja« sagen – oder die Klappe halten. Drei Möglichkeiten, die am Ende wahrscheinlich auf das Gleiche hinausliefen: nämlich, dass seine Frau etwas mitbekommen würde und sich fragen, was ihr Mann denn mit Sabine zu schaffen habe?
Und vielleicht würden die Bullen auch zu ihm nach Hause kommen und Alibis überprüfen. Weil sie das dauernd taten. Wie er es drehte oder wendete: Die Situation war extrem heikel. Und ganz abgesehen davon fragte sich Leefmann, was mit Gerdes los war. Ober Gerdes das mit Sabine ahnte – ja, irgendwas stimmte mit Gerdes nicht. So oder so nicht.
Scheppernd warf Leefmann eine ganze Handvoll Zangen in einen Blechkasten, während Pavarotti »Nessun dorma« aus den Boxen jammerte. Mit dem Song hatte auch dieser kleine Behinderte bei dem englischen Superstar gewonnen, dachte Leefmann. Wie hieß der noch? Paul Potts. Sagenhaft, von dem besaß Leefmann ebenfalls eine CD. Nun nahm er sich einen weiteren Kasten vor, atmete tief ein und aus und spürte bereits, dass er ruhiger wurde.

Er hörte nicht, dass sich hinter ihm die Tür öffnete. Sie öffnete sich quälend langsam. Der Umriss einer Person erschien. Sie näherte sich Leefmann, der von seinem unangekündigten Besuch nichts mitbekam. Leefmann summte weiter vor sich hin, zählte die Zangen und fasste nach einem Lappen, um sie zu putzen. Schließlich war die Person so dicht hinter ihm, dass Leefmann direkt mit ihr zusammengeprallt wäre, hätte er sich umgedreht. Tat er aber nicht. Er hielt zwei Zangen in der Hand und begutachtete sie.

Die Person in seinem Nacken hielt ebenfalls etwas in den Händen. Es handelte sich jeweils um voll aufgeladene Akkubohrschrauber. In jedem befand sich ein fabrikneuer und rasiermesserscharfer Achtmillimeterbohrer. Leefmann pfiff die Melodie und sang leise mit – er kannte den Text nicht und sang es vom Wortlaut her. So etwa »Mamiochusereinmeeeee, innominesusanapraaaaa«.

Im nächsten Moment blieb es ihm im Hals stecken. Außerdem wurde die Musik leiser, denn … Denn ihm wurde etwas Hartes und sehr Spitzes in den Rücken gepresst. Genau auf die Wirbelsäule. Es fühlte sich außerdem an, als sei ihm ein Eiszapfen ins rechte Ohr gesteckt worden.

Leefmann zuckte und keuchte. Das machte es noch schlimmer. Weil er sich bewegt hatte. Viel schlimmer. Der Schmerz in seinem Ohr war kristallklar und schoss wie ein Blitz durch sämtliche Nervenzellen.

»Sch-sch«, machte die Stimme hinter ihm. Sie klang gedämpft. »Tut weh, nicht?«

Leefmann wimmerte und zitterte. Er verdrehte die Augen, als wolle er hinter sich blicken, ohne sich umdrehen zu müssen. Sein Ohr fühlte sich gleichzeitig heiß und kalt an. Blut lief ihm über den Hals.

Die Stimme sagte: »Ich weiß, dass du das Lied gerne magst. Ich habe es immer gehört, wenn ich dich beobachtet habe, Willem.«

Leefmann wimmerte. Seine Gedanken überschlugen sich. Er hielt die spitzen Zangen in der Hand und überlegte, ob er damit nach der Person stechen sollte, die ihm etwas ins Ohr und gegen die Wirbelsäule presste. Und wer das war. Und was er von ihm wollte.

»Doch du hast es grauenhaft gesungen. Es muss heißen ›Ma il mio mistero è chiuso in me, il nome mio nessun saprà‹. Weißt du, was das heißt? Es heißt: Aber mein Geheimnis ist verschlossen in mir, niemand wird meinen Namen erfahren.«

Der Mann bewegte das, was in Leefmanns Ohr steckte. Die Tränen sprühten Willem regelrecht aus den Augen.

Die Stimme sagte: »Lass das Zappeln. Wenn es dich beruhigt, das zu wissen: Ich habe dir einen Bohrer ins Ohr gesteckt. Tut scheußlich weh, ich weiß. Der andere Bohrer zielt zwischen zwei deiner Wirbel genau aufs Rückenmark. Also, wo waren wir? Dabei ist es eigentlich so lustig – also: so treffend. Der Text und das Lied. Turandot ist eine Prinzessin und befiehlt, dass ganz Peking nicht schlafen darf, bis der Name eines unbekannten Prinzen herausgefunden ist. Und wem das nicht gelingt, dem droht die Todesstrafe.«

Wieder ruckte der Bohrer in Leefmanns Ohr. Er wimmerte und quiekte. Seine Blase entleerte sich, Blut färbte sein T-Shirt an den Schultern rot.

»Und?«, fragte die Stimme. »Weißt du, warum ich hier bin? Hast du einen Schreck bekommen, als ich die Pferde abgestochen habe, und dich an etwas erinnert, Willem? An das, was du mit Harm und Hespe und den anderen Schweinen gemeinsam hast?«

Und jetzt kapierte Leefmann alles. Er wollte etwas sagen, um sein Leben flehen. Aber er brachte nur ein hohes Fiepen zustande. Viel lauter als Pavarotti, der sich zum Höhepunkt der Arie steigerte. Die Stimme hinter Leefmann sang mit: »Il nome suo nessun saprà … E noi dovrem, ahimè! Morir, morir! Seinen Namen wird niemand erfahren … Und wir müssen sterben, sterben!«

Beide Bohrer heulten pfeifend auf.

46.

Ich pfeife dieses kleine Liedchen, als ich die Sachen zusammenpacke und die Skimaske abnehme, um zu verschwinden. Es geht mir einfach nicht aus dem Kopf. Ein echter Ohrwurm. Willem Leefmann allerdings hat nun einen anderen Ohrwurm – beziehungsweise gar keinen mehr. In seinen letzten Momenten hat er es endlich kapiert, und ich muss sagen: besser spät als nie. Nun bin ich fast fertig. Was noch bleibt, ist das große Scheunenfest, auf das ihr alle ja nicht verzichten wollt. Auf das ihr nicht verzichten wollt, obwohl so viele schreckliche Dinge in eurem Ort geschehen sind. Ihr habt durchgesetzt, dass es stattfinden wird, wie ich überall im Internet las, und ihr seid voller Vorfreude darauf. Wie heißt es noch im Wortlaut dieser Ankündigung? »Nach den grauenvollen Geschehnissen der vergangenen Tage ist es umso wichtiger, dass die Ortsgemeinschaft zusammenrückt. Dazu gehört, dass mit ihren Traditionen nicht gebrochen wird und den Bürgern eine Möglichkeit zum gegenseitigen Austausch gegeben wird. Darüber hinaus sollte ein Zeichen dafür gesetzt werden, dass Werlesiel sich nicht fremdbestimmen lässt und wir den schlimmen Dingen mit der Fröhlichkeit begegnen, die unsere Gemeinschaft auszeichnet, dass wir das Leben feiern – was die tiefe Trauer um die Opfer unserer Ortsgemeinschaft nicht ausschließen wird, weswegen das Scheunenfest und der sich am anderen Tag anschließende Trauergottesdienst …«

Bla, bla, bla.

Was sagt euch das?

Vermutlich leider gar nichts. Aber mir sagt es etwas. Es sagt mir, dass ihr alle die gleiche Schuld tragt. Ihr seid der Nährboden. Ihr seid der Acker, auf dem das Böse gewachsen ist. Es sagt mir, dass es euch völlig egal ist, was um euch herum geschieht, solange es euch persönlich nicht betrifft. Es ist euch gleichgültig, welche Einzelschicksale hinter den Geschehnissen stecken. Es ist euch so egal, wie es euch immer egal war. Ihr setzt eine betroffene Miene auf und bemitleidet euch ein wenig gegenseitig. Aber solange es nur die anderen sind, denen etwas geschieht oder geschehen ist, geht es euch am Arsch vorbei. Das Feiern lasst ihr euch nicht verbieten.

Das wird sich ändern.

Denn ich komme ebenfalls zur Feier. Und glaubt mir: Das wird ein Fest, das ihr niemals vergesst.

47.

Tjark lehnte sich an die Hauswand. Er kramte eine zerknautschte Zigarettenschachtel aus der Jackentasche, steckte sich eine an und blies den weißen Rauch in den Morgenhimmel. Es war noch kalt, aber es würde ein klarer Tag werden. Ein Samstag. Ein Tag, der in Werlesiel mit einem großen Fest enden würde und der mit dem Tod eines Mannes begonnen hatte.
Vor Willem Leefmanns Werkstatt hielten zwei Streifenwagen. Die uniformierten Kollegen waren damit befasst, zwei Mitarbeiter des Installateurbetriebs zu befragen, die gerade zur Arbeit kommen wollten. Angeblich gab es viel zu tun, auch an diesem Wochenende. Töberich und seine Crew hatten den Tatort bereits verlassen und waren ausgeschwärmt, um nach möglichen Zeugen zu suchen, Leefmanns letzte Stunden zu rekonstruieren und sich außerdem in Leefmanns Haus umzusehen: Eine Polizistin war dort ebenfalls hingefahren, um sich um die beiden Kinder zu kümmern und sich dort mit einer Freundin der Familie zu treffen, denn Ilona Leefmann war nicht zu Hause. Sie war noch hier in einem Rettungswagen. Er parkte auf dem kleinen Hinterhof der Werkstatt, wo auch Leefmanns Sprinter stand. Eben waren zwei weitere Fahrzeuge vorgefahren – zivile von der Spurensicherung. Tjark hatte die Kollegen beim Aussteigen beobachtet, Rainer Schrot war nicht dabei gewesen. Offensichtlich hatte er keinen Bereitschaftsdienst.
Hinter sich hörte Tjark Schritte. Femke kam aus der Haustür. Sie sah übernächtigt aus – was kein Wunder war: Sie hatte Tjark gegen fünf Uhr morgens aus dem Bett geklingelt. Leefmanns

Frau hatte sich Sorgen gemacht, weil ihr Mann nicht nach Hause gekommen war und weder Anrufe auf dem Handy beantwortete noch SMS. Er schien wie vom Erdboden verschluckt zu sein. Sie hatte Mitarbeiter und Freunde angerufen und sich dann hingelegt, nachdem alle gesagt hatten, sie solle sich keine Sorgen machen.

Gegen Mitternacht war sie dann wieder aufgestanden und im Haus herumgewandert und hatte sich den Kopf darüber zerbrochen, ob Willem eine Affäre hatte oder einen Unfall gehabt hatte. Sie hatte seine Sachen durchsucht, aber nichts Verdächtiges gefunden. Blieb noch der Unfall. Schließlich hatte sie es nicht mehr ausgehalten und bei der Polizei angerufen.

Die Polizei hatte geantwortet, dass es keine Unfälle gegeben habe, und sich erkundigt, auf welcher Route Leefmann für gewöhnlich mit seinem Auto unterwegs sei. Sicherheitshalber schickten sie einen Wagen, der gerade ohnehin in der Gegend war, auch, um die hysterische Frau etwas zu beruhigen. Der Besatzung des Streifenwagens fiel nichts weiter auf – außer, dass in Leefmanns Werkstatt kein Licht mehr brannte. Die Kollegen hatten sich keine Gedanken darüber gemacht: Es kam alle Nase lang aus allen möglichen Gründen vor, dass Männer oder Frauen nicht nach Hause kamen und nicht ans Telefon gingen und sich hysterische Ehegatten auf der Wache meldeten und annahmen, ihr Partner sei mindestens von Außerirdischen entführt worden, weil es *total unnormal* wäre, dass er drei Stunden zu spät nach Hause käme, ohne sich zu melden, geschweige denn, nicht erreichbar zu sein. Meist tauchten die Leute dann mitten in der Nacht oder am anderen Tag auf und waren in irgendeiner Kneipe abgestürzt, weil sich ein spontanes Besäufnis ergeben hatte. Oder sie kamen aus dem Puff. Oder von einer anderen Frau. Oder, oder, oder …

Nur Leefmanns Frau machte sich weiter Gedanken und war keinesfalls beruhigt. Schließlich setzte sie sich ins Auto und fuhr gegen halb vier Uhr morgens durch die Stadt, um nach ihrem Mann Ausschau zu halten, bis sie an der Werkstatt seinen Sprinter entdeckte.

Sie war in die Werkstatt marschiert, hatte das Licht eingeschaltet … und saß jetzt noch immer im Rettungswagen, war mit Valium vollgepumpt und hatte einen Notfallseelsorger an ihrer Seite.

Femke inhalierte die klare Morgenluft, schüttelte den Kopf und band sich einen Pferdeschwanz. »Ich verstehe das nicht. Warum tötet jemand Willem Leefmann? Warum auf diese Art und Weise? Was, zum Teufel, ist hier nur los?«

Tjark schnippte etwas Asche zur Seite und dachte nach.

Sie hatten Leefmann in seiner Werkstatt mit dem Gesicht in einer Blutlache liegend gefunden. Die Wände links und rechts waren rot bespritzt. Die Werkbank ebenfalls. Die Leiche hatte Blut im Ohr und im Rücken. Jede Menge. Es sah ein wenig so aus, als habe jemand Leefmann eine Art Eispickel in den Gehörgang sowie in die Wirbelsäule gerammt. Die Spurenlage sprach jedoch eher dafür, dass die Tatwaffe eine Bohrmaschine oder etwas in der Art gewesen sein mochte.

Allein beim Gedanken daran zog sich in ihm alles zusammen. Blutbefleckte Bohrmaschinen waren jedoch nicht gefunden worden. Was bedeutete, dass Leefmann nicht Selbstmord begangen hatte – zugegeben: Es wäre der bizarrste Selbstmord gewesen, den Tjark jemals gesehen hätte. Außerdem gab es blutige Schuhabdrücke, die zur Tür der Werkstatt führten, und an der Tür verwischte Blutspuren. Jede Menge Arbeit für die Spurensicherung – aber in jedem Fall Hinweise darauf, dass verlässlich eine zweite Person im Spiel gewesen war: der Mörder.

Tjark wollte gerade etwas sagen, als ein Kollege im faserfreien Overall auf ihn und Femke zukam und sie zum Mitkommen aufforderte. Er führte sie zu dem Sprinter, dessen Hecktüren offen standen. Zwei Forensiker untersuchten den Laderaum und machten Videoaufnahmen. Der Mann deutete wortlos auf einen großen Karton, der an die Laderampe des Wagens geschoben worden war und sich zwischen jeder Menge Decken befand. Alte Pferdedecken, soweit Tjark es beurteilen konnte.

»Pff«, machte Femke und sagte leise: »Ich fasse es nicht.«

Tjark erwiderte nichts. Er musterte lediglich die Verpackung, die sehr lang und schmal war. Darauf befand sich das Bild eines Flugzeugs, eines Warbirds. Es glich allerdings eher einem modernen Kampfjet und nicht einem Flugzeug aus dem Zweiten Weltkrieg, und die Verpackung wirkte neu. Er klemmte sich die Zigarette zwischen die Lippen, nahm ein Paar Latexhandschuhe aus der Jackentasche und zog sie über. Er beugte sich nach vorn und hob den Karton an. Er war schwer. Tjark suchte nach Laschen, fand sie und öffnete die Verpackung. Er sah diverse Bauteile und den Rumpf eines Jets sowie dessen Flügel. Alles eingetütet in Klarsichtfolie.

»Nagelneu«, sprach er das Augenscheinliche aus und stellte sich wieder aufrecht hin.

Femke verschränkte die Arme vor der Brust, pustete eine Strähne aus dem Gesicht und verlagerte das Gewicht von einem Fuß auf den anderen. »Wir suchen nach einem Modellflugzeug und finden hier eines. Wir suchen ein Kampfflugzeug – und genau das finden wir hier.«

»Jap«, machte Tjark und zog an der Zigarette. »Vielleicht war dieses hier eine Art Back-up. Zur Sicherheit, falls mit dem anderen etwas passierte.«

»Es ist ein Geburtstagsgeschenk«, sagte eine leise Stimme hinter ihnen.

Tjark und Femke drehten sich um. Sie blickten Ilona Leefmann ins Gesicht, die in eine Decke gehüllt war. Ihre Augen waren rot. Ihre Haut wirkte wund. Die Lippen waren weiß, die Haare glanzlos.
Sie machte eine fahrige Geste: »Unser Sohn hat bald Geburtstag. Er macht nur diese Videospiele von morgens bis abends. Willem dachte, es sei vielleicht eine gute Idee, dass er sich ein Hobby zulegt. Er dachte, so ein Jet könnte etwas sein, und er könnte mit dem Jungen zusammen losziehen und ein paar Runden fliegen. Mein Bruder hat ihn auf die Idee gebracht und eines bestellt, das Willem neulich abgeholt hat …« Sie wandte sich ab, schniefte und verbarg das Gesicht in den Händen.
Tjark und Femke warfen sich einen Blick zu. Bevor sie noch etwas fragen oder sagen konnten, legte der Notfallseelsorger den Arm um die Frau und führte sie zurück in den Rettungswagen, dessen Türen von einem Sanitäter zugeklappt wurden. Daraufhin sprang der Motor an.
Femke rief dem Sanitäter zu: »Wohin bringt ihr sie?«
»Nach Hause«, sagte der Mann achselzuckend. »Wegen der Kinder.«
Femke nickte. Bei Leefmanns wartete eine Kollegin, um die Familie zu betreuen. Tjark drückte die Zigarette auf dem Boden aus. Er legte die Kippe in die Handfläche und zog den Latexhandschuh darüber hinweg aus, knüllte ihn zusammen und steckte ihn mit dem zweiten Handschuh in die Jackentasche.
»Gehen wir ein Stück«, sagte er zu Femke und setzte sich in Bewegung.

48.

Leefmanns Werkstatt lag nicht weit vom Deich entfernt. Man konnte auf dem Damm einige Kilometer laufen, kam von dort aus aber auch ans Meer. Gerade zog sich die Nordsee zurück und hinterließ im dunklen Schlick jede Menge gurgelnde und glucksende Pfützen, Tang, Muscheln und kleine Krebse, über die sich die Möwen kreischend hermachten. Der Wind war kalt, weswegen Tjark den Kragen der Jacke hochschlug und Femke sich mit den Armen umfangen hielt. Ihre Schritte schmatzten im nassen Boden. Tjark hatte die Hände in den Hosentaschen vergraben und blickte aufs Meer. Er hatte das Gefühl, dass der Wind ihm das Gehirn freipustete.

Im Gehen kickte er eine Muschel fort. »Sabine Hespe fällt in jedem Fall aus.«

»Natürlich.« Femke nickte. »Sie ist ja in der Psychiatrie.«

»Ich denke über Folgendes nach«, sagte er. »Sabine hat ein Verhältnis mit Leefmann. Im Verlauf der Affäre hat sie sich ihm anvertraut und von Carsten Harm erzählt. Was er mit ihr getan hat. Von den Bildern, mit denen er sie erpresst hat. Leefmann springt dabei der Draht aus der Mütze. Er will Rache nehmen und ermordet Harm. Außerdem rächt er Sabine, indem er ihren Vater umbringt.«

»Warum?«

»Irgendwann ging die Sache mit Harm zu Ende, und Harm hat Sabine nicht mehr erpresst, ihm zu Willen zu sein. Vielleicht hat der Vater etwas herausgefunden und der Sache einen Riegel vorgeschoben.«

»Das wäre kein Grund, ihn zu töten. Im Gegenteil.«

»Das stimmt. Vielleicht hat er aber auch nur angenommen, seine Tochter würde nur ein bisschen mit Harm herummachen, und dem dann den Riegel vorgeschoben. Und Sabine hat sich nicht getraut, zu erzählen, was wirklich los war. Leefmann wiederum hat vielleicht geglaubt, der alte Hespe habe alles ganz genau gewusst und Harm gedeckt. Beziehungsweise hat Leefmann den Alten für alles verantwortlich gemacht, was Sabine widerfahren ist, weil er sich nicht um seine Tochter gekümmert hat.«

»Wie passen die Pferde hinein?«

»Weiß ich nicht.«

»Und wer hat dann Leefmann getötet?«

»Weiß ich auch nicht. Es ist verhext.«

»Ich finde es merkwürdig, dass wir ausgerechnet ein Modellflugzeug in Willems Wagen finden.«

»Sein Schwager hat es besorgt, Jan Gerdes. Gerdes taucht eine Spur zu häufig auf, hm?«

Femke nickte und drehte das Gesicht in den Wind. »Darauf bin ich auch schon gekommen. Töberich erwähnte vorhin etwas Ähnliches und wollte Jan unter dem Vorwand aufsuchen, ihm die traurige Nachricht vom Tod seines Schwagers zu überbringen, und ihn ein wenig aushorchen sowie überprüfen, ob er ein Alibi hat für gestern Nacht. Vielleicht hat Jan Gerdes etwas von Willems Affäre mit Sabine gewusst und ihn dafür bestraft, dass er seine Schwester betrogen hat. Vielleicht hat Jan außerdem von den Fotos gewusst, die Harm von Sabine gemacht hat.«

»Woher soll er das wissen?«

»Vielleicht von Leefmann – falls Leefmann von den Bildern wusste. Es könnte auch sein, dass Harm damit herumgeprahlt hat. Jan Gerdes könnte zu dem Schluss gekommen sein, dass Harm an allem ursächlich schuld ist, weil er Sabine durch den Missbrauch zu dem gemacht hat, was sie heute ist: eine psychisch Kranke, die zudem ein sexuell sehr offensiver Mensch geworden ist. Jemand, der Willem Leefmann dazu gebracht hat, seine Frau und seine Familie zu betrügen. Zumindest könnte das in Gerdes' Gedankenwelt als ein Motiv herhalten. Tatsächlich, denke ich, hat Leefmann sie einfach ausgenutzt und sich an ihr bedient oder sie ebenfalls unter Druck gesetzt wie Harm zuvor.«

»Und warum hat Gerdes dann Ernst Hespe getötet?«

»Weil er ihn vielleicht für schuldig hält. Wie du eben sagtest: Hespe hat sich nicht um seine Tochter gekümmert.«

»Und die Pferde?«

»Der erste Hass entlud sich vielleicht darin, das Pferd zu töten, das Willem gehörte. Mein Justin und das andere Tier waren Kollateralschäden. Dem Blutrausch geschuldet.«

»Das Pferd gehörte doch eher Jan Gerdes' Nichte.«

»Aber Leefmann hat es bezahlt, und Leefmann hat den ganzen Ärger mit der Versicherung. Der finanzielle Schaden entstand ihm. Außerdem wurde für die Tat ein Werkzeug benutzt. Gerdes hat Zugang zu Werkzeugen. Harm wurde mittels eines Modellfliegers umgebracht. Gerdes hat eine starke Affinität dazu – und hat seinem Schwager sogar diesen Kampfjet als Geburtstagsgeschenk für seinen Sohn besorgt. Ausgerechnet ebenfalls ein Kampfflugzeug. Zudem wäre Gerdes in der Lage gewesen, den Warbird so zu steuern, dass er Harms Gleitschirm zum Absturz bringt.«

»Bloß hat Gerdes ein Alibi für die Tatzeit.«

»Eines, das ihm sein Angestellter gibt ...«

Tjark blieb stehen. Femke ebenfalls. Sie sahen einander an. Tjark nickte. »Okay. Es könnte falsch sein. Hat Töberich das überprüft?«

»Er wollte es tun, hat aber noch nichts gesagt.« Femke zuckte die Achseln. »Wahrscheinlich sind sie einfach noch nicht dazu gekommen, es überstürzt sich ja alles im Moment. Vielleicht steckt der Angestellte mit drin, wer weiß?«

Tjark sah nach unten. Dort lag ein toter Krebs. Er war von der Flut angespült worden und liegen geblieben, als sich das Wasser wieder zurückzog. Eine Möwe hatte ihn gefunden und sich über ihn hergemacht, seinen Panzer geknackt und das Fleisch herausgefressen. Krebse gab es seit fünfhundert Millionen Jahren in Zigtausenden von Arten. Sie waren Meister der Anpassung. Und die meisten von ihnen nutzten ihre Scheren, um sich zu verteidigen oder anzugreifen. Ihre Werkzeuge.

Tjark betrachtete den Krebs. Seinen weißen Bauch. »In jedem Mordfall geht es um Schuld und Sühne. Und es geht jedes Mal um Werkzeuge. Werkzeuge, mit denen die Pferde getötet wurden. Werkzeuge bei Leefmanns Tod. Das Modellflugzeug ist ebenfalls eine Art Werkzeug.«

»Sind ein Messer oder eine Pistole das nicht auch? Außerdem liegt in Leefmanns Werkstatt jede Menge Werkzeug herum, das der Mörder benutzt haben kann. Kam ihm vielleicht praktischer vor als das, was er selbst mitgebracht hatte.«

Tjark nickte. »Durchaus, aber das Flugzeug ist im übertragenen Sinn ein Werkzeug. Harm wird mittels eines Modellflugzeugs getötet. Gerdes ist Chef eines Modellfliegerclubs. Leefmann hat ein Modellflugzeug im Laderaum.«

Femke runzelte die Stirn. »Ja, ich weiß. Worauf willst du hinaus?«

»Es ist so offensichtlich. Es schlägt als Tatinstrument aus der Art und ist außerdem extrem ungewöhnlich.«

»Ich weiß immer noch nicht, was …«

»Ich meine, dass ein Blinder mit Krückstock auf Gerdes kommen würde. Er ist Modellflieger. Harm wird mit einem Modellflieger umgebracht. Bei Leefmann liegt ein Modellflieger im Kofferraum – und wer hat ihn besorgt? Gerdes. Wenn ich Modellflieger wäre, wäre das letzte Mordwerkzeug, das ich einsetze, ein Modellflugzeug. Darauf will ich hinaus. Und darauf, dass jemand den Blick bewusst auf Gerdes lenken will.«

Femke nickte verstehend. »Aber wer?«

Tjark zuckte die Achseln und kickte den Krebs weg. »Keine Ahnung. So oder so müssen wir mit Gerdes reden und ihn richtig unter Druck setzen. Hoffentlich findet Fred etwas heraus. Er wollte sich um die Herkunft des Corsair-Modellflugzeugs kümmern und mit Schrot reden. Außerdem wollte er diesen Bogdan Horvath überprüfen.«

»Horvath? Warum das denn?«

»Weil ich ihn darum gebeten habe. Horvath ist Werkzeugvertreter, oder? Er kannte sie außerdem alle und hatte ziemlichen Stress mit Leefmann. Du warst doch dabei, als der ihm den Schädel einschlagen wollte.«

»Okay.«

»Abgesehen davon«, sagte Tjark und ging langsam weiter, »ist alles noch nicht rund. Unsere Ideen sind nicht sauber. Irgendwo hakt es jedes Mal.«

»Irgendetwas ist außerdem mit der Festscheune. Sabine hat immer wieder davon geredet, und wenn sie davon geredet hat, bekam sie jedes Mal einen Anfall. Ich habe im Archiv der Zeitung etwas recherchiert.«

Femke erzählte Tjark, dass die Scheune nach dem Fall des Eisernen Vorhangs mit Flüchtlingen belegt worden war, weswegen das Fest hatte ausfallen müssen. Dass es Proteste gegen die

Flüchtlinge gab, bei denen es sich um Roma gehandelt hatte. Dass sie irgendwann alle wieder fort waren und danach die Scheune von Knut Mommsen saniert worden war.

»Heimatlose«, sagte Tjark nachdenklich.

»Hm?«

»Ich spreche von dieser Legende über den Geisterreiter auf dem Wilden Acker. Er ist jemand, den man aus dem Ort vertrieben hat. Jemand, der ohne Heimat auf der Suche nach einer neuen umherirrt. Genau wie die Flüchtlinge damals und heute.«

»Symbolisch ist sicher etwas dran«, erwiderte Femke.

»Wir nehmen die Scheune heute unter die Lupe.«

»Heute ist aber doch Scheunenfest?«

»Eben.«

»Ähm …«

»Wir gehen dahin. Du und ich.«

Femke stutzte. »Zum Scheunenfest?«

»Ja.«

»Und was wollen wir da?«

»Wir sehen uns die Scheune genauer an und sehen uns die Gäste beim Fest sehr genau an. Wir lassen uns überraschen, ob jemand auf unsere Anwesenheit reagiert und sich auffällig verhält.«

»Nur das?«

»Vielleicht auch mehr.« Tjark fummelte in seinen Taschen herum.

»Tjark«, sagte Femke. »Du führst doch etwas im Schilde. Wärst du so freundlich, mich darüber in Kenntnis zu setzen, statt zu schweigen wie ein Grab?«

Tjark kramte eine grüne Packung hervor und nestelte daran.

»Im Ernst«, sagte Femke. »Wenn du irgendetwas vorhast, dann sag mir das gefälligst und behandle mich nicht, als ob ich zu blöd dafür wäre, es zu kapieren, okay?«

Tjark lächelte und nickte. Dann hielt er Femke die Packung hin.
»Warum traust du mir nicht?«
»Weil man dir nicht trauen kann.«
»Ich habe keinen Plan. Wirklich nicht. Ich führe nichts im Schilde. Ich will mich dort nur umsehen, ganz ehrlich.« Und fragte: »Kaugummi?«

49.

Gerdes war nirgends aufzutreiben. Er hielt sich nicht in der Werkstatt auf. Am Festnetz war der Anrufbeantworter eingeschaltet, am Handy meldete sich die Mailbox. Tjark und Femke hinterließen Nachrichten, dass sie mit ihm sprechen wollten. Sie telefonierten außerdem mit Töberich, der sagte, dass er Gerdes' Alibi durchaus überprüft habe und alles damit okay sei. Er entschuldigte sich, dass er vergessen hatte, das zu erwähnen. Es sei alles etwas viel zurzeit. Er gab ihnen die Nummer von Gerdes' Mitarbeiter. Als Tjark und Femke ihn anriefen und nach Gerdes fragten, sagte er, er wisse nicht, wo Gerdes sei, und am Wochenende sei die Werkstatt sowieso geschlossen. Aber er sei abends in jedem Fall beim Scheunenfest.

Also fuhren Femke und Tjark zunächst an der Werkstatt vorbei, um sich zu vergewissern, dass Gerdes wirklich nicht dort war. Von unterwegs aus riefen sie außerdem beim Segelflugplatz an, auch dort war im Moment weder Gerdes noch irgendein anderer Modellflieger aktiv. Schließlich fuhren sie zu Gerdes' Zuhause in einer kleinen Neubausiedlung. Sein Auto stand nicht vor der Tür. Als Femke klingelte, öffnete niemand.

Tjark atmete tief aus. »Leefmann wird getötet, und Gerdes verschwindet von der Bildfläche. Was für eine Überraschung.«

Femke drückte noch einmal den Klingelknopf. Sie trat einige Schritte zurück und musterte die Doppelhaushälfte von oben bis unten. »Er lebt allein, soweit ich weiß.«

»Geschieden?«

»Ich glaube, er war nie verheiratet. Früher hatte er mal etwas mit einer Frau aus Aurich und ließ sich manchmal mit ihr blicken. Sie war wohl Verkäuferin in einem Supermarkt – aber seit ich weg bin aus Werlesiel, bin ich nicht mehr hundertprozentig informiert. Jan ist eher der schweigsame Typ.«

»Wie so mancher im Norden.«

Femke nickte. Sie machte einen Ausfallschritt über eine kniehohe Hecke zum Nachbargrundstück, um an der Tür der anderen Doppelhaushälfte zu schellen. Ein Familientransporter stand in der Einfahrt. Auf der kleinen Rasenfläche lag ein umgeworfenes Bobbycar wie ein Maikäfer auf dem Rücken. Tjark folgte Femke und hörte nach dem gedämpften Klingelton Kindergeschrei, das vom Zetern einer weiblichen Stimme begleitet wurde. Die Tür ging auf, und ein ziemlich genervt und übernächtigt wirkender Mann in Jogginghose und mit einem weinenden Baby auf dem Arm erschien auf der Schwelle.

»Ja?«, fragte er laut.

Das Geschrei im Hintergrund war nun deutlicher. Tjark hörte Wortfetzen wie »Doch, du räumst das auf …« und »Ich will weiter YouTube!« sowie »Erst räumst du das weg, mein Freund …« gefolgt von »Nein! Nein! Nein!« und erneutem Gejaule.

»Femke Folkmer, Kriminalpolizei«, sagte Femke und zeigte ihren Ausweis vor. »Das ist mein Kollege Tjark Wolf.«

»Aha?«, machte der Mann mit wippenden Bewegungen, um das Baby zu beruhigen – und schaute so aus der Wäsche wie wohl die meisten Menschen aus der Wäsche schauen, wenn die Kripo vor der Tür steht: mit einer Mischung aus Überraschung, Zurückhaltung, Angst und Neugierde.

»Entschuldigen Sie bitte die Störung. Wir wollten eigentlich zu Herrn Gerdes, Ihrem Nachbarn. Leider ist er nicht zu Hause und auch nicht telefonisch erreichbar.«

»Worum geht es denn?«, fragte der Mann und ächzte, weil sich das Kind auf seinem Arm gerade mit Wucht nach hinten warf. Dann hörte es auf zu weinen und blickte Tjark und Femke aus großen Kulleraugen neugierig an.
Femke fragte: »Haben Sie eine Idee, wo wir ihn antreffen könnten?«
»Keine Ahnung. Heute Morgen war er noch da. Hat irgendwelche Sachen in den Wagen geräumt und ist dann weggefahren.«
»Haben Sie mit ihm gesprochen?«
»Nein, habe ich aus dem Küchenfenster gesehen.«
»Haben Sie gesehen, was er eingeräumt hat?«
»Weiß ich nicht. Dinge aus der Garage. Dann ist er weggefahren.«
Im Inneren des Hauses brüllte ein Kind wie am Spieß. Eine Frauenstimme gellte: »Siggi! Wer ist denn da? Kommst du mal bitte?«
»Polizei!«, rief Siggi über die Schulter zurück.
»Was?!«
»Die Polizei! Wegen Jan!«
Sekunden später tauchte eine Frau hinter Siggi auf, der wahrscheinlich Sigmund oder Siegfried hieß. Das Gekreische in der Wohnung schien sie nicht mehr zu interessieren. Sie trug ebenfalls Jogginghosen und wirkte wie durch den Wolf gedreht, nickte, grüßte, nahm ihrem Mann das Baby aus dem Arm und fragte, was denn mit Jan los sei, woraufhin Femke zurückfragte, was denn mit ihm los sein könne?
»Weiß ich doch nicht«, sagte die Frau. »Der redet ja nie viel und geheimnist herum.«
»Wie meinen Sie das?«
»Ich meine gar nichts. Ich meine nur, dass wir seit Jahren Nachbarn sind und man überhaupt nichts groß über den weiß – außer,

dass er die Werkstatt hat. Wo er einem nicht einmal Prozente gibt, obwohl wir Nachbarn sind. Was hat er denn ausgefressen?«
Femke lächelte: »Wir wollten nur mit ihm sprechen, aber er ist nicht da, deswegen dachten wir, wir klingeln mal bei Ihnen. Manchmal wissen die Nachbarn ja Bescheid, wenn jemand fortfährt.«
»Nein, wir wissen gar nichts«, sagte die Frau.
»Nö«, meinte Siggi und rollte genervt mit den Augen, als es aus der Wohnung krachte. Es klang, als werde mit Gegenständen herumgeworfen.
»Herzlichen Dank«, sagte Femke. »Entschuldigen Sie bitte nochmals die Störung.«
»Keine Ursache«, erwiderte die Frau.
Tjark drehte sich auf dem Absatz um und ging zum Wagen. Femke folgte ihm. Tjark schloss auf und sah, wie die zwei an der Haustüre große Augen machten. Sicherlich wunderten sie sich darüber, dass die Kripo Roadster von BMW fuhr. War ihm egal, was sie dachten. Besser, einen Roadster zu fahren, als sich eine Doppelhaushälfte und zwei Kinder zuzulegen. Er stieg ein. Als Femke ebenfalls saß, fuhr er los.
»Ich weiß schon«, sagte er, »warum ich mir keine Kinder anschaffe.«
Femke lachte. »Das könnte ich mir bei dir auch nicht vorstellen. Überhaupt nicht.«
»Das waren Zombies.«
»Die Eltern oder die Kinder?«
»Alle.«
»Es gibt sicher Schlimmeres«, erwiderte Femke und fuhr sich durchs Haar.
Tjark warf ihr einen Blick zu. Seitdem sie mit Volker zusammen war, schien bei Femke ein anderes Programm eingeschaltet wor-

den zu sein. Es war noch nicht vollständig geladen, aber bereits deutlich erkennbar, welche Richtung es einschlagen würde: Haus, Hund, Kinder, Familie, Kombi. Daran war nichts schlecht. Er gönnte es Femke absolut. Das war bloß nicht sein Programm. Okay, es hatte eine Zeit gegeben, aber … Aber die war vorbei.

»Wohin fahren wir eigentlich?«, fragte Femke.

»Zu Leefmanns.«

»Okay?«

»Es könnte sein, dass Gerdes bei seiner Schwester ist, um sie zu trösten.«

»Natürlich«, sagte Femke. »Kennst du den Weg?«

»Nein.«

Femke betätigte sich als lebendes Navigationssystem auf dem Beifahrersitz, das »In hundert Metern rechts abbiegen, dann nach fünfzig Metern wieder links und etwa zweihundert Meter geradeaus dem Straßenverlauf folgen« sagte. Kaum fünf Minuten später waren sie dort: Werlesiel war keine Großstadt.

Vor dem Haus der Leefmanns parkten einige Autos. Das von Gerdes sahen sie nicht.

Die Haustür wurde von einer Frau geöffnet, die sie nicht kannten. Sie sah verheult aus und ließ beide eintreten.

Leise sagte sie: »Die Kinder sind oben. Ich möchte dort wieder hingehen.«

»Sie sind …?«, fragte Femke.

»Die Nachbarin«, sagte sie nur und ging zur Treppe.

Tjark und Femke hielten sie nicht zurück. Sie sahen in der offenen Küche bereits eine Rothaarige stehen, die sie kannten: die Polizistin, die dazu abgestellt worden war, sich um die Familie zu kümmern. Sie nickte beiden zu und hielt ein halbvolles Glas Wasser in der Hand. »Moin.«

Tjark fragte: »Wie stehen die Dinge?«
»Es geht allen fürchterlich schlecht. Die Kinder sind oben mit der Nachbarin, offenbar eine gute Freundin. Frau Leefmann ist im Schlafzimmer mit ihrer besten Freundin. Ein Notfallseelsorger ist bei ihr. Sie hat Valium bekommen.«
»Neuigkeiten?«
»Nicht mehr, als wir bislang wussten.«
Tjark fragte: »War sie im Bilde über die Affäre ihres Mannes? Mit Sabine Hespe?«
»Wir haben ihr bislang erspart, darüber zu sprechen.«
»Wir suchen Jan Gerdes«, erklärte Tjark. »Er ist ihr Bruder, Willem Leefmanns Schwager. Er geht nicht ans Telefon. Er ist nicht zu Hause und nicht in der Werkstatt. Wir dachten, er wäre vielleicht hier.«
Die Kollegin schüttelte den Kopf. »Ist nicht hier und war nicht hier. Den ganzen Tag lang nicht.«
»Hat sich auch nicht gemeldet?«
»Soweit wir wissen, nicht, nein.«
»Hm«, machte Tjark.
»Warum sucht ihr ihn?«
Femke erklärte: »Er ist ein Angehöriger, der Bruder von Frau Leefmann. Außerdem könnte er von dem Verhältnis von Willem Leefmann und Sabine Hespe gewusst haben und damit als Täter in Betracht kommen. Außerdem haben wir ihn immer noch im Auge wegen des Mordes an Harm, warten aber nach wie vor auf Details zu dem dabei eingesetzten Flugzeug – wer es gekauft hat und so weiter.«
»Gerdes ist doch nichts passiert?«
Tjark zuckte die Achseln. »Die Nachbarn sagen, er habe heute Morgen einige Dinge in den Wagen geräumt und sei fortgefahren. Wohin, wissen wir nicht.«

»Handypeilung?«
»Fanden wir noch nicht notwendig.«
»Sollte er auftauchen oder sich melden, gebe ich euch sofort Bescheid.«
Tjark rieb sich die Nasenwurzel und meinte zu Femke: »Tja, alle sagen zumindest, dass Gerdes in jedem Fall beim Scheunenfest sein wird. Noch ein Grund mehr, um heute dorthin zu gehen, hm?«
»Ja«, antwortete Femke.
Ihr feiert ein Fest und tanzt und trinkt, dachte Tjark, obwohl die Menschen um euch herum sterben wie die Fliegen. Was stimmt bloß mit euch allen nicht?

50.

Ein glutroter Vollmond ging über der Nordsee auf. Langsam und gewaltig schraubte er sich in den Himmel. Auf den Inseln griffen zahllose Hobbyfotografen zu ihren Kameras und schossen Tausende Bilder. Zahllose wurden mit Handys aufgenommen und in den sozialen Netzwerken verbreitet, wo sie eine unüberschaubare Anzahl von lobenden Kommentaren erhielten, denn es sah aus, als stünde ein neuer Planet am Himmel und als sei der Mond der Erde so nah wie noch nie. Was eine optische Täuschung war und einerseits mit der klaren Luft zu tun hatte, andererseits mit der physikalischen Rotverschiebung. Je weiter der Weg des Lichtes durch die Atmosphäre war, desto intensiver war der Farbton. Je steiler der Winkel wurde und mit jedem Meter, den der Mond am Himmel höher stieg, verlor das Rot an Kraft und der Mond an Größe. Doch an Faszination verlor das Spektakel nicht.

Wenig später stand der Erdtrabant groß und rund am sternenklaren Himmel, tauchte die Nordsee in silbernes Licht und ließ das Wattenmeer glänzen, als bestünde es aus Quecksilber.

Der Abend war so hell, dass Tjark auch die Scheinwerfer hätte ausstellen können, als er mit Femke stadtauswärts fuhr. Im Autoradio lief »Harvest Moon« von Neil Young. Ein langsamer Countrywalzer, und Neil Youngs hohe Falsettstimme sang: »But there's a full moon risin', let's go dancing in the light. We know where the music's playin', let's go out and feel the night.« Das Lied war der passende Soundtrack zu dieser Nacht, denn diesen besonderen Mond am Himmel nannte man genauso: den »Harvest Moon«. Den Erntemond. In früheren Jahren nutzten die Bauern das für einige Abende anhaltende helle Licht, um auf dem Feld zu arbeiten. Zu keiner Jahreszeit war der Mond so präsent wie im Herbst. Das Phänomen hatte mit dem Aequinox zu tun, der Tagundnachtgleiche, nach der es unaufhörlich auf den Winter zuging und die Tage kürzer wurden. Dem Zeitpunkt, zu dem die Dunkelheit begann, über das Licht zu siegen. Auch mit dem Vollmond im Oktober hatte es eine besondere Bewandtnis. Man nannte ihn den »Jägermond«, denn auch bei der Jagd war das über einige Tage unveränderliche Licht hilfreich.

Tjark und Femke passierten das Ortsausgangsschild. Der BMW schnurrte über die Küstenstraße. Nach wenigen Minuten sahen sie bereits den Fackelschein am Maisfeldlabyrinth und rechts und links an der Fahrbahn geparkte Autos. Der Parkplatz des »Dünenhofs« war rappelvoll und die Einfahrt zur Festscheune ebenso. Tjark entschied sich, in eine Einfahrt abzubiegen, zu wenden und ebenfalls am Straßenrand zu parken. Was eigentlich außer Orts an einer Landstraße nicht okay war und ihm einen missbilligenden Blick von Femke einbrachte – aber auch die Bemerkung: »Es ist zwar verboten, aber beim Scheunenfest wird das nicht kontrolliert. Also: Wir wissen zwar, dass regelwidrig geparkt wird, aber wir lassen es durchgehen. Okay, an sich sollten wir kein schlechtes Vorbild abgeben, aber ...« Sie zuckte mit den Achseln. »Wir sind ja in Zivil, und das *Wir* ist ja schon lange keins mehr, also was rede ich da – ich wollte sagen: *Früher* haben wir das nicht kontrolliert.«

Tjark verkniff sich ein Schmunzeln. Femke sprach so, als sei sie immer noch Leiterin der örtlichen Inspektion. Manche Dinge ließen einen auch nach Jahren nicht los.

Sie stiegen aus. Die Luft war kalt. Es roch nach Meer, Beeren und Feuer, so als habe jemand an einer Klimaanlage den Knopf

»Herbst« gedrückt. Tjark fröstelte. Femke ebenfalls. Er trug seine dünne Kalbslederjacke zu einer eng anliegenden grauen Anzughose und schwarze Chelseas aus Wildleder. Femke hatte eine Art Parka an, eine zerschossene Jeans und derbe braune Schnürboots. Sie bewegten sich entlang der Autoschlange und hörten bereits aus der Entfernung die laute Musik aus der Scheune. Tjark griff im Gehen in die linke Jackentasche und nahm ein randvoll gefülltes Magazin heraus. Aus der rechten Tasche zog er seine Dienstwaffe, drückte das Magazin in die dafür vorgesehene Öffnung am Handgriff, lud die Walther mit einem metallischen Klicken durch und damit eine Patrone ins Magazin.
Die Schritte hinter ihm stoppten abrupt. »Tjark?«, fragte Femke in einem leicht empörten Tonfall.
»Hm?« Er blieb ebenfalls stehen, wandte sich um und ließ die Waffe in seinem Kreuz im Hosenbund und unter dem Jackensaum verschwinden.
»Was machst du da?«
Tjark runzelte die Stirn. »Ich habe mich umgedreht und höre dir zu, weil du mir etwas sagen willst?«
»Ich rede von der Pistole.«
»Du weißt doch, dass ich diese neue Angewohnheit habe.«
Denn es war ihm in der Vergangenheit mehrfach passiert, dass er keine Waffe bei sich trug, wenn er sie am nötigsten gebraucht hätte. Die neue Angewohnheit hatte sich bereits ausgezahlt, und deswegen gedachte er nicht, damit zu brechen. Lieber zehnmal umsonst mit der Dienstwaffe herumlaufen als einmal zu wenig.
»Aber wir gehen doch nur aufs Scheunenfest«, sagte Femke.
Tjark zuckte mit den Achseln und ging weiter. Femke folgte ihm.
Sie bogen in die Zufahrt der Scheune ein, die links und rechts von parkenden Autos gesäumt war. Der Wind raschelte im Mais-

feldlabyrinth, das mit entzündeten Fackeln gespickt war. Auf dem Platz vor der Scheune standen ein Wagen der Feuerwehr und daneben zwei Feuerwehrmänner, die rauchten und Tjark und Femke musterten. Die Brandwache. Die Kerle mussten sich die Beine in den Bauch stehen und drauf achtgeben, dass die Fackeln nichts entzündeten.

Im Gehen fragte Tjark: »Was ist dieser Maisfeldlauf genau?«

»Eine alte Tradition. Er beginnt gegen Mitternacht und nennt sich ›Fockens-Lauf‹. Wenn alle betrunken genug sind, finden sich einige Läufer zusammen, die sich vorher anmelden müssen. Dann rennen sie durch das Labyrinth. Wer als Erster den Ausgang erreicht, hat gewonnen und bekommt einen Präsentkorb.« Femke zuckte mit den Achseln. »Nichts Besonderes, aber die Leute sind verrückt danach. Es wird gewettet. Die Läufer treten manchmal für ihre Vereine oder Firmen an. Und weil sie meistens ziemlich blau sind, kommt es im Labyrinth zu Rempeleien oder Schlägereien. Wir mussten mehr als ein Mal zum Schlichten kommen – aber finde erst mal in einem Labyrinth Leute, die sich den Schädel einschlagen.«

Tjark konnte sich die bizarre Situation gut vorstellen: einige Polizisten, die durch ein Labyrinth irren, um besoffene Randalierer zu finden. Es gab in allen möglichen Ortschaften Riten und Traditionen, die auf wer weiß was fußten. Bis heute hatte er zum Beispiel das ostfriesische Boßeln nicht kapiert. Man konnte es mit Boccia oder Boule vergleichen. Marathon-Boule. Irgendwie aber auch nicht. Beim Boßeln liefen Teams gerade Straßen entlang und rollten Kugeln vor sich her und soffen. Meistens jedenfalls. Wer mit den wenigsten Würfen am weitesten kam, hatte gewonnen. Also: im Prinzip, denn es gab jede Menge Varianten des Boßelns, das auch *Klootschießen* genannt wurde. Es war Jahrhunderte alt – wenn nicht Jahrtausende – und basierte angeblich darauf, dass die alten Friesen Wurfgeschosse durch die Marschen gekegelt hatten, um damit die Formationen von vorrückenden römischen Soldaten zu sprengen. Warum man heute noch boßelte? Tjark hatte keinen Schimmer. Wahrscheinlich taten sie es bloß deswegen, weil es Spaß machte. Und wegen des Saufens.

Er fragte Femke: »Fockens-Lauf?«

Sie erklärte: »Der Geisterreiter aus der mittelalterlichen Legende. Das ist sein Name: Kampo Fockens.«

Sie stoppten vor dem Eingang der Scheune. Dort stand eine Gruppe Jugendlicher, rauchte und unterhielt sich lautstark. Einige Jungs boxten sich spielerisch gegenseitig gegen die Oberarme. Mädchen standen daneben, kicherten und waren intensiv damit beschäftigt, etwas in ihre Handys zu tickern. Sie starrten Tjark und Femke an, als diese sich an ihnen vorbeidrängten und die gläsernen Flügeltüren öffneten, die von innen mit Veranstaltungsplakaten beklebt waren. Einen Moment später nuschelte eine von ihnen etwas, woraufhin die anderen einen Lachanfall bekamen.

Kids, dachte Tjark. Hielten sich alle für neunmalklug, obwohl noch nicht alle Schaltkreise in ihrem Gehirn richtig verlötet waren. Man musste ihnen daher einiges nachsehen. Allerdings nicht denen, bei denen absehbar war, dass die betreffenden Schaltkreise niemals richtig verdrahtet werden würden.

Sie betraten eine Art Foyer mit Garderobe und Toiletten, das einer Schleuse gleichkam, denn von hier aus führte eine weitere Tür in den Festsaal. Sie war deutlich kleiner als der Eingang, so dass Tjark an einen Flaschenhals denken musste. Die Tür zum Festsaal war mit Fachwerk eingefasst. Ständer, die bis zur Decke reichten und dort das Dach stützten. Die Bässe der Musik wummerten dumpf und laut. Es war gedämpfter Gesang zu vernehmen, Keyboards und Gitarren.

Tjark erkannte die Melodie von »I Will Survive«.
Die letzten Discofox-Akkorde des Songs schlugen ihm regelrecht ins Gesicht, als er die Tür öffnete und mit Femke den Festsaal betrat. Es roch nach Bier und Mensch, und Menschen waren hier mehr als genug. Die Zahl war schwer zu schätzen. Vierhundert? Eher fünfhundert? Die Dimensionen der Scheune waren ebenfalls kaum zu erfassen. Sie wirkte von innen doppelt so groß wie von außen, was an der Höhe des Raums liegen mochte: Wo früher einmal eine Zwischendecke für das Heu gewesen war, gab es jetzt keine mehr. Die mit Holzvertäfelung verkleideten Dachschrägen liefen wie im Inneren einer Pyramide nach oben hin schräg zu und trafen sich in etwa zehn Metern Höhe. Von dort hingen einige Diskokugeln an schmalen Ketten herab und brachen das bunte Licht von Strahlern, die an einer professionellen, frei schwebenden Aufhängung befestigt waren.
Die Seitenwände waren aus rötlichen Ziegeln gemauert und von weiß gestrichenem Fachwerk unterbrochen. An beiden Seiten gab es dicht umlagerte Theken, und an der Stirnwand gegenüber des Eingangs eine leicht erhöhte Bühne. Darauf stand die Band. Am Mikro eine Sängerin, die vom Äußeren her an Andrea Berg in jüngeren Jahren erinnerte, stimmlich hingegen an die spätere Tina Turner. An den Instrumenten Burschen in einem Bühnenoutfit, das viel zu lässig war, um zu ihrem farblosen Erscheinungsbild zu passen. Links und rechts standen der Gitarrist und der Bassist, leicht versetzt dahinter der Keyboarder. In der Mitte saß, von allen verdeckt, der Drummer. Jeder trug ein Headset. Die Wand hinter ihnen war mit einem Vorhang verkleidet, in dessen Mitte ein großes Banner schwebte und in chromfarbenen Buchstaben den Namen der Gruppe verriet: Nighttrain.
Die Tanzfläche vor ihnen war mäßig gefüllt. Wahrscheinlich war es noch zu früh dafür. Das Scheunenfest war erst seit einer Stun-

de im Gange und die Gäste mit Druckbetankung befasst, um sich in Stimmung für die Tanzfläche zu bringen. Ein Ruck ging durch die Trauben an den Theken, als abgehackte A-Akkorde aus den Boxen knallten, bevor sie auf D wechselten und in einen Shuffle-Blues-Rhythmus verfielen. Dazwischen die Stimme der Sängerin, die ihren Text von einer auf dem Notenständer vor ihr liegenden Mappe abzulesen schien: »Draußen ist es grau, ich sitz mit dir hier blau. Ob ich mir ein Küsschen klau? Lass das doch, du alte Sau, Liebling, lass uns tanzen, das tut dem Blutdruck gut …«

Ein bisschen früh für Marius, dachte Tjark. Dennoch wippten die Menschen mit. Die Tanzfläche füllte sich zusehends. Nicht vollständig, aber immerhin. Tjark seufzte, was im allgemeinen Lärm unterging. Er bereitete sich darauf vor, dass Nighttrain sein Musikempfinden noch gewaltig malträtieren würden – wenngleich sie ihre Sache technisch gut machten, nicht schlecht spielten und offenbar wussten, wie sie ihr Publikum aktivieren konnten. Wenn nichts geht, geht Marius offenbar immer.

Tjark sah sich weiter in der Scheune um. Schwer, in diesem Durcheinander aus Leibern einen einzelnen zu verorten – am besten Jan Gerdes. Dennoch fiel Tjark Knut Mommsen auf, der am Rand der Tanzfläche mit zwei Bieren in der Hand in ein Gespräch vertieft war. Sein Kopf war nach vorn geneigt. Er hörte angestrengt jemandem zu, der in etwa in Mommsens Alter sein musste und einen langen, grauen Seebärenbart hatte. Mommsens Blicke flitzten unstet hin und her und sogen sich schließlich an Tjark fest, dann an Femke und wieder an Tjark. Mommsen streckte sich, ohne den Blick abzuwenden, setzte sich in Bewegung und ließ seinen Gesprächspartner einfach stehen, der darüber ein wenig erstaunt wirkte. Mommsen pflügte wie ein Eisbrecher über die Tanzfläche – mit Kurs auf Tjark.

Unmittelbar vor ihm und Femke blieb er stehen und atmete tief ein.
»Was tun Sie denn hier?«, fragte er scharf und laut.
»Uns amüsieren«, sagte Tjark.
»Das glauben Sie doch selbst nicht.«
Femke schwieg und verschränkte die Arme vor der Brust. Sie ließ ihre Blicke umherschweifen, während Tjark Mommsen fixierte, an dessen Seite nun eine deutlich jüngere Blondine auftauchte und sich bei ihm unterhakte. In der freien Hand hielt sie ein Glas Sekt und war in ihrem eng anliegenden Kleid eindeutig overdressed. Sie blickte zwischen Tjark und Mommsen und Femke hin und her.
»Meine Frau«, sagte Mommsen und tätschelte ihre Hand. »Stimmt das, was man über Willem Leefmann hört?«
»Kommt darauf an, was man über ihn hört«, erwiderte Tjark.
»Dass er in der Werkstatt einen tödlichen Unfall hatte?« Mommsen schüttelte ungläubig den Kopf. »Mein Beileid gilt der Familie. Gleich morgen nach dem Gedenkgottesdienst werde ich mich darum kümmern, wie ich sie unterstützen kann.«
»Gedenkgottesdienst?«
»Haben Sie die Reden von mir und dem Bürgermeister nicht gehört?«
»Wir sind eben erst gekommen.«
»Am morgigen Sonntag findet ein Gedenkgottesdienst statt, in dem der Toten vom Baumarktunglück gedacht werden soll. Wir werden Willem Leefmann natürlich in unsere Gebete einschließen. Die ganze Stadt trauert.«
»Sieht man.« Tjark zeigte in den Raum. Die Tanzfläche war halb gefüllt. Überall wurde Bier bestellt. Menschen, die die Köpfe zusammensteckten und konzentriert miteinander redeten. Und

Menschen, die die Köpfe in den Nacken warfen und lauthals »Mit Pfefferminz …« johlten.

»Was hier geschieht«, sagte Mommsen, »ist wichtig für die Ortsgemeinschaft in Zeiten wie diesen. Wir Werlesieler lassen uns nicht unterkriegen.«

Femke sah ihn nachdenklich an: »Woher wissen Sie das mit Willem Leefmann?«

»Werlesiel ist klein.«

»Das beantwortet die Frage nicht.«

Mommsen trank einen Schluck Bier. Seine Frau leerte ihr Sektglas, wippte mit und musterte Tjark. Es war kein Flirten, dachte Tjark, sondern die Stufe davor. Ein Abchecken, Einsortieren und Bewerten.

Mommsen schien das nicht zu bemerken oder zu ignorieren. Er erklärte Femke: »Nun, jeder hat es gehört. Alle reden darüber. Ich weiß es von seinem Schwager und habe ihm bereits mein Beileid ausgesprochen. Es ist erstaunlich, wie tapfer er es trägt. Er hat meine Hochachtung.«

»Sie reden von Jan Gerdes?«

»Natürlich.«

Tjark und Femke wechselten einen Blick. Den ganzen Tag lang hatten sie Gerdes nirgendwo auftreiben können, aber Mommsen hatte mit ihm gesprochen?

»War er bei Ihnen?«, fragte Femke.

»Nein. Ich habe vorhin hier mit ihm gesprochen, denn selbstverständlich stand wegen des Vorfalls mit seinem Schwager das ganze Scheunenfest auf der Kippe. Aber Gerdes ist tapfer. Ein echter Profi. Ein beachtlicher Mann.«

»Ich verstehe nicht, wovon Sie reden«, sagte Femke.

Mommsen machte eine Geste zur Tanzfläche. »Sehen Sie es sich doch an. Alles läuft wie geplant.«

»Und was hat Gerdes damit zu tun?«

Mommsen ruckte mit dem Kopf zurück, als würde er die Frage nicht verstehen. »Alles?«

Femke blinzelte. Tjark fragte: »Wo ist Gerdes?«

Mommsens Frau kicherte und warf ihre langen blonden Haare mit Schwung zurück. »Na, auf der Bühne«, sagte sie mit einem osteuropäischen Akzent und schaute dorthin. »Er ist doch der Schlagzeuger?«

Nun wandten sich auch Femke und Tjark zur Bühne, wo Nighttrain sich anschickten, den Marius-Song zu beenden und nahtlos in »Money For Nothing« von Dire Straits hineinzurutschen. Und tatsächlich: Am Schlagzeug saß Jan Gerdes und trommelte sich die Seele aus dem Leib. So, wie er immer wieder mit den Fingern an seinem Oberschenkel einen Beat geschlagen hatte, als Tjark mit ihm in der Werkstatt sprach.

Femke sah Tjark an und zuckte mit den Achseln. Wahrscheinlich hatten sie Gerdes deshalb nirgends auftreiben können: weil er den ganzen Tag über mit seiner Band geprobt hatte, wie Top-40-Bands das oft vor ihren Auftritten taten. Gerdes hatte zu Hause sein Zeug gepackt und war losgefahren, wahrscheinlich zum Proberaum. Dort hatte er sich mehrere Stunden lang aufgehalten. Die Band hatte dann alles zusammengepackt und war zur Scheune gekommen, hatte ihre Instrumente und Verstärker aufgebaut, Soundcheck gemacht. Solche Sachen dauerten Stunden – und niemand hatte es für nötig befunden, zu erwähnen, dass Gerdes in der Band spielte. Nicht einmal seine Schwester Ilona oder sein Angestellter. Weil vermutlich jeder das wusste und voraussetzte, dass auch alle anderen darüber im Bilde waren. Das Offensichtliche sprach man selten aus: Wasser ist nass, Jan Gerdes trommelt bei Nighttrain. Und deswegen hatte einfach nur jeder gesagt, dass Gerdes mit absoluter Sicherheit abends auf dem Scheunenfest wäre.

Mommsen fragte Femke: »Wussten Sie das denn nicht?«
Femke verneinte.
Mommsens Frau erklärte: »Sie spielen seit vier Jahren hier, die andere Band hat sich aufgelöst. Nighttrain sind so viel besser.«
»Ich war seit einigen Jahren nicht mehr hier«, sagte Femke. »Also: privat nicht.«
Mommsen fragte: »Aber warum denn das nicht, Sie sind doch alteingesessene Werlesielerin?«
Femke lächelte kühl. »Es gibt Menschen mit einem anderen Geschmack, Herr Mommsen. Ich war zu oft dienstlich auf diesem und anderen Festen, als dass ich daran Gefallen finden könnte.«
Tjark sagte zu Mommsen und mit einer Geste zur Bühne: »Sicher machen die mal Pause?«
»Natürlich. In ein paar Minuten, wenn wir auf der Bühne die Teilnehmer des Fockens-Laufs bekanntgeben. Warum?«
»Weil wir mit Gerdes sprechen müssen.«
Mommsen schwieg einen Moment. Seine Augen wanderten hin und her. Dann beugte er sich vor und raunte Tjark zu: »Sprechen Sie nach dem Fest mit ihm.«
»Das geht Sie nichts an, Mommsen«, raunte Tjark zurück.
»Er ist durcheinander genug. Es ist beachtlich, dass er überhaupt hier spielt, und nach dem Fest können Sie genauso gut mit ihm reden.«
»Nein.«
»Was wollen Sie überhaupt von Gerdes?«
»Geht Sie nichts an.«
»Wenn es nichts Ernstes ist, können Sie doch auch später mit ihm sprechen.«
Tjark lachte. »Haben Sie Angst, Mommsen? Wovor haben Sie Angst?«

Mommsen ignorierte die Fragen. »Sagen Sie mir, was ich tun kann, damit Sie erst nach dem Fest mit Gerdes reden.«

»Gar nichts.«

»Es gibt immer etwas.«

Mommsens Frau lächelte Tjark zu. Er lächelte zurück, klopfte Mommsen auf die Schulter und sagte ihm ins Ohr: »Seit ich Sie kenne, halte ich Sie für einen miesen Scheißkerl, und Sie enttäuschen mich nicht.«

»Sie wissen immer noch nicht, mit wem Sie es hier zu tun haben, oder? Ich habe Verbindungen, die Ihnen sehr große Probleme bereiten können, Herr Wolf, oder sehr große Vorteile verschaffen«, sagte Mommsen leise.

»Alles klar.« Tjark wandte sich ab.

»Na dann.« Mommsen straffte sich und nickte Femke und Tjark zu. »Da ich hier der Veranstalter bin, bitte ich Sie, die Scheune unverzüglich zu verlassen.«

Damit drehte er sich um und verschwand mitsamt seiner Frau an der Hand in der Menge. Seine andere Hand war frei, und damit machte er eine unbestimmte Geste zu jemandem.

Femke keuchte und stand einige Sekunden mit offenem Mund da. »Ich fasse es nicht«, zischte sie. »Hat der … Hat der uns gerade rausgeworfen?«

»Scheint so.« Tjark ließ den Blick schweifen und erkannte neben der Eingangstür zwei Security-Gorillas in schwarzen Hosen und schwarzen T-Shirts mit Knopf im Ohr. Nach seiner Meinung völlig übertrieben, solche Burschen bei einem Fest wie diesem aufzustellen, aber Mommsen mochte sein Gründe dafür haben. Neben ihnen öffnete sich die Eingangstür. Die Jugendlichen von draußen kamen herein. Die beiden Feuerwehrtypen ebenfalls. Sie blickten auf die Uhr und sahen erwartungsfroh zur Bühne.

Femke sagte: »Der kann uns doch nicht ... Hallo? Wir sind die Polizei?«

»Wir sind nicht dienstlich hier, und das weiß der Scheißkerl.«

»Wieso tut er das?«

»Er will keinen Ärger auf seinem Fest.«

»Den bekommt er jetzt erst recht.«

Tjark lächelte leicht. Femke blickte ihn entschlossen an.

»Ja«, sagte Tjark. »Den bekommt er jetzt.«

Die beiden Gorillas setzten sich in Bewegung, als die Tür wieder zufiel. Sie hielten auf Tjark und Femke zu, während die Band weiter den alten Dire-Straits-Song spielte und die Sängerin die Ansage ins Mikro skandierte, dass der große Höhepunkt nach Ende dieses Songs komme und die Läufer für das Labyrinth bekanntgegeben würden.

»Ich kann das trotzdem alles nicht fassen«, sagte Femke. »Wir suchen Gerdes überall, und der sitzt hier am Schlagzeug, und Mommsen will uns rauswerfen lassen.«

»Zum Rauswerfen gehören immer zwei«, sagte Tjark und fixierte die Gorillas. »Einer, der es versucht, und ein anderer, der sich rauswerfen lässt.«

»Und?«

»Ich lasse mich nirgends rauswerfen.«

»Ich mich auch nicht.«

Im nächsten Moment standen die zwei Burschen des Sicherheitsdiensts vor ihnen und blickten auf sie herab. Die groß gewachsenen Kerle waren sonnenbankgebräunt und gaben sich alle Mühe, wie professionelle Superprofis zu wirken. Sie schienen selbstverständlich davon auszugehen, dass ihre schiere Präsenz enorm beeindruckend war. Dagegen gab es nichts einzuwenden, dachte Tjark. Genau über diese Ausstrahlung mussten Rausschmeißer verfügen. Beide waren außerdem recht muskulös – die Art von

Muskeln, die man sich beim Bankdrücken besorgte. Nicht die Art von Muskeln, die von wirklicher Kraft zeugten. Einer trug einen kunstvoll geschnittenen Bart.

Er machte eine Geste zur Tür und sagte zu Tjark: »Ich möchte Sie bitten, mit Ihrer Begleiterin den Saal zu verlassen, weil der Veranstalter Ihre Anwesenheit nicht wünscht. Wir möchten Sie zur Tür bringen. Bitte kommen Sie mit uns.«

»Nein«, sagte Tjark.

Ohne zu antworten, legte der Gorilla in routinierter Manier Tjark die Pranke auf die Schulter, um ihn abzuführen. Der Bursche fackelte nicht lange. Auch dagegen gab es nichts einzuwenden. Er hatte Erfahrung, wie man mit Burschen umging, die Widerstand leisteten.

»Wir sind von der Polizei«, sagte Femke und fummelte ihren Dienstausweis hervor.

Die beiden Sicherheitsmänner hielten inne.

»Sie beide?«, fragte der Bärtige.

»Wir beide«, erwiderte Tjark. »Landeskriminalamt. Ich mache Ihnen keinen Vorwurf. Sie konnten das nicht wissen.«

»Sie müssen dennoch den Saal verlassen. Der Gastgeber wünscht Sie hier nicht. Oder haben Sie eine Genehmigung, sich hier aufzuhalten?«

Tjark schürzte die Lippen und warf einen Blick auf die Hand, die immer noch auf seiner Schulter ruhte. Er dachte an den Knotenpunkt aus Nerven in der Achselhöhle. Verpasste man jemandem einen Faustschlag auf diesen Punkt, war es in etwa so, als würden eine Milliarde Neuronen im Gehirn explodieren, und außerdem war der Arm für die nächsten Minuten unbrauchbar. Unter den Achseln gab es außerdem keine aufgepumpten Muskeln, die diese Zone wie ein Panzer schützen würden. Nach einem Schlag auf den Knotenpunkt würde man seinem Gegenüber zum Beispiel mit der Schuhspitze oder der Hacke vor die Kniescheibe treten. Auch dort gab es keine schützenden Muskeln. Auch dort konnte man mit relativ einfachen Mitteln enormen Schmerz und Schaden anrichten. Man musste nur wissen, was man tat. Und man musste schnell, entschlossen und als Erster handeln, damit man sich sofort auf den nächsten Burschen vorbereiten konnte, der ohne Frage bereits im Begriff wäre, sich auf einen zu stürzen, weswegen man den Schwung des Angriffs am besten für sich ausnutzte, um die Wucht zu verdoppeln und ihm vielleicht mit einem Kopfstoß in Richtung Gesicht entgegenzukommen.

Femke schien zu ahnen, was Tjark dachte. Sie sagte wie aus der Pistole geschossen zu den Gorillas, während sie ihren Ausweis wieder einsteckte: »Wir halten uns hier im Rahmen einer laufenden Ermittlung auf. Die Veranstaltung ist öffentlich, und gemäß Strafgesetzbuch begehen Sie gerade eine Nötigung von Verfassungsorganen. Geben Sie mir bitte Ihre Namen. Können Sie sich ausweisen?«

Tjark hatte keine Ahnung, welchen Paragraphen Femke gerade zitierte und ob er in dieser Situation zutraf, aber es klang gut. Die beiden Männer sahen einander an, überlegten und kamen zu dem Schluss, dass einer von ihnen darüber mit Mommsen reden sollte, während der andere weiterhin den Aufpasser mimte. Also drehte sich der eine um und marschierte fort. Der mit dem Bärtchen blieb stehen, die Hand immer noch auf Tjarks Schulter.

»Die Hand«, sagte Tjark. »Weg damit.«

Der Mann zögerte einen Moment. Tjark sah ein schwaches Blitzen in seinen Augen. Schließlich besann er sich und nahm die Hand fort, um sie mit der anderen im Rücken zu kreuzen. Wie ein Soldat in lockerer Abwartehaltung.

Schließlich erklangen die letzten Takte von der Bühne – verbunden damit, dass der Bürgermeister sie betrat und ins Mikro sprach. Er gab bekannt, dass er nun die zehn Maisfeldläufer nennen werde und dass dann eine Stunde lang bis zum Start des Laufs Wetten abgegeben werden könnten. Der Tradition folgend, seien die möglichen Gewinne vom örtlichen Handel und Unternehmen gespendete Sachpreise. Die Werlesieler drängten näher zur Bühne. Tjark behielt die Band im Blick, insbesondere deren Drummer Jan Gerdes, aber der machte keine Anstalten, aufzustehen.

Tjarks Handy klingelte. Er fasste in die Innentasche, woraufhin er sich einen kritischen Blick des ihm nach wie vor gegenüberstehenden Bodybuilders einfing. Er ignorierte das, steckte gegen die Lautstärke der Ansprache aus den Boxen einen Finger ins linke Ohr und presste das Handy ans rechte.

Fred fragte: »Wo bist du denn? Oktoberfest oder was?«

»So in der Art.«

»Ich habe Infos für dich. Dieser Bogdan Horvath – keinerlei Vorstrafen, keine unbezahlten Parkzettel, gar nichts. Er lebte lange in Innsbruck, später in Bremen, dann in Aurich. Realschulabschluss, Mechanikerlehre, danach fing er bei ›Hörth‹ an und hat sich zum Regionalvertreter hochgearbeitet. Seine Biographie allerdings ist auffällig: Es gibt kein verlässliches Geburtsdatum und keinen verlässlichen Familiennamen. Mit etwa sechs Jahren kam er ins Kinderheim in Leer und wurde später adoptiert.«

»Aha?«

»Sie haben ihn im Heim Bogdan genannt, weil er diesen Namen nannte. Er hat in den ersten Jahren fast kein Wort gesprochen und wurde kinderpsychologisch betreut. Traumatisiert. Danach sprach er nur Rumänisch, aber in einem speziellen Dialekt:

Roma. Zigeunersprache. Keiner weiß, woher er kam. Sie haben ihm Deutsch beigebracht. Mit zehn kam er dann zu einer Familie, die in Innsbruck lebte. Schon mal von Emil Horvath gehört?«

»Nie im Leben.«

»Ich auch nicht. Das war der Adoptivvater. Der Mann war Pädagoge und Erziehungswissenschaftler und hat jede Menge Bücher geschrieben. Wird nicht gerade glücklich gewesen sein, dass sein Ziehsohn nur Schraubenverkäufer wurde.«

»Okay«, sagte Tjark.

»Dann habe ich mit Schrot gesprochen. Er hat wegen des Warbirds angerufen.«

Jetzt wurde es interessant, dachte Tjark.

»Sie haben alles zurückverfolgt und brauchten erst ein paar Gerichtsbeschlüsse wegen der Bankdaten und so weiter. Jedenfalls haben sie anhand der Herstellernummer und der Modellnummer herausgefunden, welcher Hersteller über welchen Großhandel das Modell an welches Geschäft geliefert hat und wer es dort …«

»Mach's kurz, Fred.«

»Schnall dich an: Jan Gerdes hat das Teil vor zehn Jahren online gekauft.«

»Leck mich.«

»Du solltest den Kerl sofort festnehmen.«

»Geht gerade nicht.«

»Wieso?«

»Er spielt Schlagzeug.«

»Was? Hä?«

Damit klickte Tjark das Gespräch fort und versuchte Gerdes auf der Bühne zu erkennen. Aber die Menschentraube davor verdeckte ihn.

»Was ist los?«, fragte Femke.

Tjark erklärte es ihr.

»Oh, Mann«, murmelte Femke und knotete ihre Haare im Nacken zusammen. »Und jetzt?«

»Verhaften wir den Kerl.«

»Hier und jetzt?«

»Hier und jetzt.«

51.

Im nächsten Moment öffnete sich eine Seitentür, über der das Zeichen »Notausgang« angebracht war. Während ein weiterer Teilnehmer des Maisfeldlaufs auf die Bühne kam, sich feiern ließ und mit einem Tusch der Band begrüßt wurde, flog etwas in den Saal hinein. Niemand bemerkte es im ersten Augenblick. Nur Tjark, dessen Aufmerksamkeit die sich öffnende Tür geweckt hatte.

Im ersten Moment verstand er lediglich die unmissverständlichen Fakten dessen, was er im hellen Saallicht konturenscharf wahrnahm. Eine größere Glasflasche sauste durch die Luft in Richtung Bühne. Die Flasche bestand aus klarem Glas und war randvoll mit einer Flüssigkeit gefüllt, die nach Apfelsaft aussah. Ein Tuch oder Lappen steckte im Hals der Flasche, die sich um die eigene Achse drehte, unter den bunten Bühnenstrahlern heransauste, wo sich die Kurve ihrer Flugbahn neigte. Eine Flamme züngelte an dem Docht. Im zweiten Moment verstand Tjark, dass gerade ein Molotowcocktail in den voll besetzten Saal geworfen worden war. Im dritten Moment begriff er, welche verheerende Wirkung das haben würde.

Der Rest begriff es eine Sekunde später.

Die Flasche zerplatzte an einem der Boxentürme. Der Inhalt entzündete sich sofort. Flüssiges Feuer zerschmolz die Kunststoffgehäuse und setzte die Gaze-Vorhänge am Bühnenrand in Brand. Es spritzte umher und verwandelte drei der Maisfeldläufer in lebende Fackeln. Menschen kreischten, schrien um ihr Leben, stolperten umher. Sie sprangen von der Bühne, verfingen sich in

Kabeln und ließen die Boxentürme umstürzen – einer fiel auf die Bühne und begrub das Schlagzeug unter sich, der andere krachte in die panische Menge.
Im nächsten Moment sauste ein zweiter Molotowcocktail durch die Luft. Die Glasflasche zerschellte an einer Metallkonstruktion unter der Decke, an der Scheinwerfer befestigt waren. Brennender Regen ergoss sich auf die Menschen, die auf den Ausgang zurannten.
Nur Tjark und Femke blieben wie angewurzelt stehen. Verdammte Scheiße, dachte Tjark. Er sah, wie die seitliche Tür wieder geschlossen wurde. Wer auch immer die Cocktails geworfen hatte – er würde fliehen, während im Saal die Hölle losbrach und Gerdes unter den Boxentürmen verschwunden war. Tjark fasste sich ins Kreuz und zog die Dienstwaffe. Er wirbelte herum und drückte Femke die Waffe in die Hand.
»Raus hier!«, schrie er ihr zu, die Kakophonie der schreienden Masse übertönend. »Raus hier, und schnapp dir den Kerl draußen!«
Bevor Femke antworten konnte, lief Tjark bereits an der Wand entlang in Richtung Bühne. Er erreichte die Seitentür, von wo aus die Brandsätze in die Scheune geschleudert worden waren. Aber die Tür war verschlossen. Das heißt: Sie ließ sich einen Spalt weit nach außen öffnen. Ausreichend, um zu sehen, dass sie blockiert wurde. Jemand hatte ein Auto davor geparkt – beziehungsweise extra dorthin gestellt, um den Ausgang zu versperren.
Gegen den Strom der Menschen hastete Tjark weiter. Der Lärm war ohrenbetäubend. Er sah brennende Menschen in der Masse und brennende Menschen am Boden liegend und weitere Menschen, die versuchten, sie zu löschen. Er sah schwarze Rauchfackeln von der Bühne nach oben steigen. Und er sah, dass die

Flammen bereits die Deckenverkleidung unter dem Dach fraßen. Ein beißender Geruch breitete sich aus. Qualm erfüllte die Luft, und mit einem Blick über die Schulter nahm Tjark war, wie die Menschen den schmalen Ausgang blockierten, dort feststeckten wie ein Pfropf, übereinanderfielen, stürzten, um sich schlugen … Er sah Menschen in Panik, die versuchten, eines der wenigen Fenster zu zerschlagen.

Tjark sprang auf die Bühne und wich einer Fackel aus brennendem Stoff aus, die von oben herabstürzte. Schließlich wühlte er sich durch die Boxen und Kabel an umgestürzten Instrumenten voran und fand inmitten des Chaos den am Boden liegenden Jan Gerdes hinter dem Schlagzeug. Eine schwere Hochtönerbox war ihm auf die Beine gestürzt und hatte sie vermutlich zertrümmert. Vergeblich bemühte sich Gerdes, die Box herabzuschieben. Er rief um Hilfe – und dankte Gott, als er Tjark sah.

Tjark packte die Box mit beiden Händen und wuchtete sie von Gerdes' Beinen. Aus der blutig verfärbten Jeans stach am Schienbein ein helles Stück Knochen hervor. Gerdes schrie vor Schmerz auf, als Tjark ihn unter den Armen packte, um ihn von der Bühne hinabzuzerren und in Sicherheit zu bringen.

»Wer war das?«, brüllte Tjark.

»Ich weiß es nicht! Oh, Gott, ich weiß es nicht!«

»Sie haben das Modellflugzeug gekauft, mit dem Harm ermordet wurde, Gerdes! Wir wissen das!«

»Das ist Jahre her! Ich habe es weiterverkauft! Oh, Gott, oh, Gott! Helfen Sie mir!«

Wieder brüllte er vor Schmerz auf. Der Schmerz und die Angst ließen ihn offenbar gesprächig werden.

»Wem haben Sie das Flugzeug verkauft?«

»Jemandem aus Bayern! Vor acht Jahren! Ich kenne ihn nicht! Ich kann mir nicht erklären, wie …«

Gerdes schrie gellend auf, als Tjark ihn von der brennenden Bühne wuchtete, und hustete sich fast die Lunge aus dem Leib. Tjark nahm Gerdes bei den Armen, packte ihn sich auf den Rücken, um seine gebrochenen Beine zu entlasten, und schleppte ihn voran. Er dachte nur: Verdammt, verdammt, verdammt – raus hier aus diesem Hexenkessel!

Aber wie? Und wo? Neben der blockierten Seitentür gab es ein weiteres Fenster. Die übrigen Fenster waren inzwischen so dicht umlagert wie der Haupteingang. Menschen versuchten, sich in blinder Panik dort hindurchzupressen. Andere halfen ihnen furchtlos.

»Gerdes!«, brüllte Tjark nach hinten. »Was, zum Teufel, ist hier los?«

»Ich weiß es nicht!«, schrie Gerdes mit schmerzverzerrter Stimme zurück.

»Warum mussten Harm, Hespe und Leefmann sterben? Spucken Sie's aus!«

»Ich … habe das mit Willem erst beim Aufbauen heute Abend gehört. War den ganzen Tag im Proberaum in Aurich …« Gerdes keuchte und wimmerte. Wieder schrie er auf, als Tjark an ihm ruckte, um ihn besser tragen zu können. Nun hustete auch Tjark. Seine Bronchien und Lungen brannten.

»Warum brennt diese Scheune? Gerdes!«

»Ich …« Gerdes hustete und wimmerte.

»Haben Sie Harm und die anderen getötet? Hespe? Leefmann? Waren Sie das?«

Gerdes hustete weiter. Tjark stolperte beinahe über ein Kabel. Seine Augen brannten.

»Willem«, stöhnte Gerdes, »hat Sabine gevögelt und Ilona betrogen …«

»Haben Sie ihn deswegen umgelegt? Und die anderen? Na los …«

Tjark war fast beim Fenster angelangt, das von einem Stapel Bierkisten verdeckt wurde.
»Nein«, keuchte Gerdes in seinem Nacken. »Habe ich … nicht.«
Tjark setzte Gerdes an den Bierkisten ab. Erneut schrie dieser auf. Inzwischen stand die gesamte Decke in Flammen. Bauteile stürzten herab und krachten funkenstiebend auf die leere Tanzfläche. Immer noch befanden sich Menschen in der Scheune, aber deutlich weniger als zuvor. Viele hatten es bereits nach draußen geschafft. Einige lagen am Boden und wurden von anderen fortgezerrt, um sie aus der Scheune zu bringen. Sie würden es schaffen. Hoffentlich.
Tjark packte Gerdes am Kragen und fauchte: »Ich lasse Sie hier liegen, Mann, wenn Sie jetzt nicht auspacken.«
Gerdes hustete und sah Tjark flehend an. Er versuchte, in seinem Gesicht zu lesen – und kam offenbar zu dem Ergebnis, dass Tjark die Drohung wahrmachen könnte. »Vor fünfundzwanzig Jahren … Es waren Flüchtlinge in der Scheune. Roma. Sie haben Sabine vergewaltigt. Sie hat es Harm erzählt. Hespe hat die Sache selbst in die Hand genommen. Er, Harm und Leefmann gingen zur Scheune. Es ging schief … Sie hatten Eisenstangen … Zwei der Roma zogen Messer. Sie haben sie alle totgeschlagen. Den Vater, den ältesten Sohn und die Mutter. Es geriet außer Kontrolle … Ich stand Schmiere. Nur der Kleine ist entkommen.«
»Wer?«
»Kleiner Junge … Dann war er fort. Wir haben ihn nie gefunden.«
Tjark trat mit Wucht gegen den Turm aus Getränkekisten. Vier fielen klirrend und krachend zu Boden und gaben das kleine Fenster frei. Tjark sah einen Griff zum Öffnen. Er riss das Fens-

ter auf. Dann sah er zu Gerdes, der Tjark mit großen Augen anglotzte.
»Oh, Gott«, stammelte Gerdes. »Der … der Junge.«
»Der Junge«, entgegnete Tjark. Und ergänzte: »*Harm* hat Sabine vergewaltigt. *Er* hat sie missbraucht und alles fotografiert. Wir haben die Bilder.«
Gerdes sagte nichts. Starrte Tjark mit offenem Mund an.
»Was habt ihr mit den Leichen getan?«
Gerdes jammerte.
Tjark schrie ihn an: »Wo habt ihr die Leichen verschwinden lassen?«
»Sie … haben sie hier verbuddelt. In der Scheune … im Boden. Danach Beton drüber …«
Tjark wurde übel. Was nicht nur am Qualm und der Angst lag. Die Werlesieler hatten auf Gräbern getanzt. Über Jahrzehnte hinweg.
Tjark sah sich um. Die Scheune war ein Inferno. Menschen sah er jetzt nicht mehr. Er beugte sich vor, packte Gerdes unter den Armen, um ihn durch das Fenster nach draußen zu bugsieren, und knurrte: »Das wird jetzt verflucht weh tun. Genießen Sie es, Arschloch.«

52.

Nicht viele Pflanzen haben so viele Menschenleben auf dem Gewissen wie der Mais. Die alten Indianer haben ihren blutrünstigen Göttern in Mittelamerika Unzählige für eine gute Ernte geopfert. Zigtausende mussten hungern und sterben, wenn die Ernte schlecht ausfiel oder der Mais vernichtet wurde. Für die alten Azteken und Maya war der Mais in etwa so lebenswichtig wie Deiche in Ostfriesland – und, na ja, man ist sich nicht ganz sicher, aber es gibt Legenden, die besagen, dass in alten Tagen auch in Ostfriesland Menschen geopfert wurden, damit die Deiche hielten. Die Deiche sind mit ähnlichen Mythen behaftet wie der Mais, und insofern passt beides nicht schlecht zusammen. Vielleicht lag es auf der Hand und war nur eine Frage der Zeit, dass der Mais in Verbindung mit einem anderen großen Mythos gebracht worden war: dem Mythos Labyrinth.

Als Femke aus dem Fenster stürzte, auf dem Boden aufschlug und sich wieder aufrappelte, um nicht zertrampelt zu werden, starrte sie auf den Eingang zum Maisfeldlabyrinth. Er glich der Pforte zu einem grässlichen Tempel oder einer schrecklichen Höhle mit seinen aufgespießten und von innen mit Kerzen ausgeleuchteten Kürbisköpfen und den links und rechts aufgestellten Fackeln. Über dem ganzen Feld lag ein gelblicher Schein dank weiterer Fackeln, die im Feld während des großen Laufs für Helligkeit sorgen sollten. Nur hatte sich ein Teil der Läufer selbst in Fackeln verwandelt, und statt des Laufs durch das Labyrinth gab es eine Stampede von flüchtenden und kreischenden

Menschen, die sich aus der brennenden Scheune in Sicherheit bringen wollten.

Bis auf einen. Und dieser eine war im Eingangsbereich des Labyrinths zu sehen. Nur schemenhaft, aber er starrte auf die Scheune und die Menschen. Er stand dort wie der Wächter des schrecklichen Tempels und schien seinen Blick von der brennenden Scheune und den Fliehenden nicht abwenden zu können. So, wie Femke den Blick nicht von ihm abwenden konnte.

Sie hatte es gerade noch geschafft, sich durch eines der eingeschlagenen Fenster nach draußen zu zwängen. Vielleicht waren einige vor ihr zurückgewichen und hatten Platz gemacht, weil sie Tjarks Pistole in der Hand hielt. Wie und warum auch immer: Sie war ins Freie gelangt und wollte mit dem Handy sofort nach Hilfe rufen. Dabei kreisten ihre Gedanken um die Fragen, was, zur Hölle, hier los war und warum? Wer hatte die Scheune in Brand gesteckt, wo doch Jan Gerdes auf der Bühne gewesen war?

Doch nun hockte sie auf dem Boden, dachte nicht mehr an das Handy und starrte diesen Mann an, während schreiende und blutende Menschen an ihr vorbeidrängten. Sie bekam einen Tritt in den Rücken. Sie spürte es kaum. Sie wurde seitlich angerempelt – und merkte es nicht. Sie hatte nur Augen für den Mann, der breitbeinig dastand, die Hände leicht erhoben, die Augen weit aufgerissen. Er lächelte. Tief befriedigt. Sein Blick senkte sich, als Femke aufstand. Die Blicke trafen sich.

Und jetzt wusste Femke, wer der Mann war. Ihr war schlagartig klar, dass er für alles verantwortlich sein musste. Sie richtete sich auf, nahm in derselben Bewegung die Waffe hoch und rief seinen Namen.

53.

Bogdan Horvath, dachte Tjark.

Gerdes lag kreischend am Boden und wand sich wie ein Wurm, nachdem Tjark ihn aus dem Fenster geworfen hatte. Okay, er hätte ihn auch sanft hindurchbugsieren können, aber dazu war nicht die Zeit, wenn man aus einer brennenden Scheune floh. Schmerzen hatte der Kerl sowieso, und die Beine waren bereits gebrochen – also: Was soll's?

Dann war er hinterhergesprungen und hatte sofort den Wagen gesehen, der den Seiteneingang blockierte. Ein Dienstwagen von »Hörth«. Es war nicht schwer, zu schlussfolgern, wem der gehörte. Und es hatte nur eine weitere Sekunde gedauert, bis sich alles zusammenfügte. Bis der letzte Puzzlestein fast hörbar einrastete und sich ein Bild ergab.

Das Bild der Rache. Um nichts anderes konnte es gehen. Gerdes hatte gesagt, dass da noch ein kleiner Junge in der Scheune gewesen war, als Hespe, Leefmann und Harm sich die Roma vorgeknöpft hatten. Dann war der Junge fort gewesen. Nun war dieser Junge zum Mann geworden und hatte sich intensiv und lange darauf vorbereitet, es allen heimzuzahlen.

Tjark packte den am Boden liegenden Jan Gerdes beim Hemdkragen und zog ihn an den Rand eines abgeernteten Feldes. Er sah, dass inzwischen Rauchschwaden aus dem Fenster quollen und außerdem aus den Ritzen der Dachschindeln. Überall vor der Scheune liefen Menschen hin und her. Als er der Meinung war, dass Gerdes einigermaßen sicher war, griff er nach dem Handy, um Hilfe zu rufen. Aber die Nummer der Leitstelle war besetzt. Was ein gutes Zeichen war: Sicher gingen gerade Hunderte Anrufe gleichzeitig ein. Also wählte er Freds Nummer und lief los, um irgendwo einen Sanitäter aufzutreiben, denn Gerdes brauchte Hilfe. Viel mehr noch lief er los, um sich zu vergewissern, dass Femke ebenfalls in Sicherheit und aus der Scheune herausgekommen war. Falls nicht, müsste er eben noch mal hinein. Kurz darauf meldete sich Freds Stimme.

»Was ist los?«, fragte er.

»Der Teufel ist los«, hustete Tjark.

54.

Bogdan Horvath!«

Femke setzte sich in Bewegung. Was Horvath ebenfalls tat. Rückwärts.

Femke hatte keinen Schimmer, wieso und warum er mit diesem Anschlag in Verbindung stand. Aber es gab keinen Zweifel, dass es so war. Sie wusste es. Und Horvath bestätigte das mit seinem Verhalten. Er verschwand im Maislabyrinth.

Femke richtete die Waffe auf den Boden und rannte los, Horvath nach und rief ihm dabei erneut hinterher. Sie blendete allen Trubel um sich herum aus. Sie passierte die beiden mannshohen Fackeln und die aufgespießten Kürbisse und betrat das Labyrinth. Der Weg darin war etwa einen Meter breit und bestand aus platt getretener Erde. Links und rechts wuchsen die Maisstauden über zwei Meter hoch nach oben und bildeten eine dichte, grüne Wand. Femke wusste, dass man an der Küstenstraße das Maisfeld wieder würde verlassen können. Dort stand ein kleines Kassenhäuschen, flankiert von zwei großen Figuren aus Stroh. Allerdings wusste sie auch, dass der Irrgarten riesig und mehrere Hektar groß war. Man konnte hier ohne Frage endlos herumlaufen, was ja der Gag an einem Labyrinth war. Davon abgesehen: Man konnte natürlich überall herauskommen, wenn man wollte. Denn man musste natürlich nicht den vorgesehenen Weg nehmen, sondern konnte sich auch querfeldein durch die Stauden wühlen. Was würde Horvath tun?

Diese Frage stellte sich bereits nach wenigen Sekunden, als sich eine T-Kreuzung im Mais auftat. Welche Abzweigung hatte

Horvath genommen? Hatte er überhaupt eine genommen? Instinktiv folgten Menschen eher vorgezeichneten Wegen. Sie gingen meist nach rechts, wenn sie Rechtshänder waren. Die meisten Menschen waren Rechtshänder. Und auf der Flucht dachte man eher nicht darüber nach, bewusst entgegengesetzt zu handeln: zum Beispiel, nicht dem Weg zu folgen und nicht nach rechts zu laufen. Man sah einfach nur zu, dass man zunächst so schnell wie möglich so viel Raum wie möglich zwischen sich und den Verfolger brachte, um sich schließlich einen Plan zurechtzulegen, wie man aus dieser unvorhergesehenen Situation wieder herauskam.

Daher lief Femke nach rechts – die Waffe immer noch gen Boden gerichtet, aber mit beiden Händen gefasst. Die nächste Abzweigung tat sich auf. Dort steckte eine große Fackel im Boden und erhellte das Dunkel mit rötlichem Feuerschein. Femke lief erneut nach rechts. Bei der nächsten Fackel nahm sie den Weg nach links. An der nächsten T-Kreuzung blieb sie stehen.

Der Mais dämpfte die Geräusche, die von der Scheune herüberdrangen. Femke hörte sich selbst atmen, spürte ihren kräftigen Herzschlag und konzentrierte sich auf die Umgebung. Vorn erklang ein rasches, dumpfes Klopfen. Laufschritte auf festgetretener Erde. Rascheln – als ob man mit der Schulter an den langen Blättern der Maispflanzen entlangstreifte.

»Horvath!«, rief sie und setzte sich wieder in Bewegung. »Kriminalpolizei! Geben Sie auf und bleiben Sie stehen – Sie machen alles nur noch schlimmer!«

Femke lief wieder los. Sie rannte eine Weile geradeaus, ignorierte die Abzweigungen nach links und nach rechts. Dann gelangte sie zu einer kleinen Lichtung. Auf dieser Lichtung befand sich ein Podest, das einem Hochstuhl für Jäger glich. Eine Treppe aus Holz führte zu einer Aussichtsplattform, auf der Maisfeld-

Irrläufer sich einen Überblick über das spektakuläre Ausmaß des Irrgartens verschaffen konnten.

Femke sprintete die Treppe hinauf. Auf der Plattform stand sie still und ließ den Blick über das Labyrinth schweifen. Alle Wege waren von den Fackeln erleuchtet. In einigen hundert Metern Entfernung erkannte sie die Bundesstraße. Rechts und links tat sich nichts außer Feldern auf. Hinter sich sah sie den hellen Feuerschein von Flammen, die aus dem Dach der Scheune leckten. Sie hörte fernes Martinshorn – und registrierte mit einem Mal etwa zwanzig Meter vor sich eine Bewegung im Mais. Einen Schatten, der sich schnell vorwärtsbewegte.

»Horvath!«, rief Femke. »Polizei! Bleiben Sie stehen!«

Sie riss die Waffe hoch.

Und Horvath blieb stehen. Direkt neben einer Fackel. Er drehte sich um, wie um Femkes Position abzuschätzen und darauf seinen weiteren Fluchtweg abzustimmen. Er kam aber offenbar zu keinem Schluss und bewegte sich nicht.

Aber Femke kam zu einem Schluss. Normalerweise musste man in einer solchen Situation zunächst einen Warnschuss in die Luft abgeben, der einem Flüchtenden ankündigte, dass ein unmittelbarer Gebrauch der Schusswaffe bevorstand und er die Chance hatte, sein Verhalten zu ändern, wenn ihm das erhebliche Risiko klar wurde, was passieren würde, falls er weitermachte wie bisher. Aber eine bessere Chance, als Horvath von der erhöhten Plattform aus und auf relativ kurze Distanz und bei akzeptablem Licht ein für alle Mal an der Flucht zu hindern, würde sie nicht bekommen. Und es galt, den Mann zu stoppen, der ein mehrfacher Mörder war. Deswegen verzichtete Femke auf eine Warnung und schoss auf Horvath. Der erste Schuss ging daneben. Der zweite ging nicht daneben, und der dritte auch nicht. Beide trafen Horvath in die Beine.

Mit einem Aufschrei knickte er ein und fiel um wie ein Sack. Femke wirbelte herum, rannte die Stufen der Plattform wieder hinab und fräste sich durch den Mais – dieses Mal querfeldein und nicht dem Weg folgend. Die Stauden schlugen ihr ins Gesicht, die Blätter peitschten ihr gegen die Wangen. Schließlich tat sich wiederum ein Weg vor ihr auf, und sie gelangte an die Stelle, an der Horvath eben noch gestanden hatte. Allerdings war er jetzt fort.

55.

Tjark drängte sich durch die Menschenmenge vor der Scheune. Er hatte Gerdes liegen lassen – weglaufen würde er kaum – und einen Sanitäter auf den Verletzten aufmerksam gemacht. Der Mann hatte Tjark lediglich überfordert angestarrt, irgendetwas mit »Terror« gemurmelt und genickt.

Tjark sah eine blonde Frau, packte sie an den Schultern und drehte sie herum. Sie sah ihn geschockt an. Femke war es nicht. Er streckte den Kopf, blickte in Richtung Eingang, wurde angerempelt, verlor fast den Halt. Keine Femke. Er lief zur anderen Seite der Scheune. Dort lagen einige Menschen auf dem Boden. Andere kümmerten sich um sie. Weitere kletterten hustend und keuchend aus den Fenstern. Femke war nicht darunter. Er rief ihren Namen. Er hörte keine Antwort.

Dann rannte er zurück zum Eingang und überlegte, wie er ins Innere gelangen konnte, um dort nach Femke zu sehen. Unmöglich, sich an den Menschen vorbeizuzwängen, die sich in Panik vor der Scheune drängten und in Richtung Straße strömten. Tjark sah dort außerdem Sanitäter, die sich um Verletzte kümmerten. Einige Einsatzkräfte liefen hilflos mit Feuerlöschern umher. Damit konnten sie angesichts des Infernos fraglos nicht viel ausrichten, bis die großen Löschfahrzeuge eintreffen würden. Ihre Funkgeräte krächzten. Ein Mann drängte aus der Masse direkt auf Tjark zu und packte ihn an den Schultern. Sein Gesicht war im Schock fast weiß, seine Haare angesengt. Mommsen.

»Herr im Himmel«, stammelte er. »Herr im Himmel, so tun Sie doch was, Wolf! Ein Anschlag! Ein Anschlag!«

Natürlich dachten die Menschen, dass das ein islamistischer Terroranschlag war. Sie dachten an die vielen Angriffe in ganz Europa – und dass nun sie das Opfer einer solchen Attacke waren.
»Mommsen«, blaffte Tjark. »Das ist kein Terrorangriff!«
Doch der Kerl ließ nicht davon ab. »Ein Attentat«, jammerte er. »Oh, Gott! Ein Anschlag, hier bei uns! Sie haben Terroristen bei den Flüchtlingen eingeschleust! Es muss so sein! Es weiß ja sonst niemand von dem Fest …«
»Sie und Ihr beschissenes Fest, Mommsen! Ist das ein Fest nach Ihrem Geschmack, hm?«
Tjark wollte sich losmachen, aber Mommsen hielt sich an seiner Jacke fest wie ein Ertrinkender.
Er brüllte Tjark an: »So tun Sie doch was!«
»Dafür stehen Sie allein gerade, Mommsen! Sie wollten Ihr Fest, jetzt haben Sie es!«
»Oh, Gott!«, brüllte Mommsen wie von Sinnen und ließ Tjark nicht los. »Oh, Gott!«
Tjark überlegte eine Sekunde. Schließlich dachte er *Scheiß drauf* und tat das, was er seit langem schon hatte tun wollen. Seit Jahren. Er verpasste Mommsen mit der Faust einen Schwinger, woraufhin dessen Kopf nach hinten schnappte. Er ließ Tjarks Jacke los und ging mit einem Ächzen zu Boden.
Tjark wirbelte herum, um weiter nach Femke zu spähen.
Dann hörte er es aus Richtung des Maisfeldlabyrinths dreimal dumpf krachen. Er kannte diesen Klang. Jetzt wusste er, wo Femke sich befand. Und lief in den Irrgarten.

56.

Femke rannte durch die Gasse im Mais und erreichte die Stelle, an der Horvath eben zusammengebrochen war. Dort war Blut zu erkennen. Eine Blutspur, die nach rechts und damit mitten in den Mais führte. Sie hatte Horvath verlässlich zweimal in die Beine getroffen. Er konnte unmöglich noch laufen oder gehen. Möglicherweise aber humpeln oder kriechen.

Femke betrachtete die Maisstauden, während das Martinshorn lauter wurde. Es war nicht nur eines. Es waren viele. Dadurch war es schwierig, auf Geräusche aus dem Mais zu achten. Auf Rascheln zum Beispiel, schleppende Geräusche. Schließlich erkannte Femke Blutspuren in Kniehöhe an einigen Blättern und außerdem dunkle Tropfen auf der Erde, abgeknickte Blätter.

»Horvath!«, rief sie in den Mais hinein. »Geben Sie auf!«

Es kam keine Antwort. Also blieb Femke keine Wahl. Sie fragte sich, ob sie damit rechnen musste, dass Horvath bewaffnet war und ihr auflauerte. Natürlich musste sie das. Sie atmete tief ein und noch tiefer aus. Dann setzte sie sich in Bewegung und zwängte – mit der Schulter voran – die Maisstauden zur Seite und begab sich mitten in den Mais.

»Horvath!«, rief sie erneut. »Sie haben keine Chance, hören Sie? Sie kommen hier nicht wieder heraus!«

Femke versuchte, in der Dunkelheit etwas zu erkennen. Einer Spur zu folgen. Sie sah zu Boden – in der Hoffnung, dort eine Blutspur, abgeknickte Blätter oder Schleifspuren wahrzunehmen.

Ein lautes Rascheln ließ ihren Kopf herumrucken. Instinktiv nahm sie den Blick hoch, die Waffe ebenfalls. Im nächsten Moment fühlte es sich an, als werde ein Topf mit kochend heißem Wasser über ihre Wade gegossen. Sie schrie auf und knickte um. Wie automatisch löste sich ein Schuss aus der Pistole. Dann stieß etwas seitlich gegen ihr wie Feuer brennendes Bein. Sie fiel zu Boden, nahm eine rasche Bewegung wahr. Einen Schatten.

Dann sah sie in das von Schmerz und Wut verzerrte Gesicht von Bogdan Horvath, der am Boden zwischen den Stauden gekauert haben musste. Er robbte regelrecht auf Femke zu und hielt ihr die lang ausgefahrene und blutige Klinge eines Cuttermessers an den Hals. Damit musste er Femke die Wade aufgeschlitzt haben. Horvath grunzte, bleckte die Zähne wie ein Haifisch. Femke schrie auf und presste Horvath die Pistole gegen die Rippen.

»Weg mit dem Messer«, keuchte sie.

»Her mit der Pistole«, schnaufte Horvath.

»Sie haben keine Chance.«

»Sie ebenfalls nicht, wenn Sie mir nicht bei drei die Waffe geben.«

»Ich erschieße Sie.«

»Ich schneide Ihnen den Hals auf.«

»Sie kommen hier nicht raus, Horvath!«

»Sie auch nicht.«

»Sie sind verletzt und brauchen Hilfe.«

»Sie ebenfalls.«

Einen Moment lang schwiegen beide. Atmeten schwer, ächzten vor Schmerz. Femke erhöhte den Druck mit der Pistole in Horvaths Rippen. Wenn sie abdrückte, würde er ihr in einer letzten Bewegung vielleicht wirklich den Hals durchschneiden. Es brauchte nicht viel Anstrengung, um das mit einer rasiermesserscharfen Cutterklinge zu tun. Auf der anderen Seite würde er das wohl auch tun, falls sie ihm jetzt die Waffe gab. Dass er vor nichts zurückschreckte, hatte er mehrfach eindrucksvoll bewiesen.

Der Himmel über dem Maisfeld blitzte blau. Martinshorn gellte aus zig Quellen, Motoren jaulten auf.
»Horvath«, schnaufte Femke. »Denken Sie nach. Auch mit meiner Waffe kommen Sie hier nicht heraus. Sie haben keine Chance. Von hier an kann alles nur noch schlimmer werden.«
»Schlimmer?«
Horvaths Augen traten aus ihren Höhlen. Speichel sprühte Femke ins Gesicht. Er brüllte Femke an: »Was wissen Sie von schlimm? Sie sind eine von denen! Sie gehören auch dazu!«
Femke zitterte. Spürte die Klinge an ihrem Hals.
Sie zischte ihn an: »Sie stecken hinter allem. Sie haben sie alle getötet und ein Inferno angerichtet …«
»Weil sie es verflucht verdient haben«, presste Horvath hervor. »Geben Sie mir jetzt die Waffe. Sofort.«
»Sie haben auch mein Pferd abgeschlachtet …«
»Ja, Ihren Scheißgaul habe ich abgestochen, und als Nächstes ist die Reiterin an der Reihe …«
In dem Augenblick machte irgendetwas »Klick« in Femke. Als hätte jemand einen Schalter umgelegt. Angst, Zorn, Furcht, Schmerz – alles war wie weggeblasen. Übrig blieb nur eines: Kälte.
»Falsch«, flüsterte sie. »Ganz falsch.«
Und drückte mehrmals hintereinander ab. Sie pumpte Kugel um Kugel in Horvaths Oberkörper. Das Krachen war ohrenbetäubend. Horvaths Körper ruckte und zuckte auf Femke. Sie spürte einen starken Schmerz an ihrem Hals. Alles wurde warm und nass. Dann blieb Horvath regungslos auf ihr liegen. Sie versuchte, den Körper von sich zu schieben. Aber ihr wurde weiß vor Augen. Tausend Sterne tanzten Tango. Schließlich wurde ihr ganz leicht. Es war, als würde eine unsichtbare Kraft Horvath von ihr heben. Sie sog die kühle Luft tief in ihre Lungen ein und

spürte dankbar, dass sie noch atmen konnte. Für einen Moment wichen die Sterne, und sie blickte in ein Gesicht. Spürte eine Hand an ihrem Hals – und zuckte, riss die Arme hoch und umklammerte einen kräftigen Unterarm. Sie wollte sich zur Wehr setzen. Sie wollte nicht erwürgt werden, hustete und strampelte mit den Beinen.

»Ganz ruhig«, hörte sie Tjark sagen.

Er zerriss irgendein Stück Stoff, um es ihr in die Halsbeuge zu pressen. Er griff nach ihren Händen, presste sie auf den Stoff und machte dann irgendetwas an ihrem Bein.

»Halt es fest«, murmelte er. »Ganz fest drücken, Femke.«

»Ich …«, keuchte sie. Der Lappen oder was auch immer sie da an ihren Hals presste, war triefnass. »Mir … ist so kalt … Ich … Ich will nicht sterben …«

»Er hat dir ins Schlüsselbein geschnitten und in die Wade. Du verlierst Blut, aber wirst nicht sterben«, sagte Tjark ruhig.

»Ist er tot?«

»Ziemlich.«

Femke gab ein erleichtertes Seufzen von sich. Dann wurde alles schwarz.

57.

Tjark blinzelte in die gleißend helle Sonne. Dann sah er wieder zu Boden und wartete, bis die Geisterlichter von der Netzhaut verschwanden. Er hörte Vögel zwitschern. In der Ferne rauschte der Verkehr. Der Wind raschelte im Laub und trieb bunte Blätter vor sich her, die auf der Rasenfläche liegen blieben. Sie war mit schmalen Wegen eingefasst, auf denen Menschen spazierten oder mit Rollatoren oder in Rollstühlen fuhren. Andere saßen im Jogginganzug auf einer der Bänke und ließen sich die Sonne ins Gesicht scheinen und rauchten.

Tjark fasste in die Jackentasche, fand eine Schachtel und ein Feuerzeug und steckte sich ebenfalls eine an. Er schwenkte den Pappbecher mit Kaffee wie ein Glas mit teurem Cognac. Es war gar nicht mal schlechter Krankenhauskantinenkaffee. Tjark beobachtete die Bläschen, die die dampfende schwarze Flüssigkeit warf, und hörte den anderen weiter zu.

»Du hast echt Megaglück gehabt«, sagte Ceylan, »dass er abgerutscht ist und nur das Schlüsselbein erwischt hat. Ich weiß, wie das ist, Femke, wenn auf einen eingestochen wird. Nur bei mir war kein Knochen im Weg – also, es war ja in der Hüfte, und … Ach, ich rede Mist, was spreche ich über mich, wo es um dich geht, Entschuldigung.«

»Femke hat ihm das ganze Magazin in die Bronchien gepumpt«, murmelte Fred. »Da war überhaupt nichts mehr heile in dem Typ, hat Fee nach der Obduktion gesagt. Sie hat gesagt, sie hätte nicht gewusst, wo sie bei dem mit dem Schneiden anfangen soll.«

Femke schnaufte. »So genau will ich das nicht wissen, echt nicht.«
»Ich meine ja nur, dass sie meinte, dass der Typ …«
Ceylan boxte Fred gegen den Oberarm. »Hörst du schlecht, oder? Schluss jetzt.«
Tjark blickte auf. Fred trug einen seiner hellgrauen Anzüge und hatte eine Oakley-Sportsonnenbrille auf, die absolut nicht zum Rest passte. Er hatte jede Menge dieser Anzüge und fand, er sollte sie tragen, weil er Kriminellen damit signalisierte, dass er in einer ganz anderen Liga spielte als sie. Vorausgesetzt natürlich, es handelte sich nicht um die Art von Kriminellen, die weitaus teurere Anzüge trugen, denn dann ging der Plan nach hinten los. Ceylan hatte ein buntes T-Shirt an und darüber einen mit Aufnähern modisch bestickten Armeeparka, Jeans und die obligatorischen Chucks. Femke einen Jogginganzug mit Kapuzenjacke. Im Ausschnitt erkannte man den Druckverband auf dem Schnitt, den sie mit achtzehn Stichen genäht hatten. Eine Kanüle steckte im Verband. Eine Drainage für Wundwasser, weil der Knochen und die Knochenhaut verletzt worden waren. Der andere Schnitt an ihrer Wade hatte etwas weniger Stiche gebraucht, war aber sehr viel tiefer ins Fleisch gegangen, wo er zum Glück nur pures Muskelgewebe erfasst hatte und keine Sehnen oder Bänder.
Fred erwiderte: »Als wärt ihr aus Zucker. Außerdem hat Femke einen Doktor zu Hause und ist Kummer gewohnt. Zieht der Doc dir auch die Fäden?«
Ceylan gab ein genervtes Geräusch von sich.
Femke lächelte gequält. »Nein, das wird er nicht.« Sie streckte sich vorsichtig. »Habt ihr etwas über Sabine Hespe gehört?«
Tjark zog an der Zigarette. »Die U-Haft ist aufgehoben. Sie wird auf eigenen Wunsch in der Psychiatrie bleiben. Andernfalls

hätte man in ihrem Zustand wohl eine Zwangsunterbringung veranlasst. Dieser Arzt hat ihr gut zugeredet. Letztlich auch ihre Mutter, nachdem sie den Schock über den Tod ihres Mannes einigermaßen verdaut hatte und von den Dingen erfuhr, die in Werlesiel und mit ihrer Tochter vor sich gegangen sind. Die Frau kann sich vermutlich gleich ein Doppelzimmer mit ihrer Tochter nehmen.«

»Endlich kümmert sich jemand vernünftig um Sabine.«

»Ja.«

»Sie hat gesagt, ihrer Mutter sei immer alles egal gewesen.«

»Jetzt ist ihr sicher nicht mehr alles egal. Ist sie schon vernommen worden?«

»Ja. Sie sagt, sie habe von nichts eine Ahnung gehabt und sei am Boden zerstört. Ehrlich gesagt: Ich kaufe ihr das nicht ab. Sie scheint mir der Typ zu sein, der vor allem Ohren, Augen und Mund verschließt. Aber das ist nicht mehr unsere Baustelle. Auch Sabine nicht.«

Ceylan nickte. »Wir haben das Staffelholz an Töberich weitergereicht.«

Fred ergänzte: »*Du* hast es weitergereicht.«

»Ja, ich. Irgendwas dagegen? Es war von Anfang an deren Fall, wir haben assistiert. Jetzt ist es wieder deren Sache, und wir sind raus.«

»Ich verstehe nicht«, sagte Femke, »dass sich Sabine niemandem anvertraut hat. Sie hat so lange mit sich herumgetragen, dass sie von Harm missbraucht und unter Druck gesetzt wurde. Und später fing sie dann noch eine Affäre ausgerechnet mit Willem Leefmann an.«

Tjark stieß den Rauch aus. »Der Arzt sagt, ihre Krankheit kann sich in sexueller Promiskuität ausdrücken. Sabine bot sich an, Leefmann griff zu. Harm hatte vermutlich das Interesse an ihr verloren, nachdem er zusammen mit Hespe, Leefmann und Gerdes in der Scheune vermeintlich Selbstjustiz geübt hat. Die Sache mit Sabine wurde ihm zu heiß. Dennoch hat er die Bilder benutzt, um Sabine unter Druck zu setzen, damit sie nicht redet. Viele der Aufnahmen sehen ja so aus, als würde sie freiwillig mitmachen. Wahrscheinlich hat er was in der Art gesagt: Damit kommst du nicht durch, wenn du wem erzählst, du hättest das nicht freiwillig getan. Keiner wird dir glauben. Der Schuss geht nach hinten los.«

»Aber sie muss doch gewusst haben, dass Harm der Schuldige war und nicht die Roma …«

»Sie hat damals wohl nicht gewusst, was in der Scheune geschehen ist. Und ich glaube ihr. Sie hat es erst später herausgefunden.«

Jan Gerdes hatte gesungen wie ein Vogel. Einiges musste man zwischen den Zeilen lesen und interpretieren, aber dennoch entstand ein Bild. Tjark erklärte, welche Art von Bild das war. Ein schreckliches, und er fasste die Zusammenhänge für die anderen zusammen.

Hespe hatte Sabine irgendwann heulend und wimmernd in einem Versteck in seiner Scheune aufgefunden. Sie blutete zwischen den Beinen und wirkte schwer traumatisiert. Hespe war klar: Jemand hatte seine Tochter vergewaltigt. Er hätte sofort zur Polizei gehen können, aber Ernst Hespe war ein Mann der Tat und von altem Schrot und Korn. Er wusste, dass Sabine sich immer wieder an der Pferdeweide aufhielt, die damals noch an das Areal der Festscheune angrenzte. Und er wusste, dass in der Festscheune Roma untergebracht waren – Zigeuner.

Sie waren damals in Scharen aus Rumänien und Bulgarien nach Deutschland gekommen, als Anfang der neunziger Jahre der Eiserne Vorhang gefallen war. Auch in Werlesiel waren sie unterge-

bracht – mangels anderer Räumlichkeiten war dafür die Festscheune requiriert worden, was zum Aufschrei in der Bevölkerung geführt hatte, weil in jenem Jahr das Scheunenfest ausfallen musste. Vielerorts waren die Behörden heillos überfordert, aber nach einer Weile waren fast alle Roma wieder verschwunden und nach Holland oder Belgien weitergezogen – wer weiß, wohin. Sie waren einfach fort, was den Behörden gleichgültig war – nein, sie waren sogar sehr froh: Sie hatten alle Hände voll damit zu tun, sich um die Scharen deutschstämmiger Ausreisenden aus Osteuropa zu kümmern. Die Roma hatten sie ohnehin nicht kontrollieren oder registrieren können, weil nur die wenigsten Pässe bei sich trugen und sie heute nach Werlesiel kamen und morgen schon wieder in Emden oder Norden auftauchten oder in Aurich oder überall nacheinander. Es herrschte in dieser Hinsicht ein heilloses Chaos.
Hespe war sich jedenfalls sicher, dass einer der in Werlesiel verbliebenen Roma seine Tochter vergewaltigt haben musste. Er wollte die Täter zur Rede stellen und sich außerdem absichern, dass keiner von ihnen floh, bevor er die Polizei rief.
Also trommelte er ein paar Männer zusammen, denen er vertraute. Carsten Harm vom »Dünenhof« gegenüber von Hespes Gehöft befeuerte den Rachefeldzug. Harm sah die große Chance gekommen, um von sich selbst abzulenken – Sabine hätte ja reden können, denn die Verletzungen hatte er ihr beigebracht. Später, als er sie weiter erpresste und missbrauchte, wurde er wohl vorsichtiger, damit nichts offensichtlich wurde. Harm bekräftigte Hespe jedenfalls in seiner Annahme, jemand von den Roma müsse Sabine vergewaltig haben, und schilderte, er habe mehrfach gesehen, wie Sabine von denen belästigt worden sei. Was ziemlich sicher an den Haaren herbeigezogen war.
Tjark erklärte weiter: »Eine einzelne Familie war noch dortgeblieben, hat Gerdes berichtet. Vater, Mutter, ein älterer Junge

und ein kleiner Junge. Hespe, Harm und Leefmann sind reingegangen, Gerdes stand Schmiere. Er hat alles beobachtet. Die Roma sprachen kein Wort Deutsch. Leefmann, Gerdes und Harm hatten Eisenstangen dabei. Die Situation eskalierte. Der ältere Junge zog ein Messer, Hespe schlug ihn nieder. Der Vater griff ein und zog ebenfalls ein Messer, die Mutter setzte sich zur Wehr. Hespe, Leefmann und Harm schlugen sie alle tot. Gerdes sagt, sie waren in Panik geraten und total durchgedreht. Es sei eine Kettenreaktion gewesen. Niemand habe das so geplant. Hespe wollte ihnen einen Denkzettel verpassen, vielleicht den Täter verprügeln und dann die Polizei rufen, sagt Gerdes.«

»Was haben sie mit den Leichen getan?«, fragte Femke.

»Sie haben sie an Ort und Stelle verbuddelt. Haben Parkett herausgerissen, die Leichen vergraben und das Parkett wieder draufgelegt. Zwei Wochen später hieß es, die Roma sind fort. Knut Mommsen hat die Scheune sanieren lassen. Sie bekam einen Betonboden.«

Fred fragte: »War Mommsen Mitwisser?«

»Ich glaube nicht. Töberich hat mit ihm geredet, weil er mit mir nicht sprechen wollte.« Den Grund dafür erwähnte Tjark nicht. Am Tag nach dem Scheunenbrand hatte er nur darauf gewartet, dass er wegen des Kinnhakens eine Anzeige von Mommsen bekommen würde. Aber die blieb aus. Er hatte Mommsen noch einmal an der Brandruine gesehen, als die Bagger, die Spurensicherung und die Rechtsmedizin angerückt waren. Mommsen hatte mit versteinerter Miene verfolgt, wie der Boden mit Presslufthämmern bearbeitet worden war. Am Nachmittag dann hatten sie drei Skelette gefunden.

Tjark sprach weiter: »Töberich sagt, Mommsen war völlig geschockt, dass er in die Sache mit hineingezogen worden war. Er hat noch am gleichen Tag bekanntgegeben, dass er Teilflächen seiner Brauerei leerräumen lassen will, um Zelte und Pavillons für Flüchtlinge aufzubauen.«

»Vom Saulus zum Paulus«, sagte Fred.

»Megaschlechtes Gewissen«, ergänzte Ceylan.

»Mein Gott, wir haben über Jahrzehnte hinweg auf Gräbern gefeiert«, murmelte Femke.

»Ja.« Tjark zog an der Zigarette. »Habt ihr.«

»Und der kleine Junge?«, fragte sie.

»Bogdan Horvath«, erwiderte Tjark. »Er hat mit angesehen, wie seine Familie getötet worden ist, und konnte entkommen. Vielleicht durch eine Seitentür. Niemand hat auf ihn [redacted]tet. Eine ganze Taskforce ist zurzeit dabei, zu ermitteln, welchen Lebensweg Horvath im Detail genommen hat. Einiges wissen wir: dass er im Heim war und adoptiert wurde. Klar ist außerdem, dass er sich die Gesichter der Täter gemerkt und seine Rache über Jahrzehnte hinweg geplant hat.«

Fred ergänzte: »Er ist der Käufer von Gerdes' Warbird gewesen. Hatte sich unter einem falschen Namen bei eBay angemeldet. Damals war das alles noch einfacher, Sachen zu türken.«

»Mhm, zu *türken* vor allem«, meinte Ceylan.

»Stell dich nicht an, Prinzessin, das sagen wir in Deutschland so.«

Ceylan verpasste Fred einen Bodycheck mit der Schulter.

Femke fragte: »Dann war es von Horvath geplant, den Verdacht auf Gerdes zu lenken? Wir haben ja tatsächlich angenommen, dass Gerdes hinter dem Mord an Harm stecken könnte.«

»Das ist gut möglich. Verwirrung stiften, um sich Zeit zu verschaffen. Gerdes mit reinreißen.«

»Warum hat er ihn nicht getötet?«

»Ich denke, er ging davon aus, dass Gerdes in der Scheune umkommen würde.«

»Ich verstehe nur nicht, warum er die Pferde getötet hat. Was haben ihm denn die armen Tiere getan?«

»Könnte eine Art Auftakt gewesen sein – nach dem Motto: ›Hallo, hier bin ich, ihr Schweine‹. Wir hatten darüber mehrfach spekuliert, Femke. Könnte aber auch eine Kurzschlussreaktion gewesen sein«, sagte Tjark. »Du erinnerst dich an die Schilder an der Festscheune – an die ganze Situation. Es war genau wie damals: Ein Dorf stellt sich gegen die Flüchtlinge, um nicht mit seiner eigenen Tradition brechen zu müssen. Es war den Menschen damals wie heute wichtiger, dass sie ihr Fest feiern können, als anderen in der Scheune ein Obdach zu geben.«

Fred nickte. »Deswegen ist Horvath ausgerastet. Die Schilder und die Diskussion um die Scheune haben das Fass zum Überlaufen gebracht, und er wollte Blut sehen. Da hat er die Pferde gekillt, weil die greifbar waren. Dass das von Leefmann darunter war, muss er ziemlich sicher gewusst haben. Er hat ein Zeichen gesetzt: Ich bin wieder da, zieht euch alle warm an.«

Tjark sagte: »Es waren drei tote Pferde, und es ging darum, drei Männer zu töten: Harm, Leefmann, Hespe.« Tjark schnippte die Kippe fort. »Das könnte ebenfalls eine Rolle spielen. Gerdes hatte Horvath nicht auf der Hauptrechnung, weil Gerdes nicht unmittelbar beteiligt war und nur Schmiere stand. Vielleicht liege ich auch falsch, wird sich nicht mehr klären lassen.«

Ceylan meinte: »Es ist echt unfassbar, wenn man sich vorstellt, dass Horvath vielleicht schon seit Jahren wusste, dass seine Familie in der Scheune begraben worden war. Wie grauenvoll.«

Tjark antwortete: »Schätze, er wusste nicht, dass sie dort verscharrt worden waren. Sonst hätte er schon eher gehandelt.«

»Und Sabine?«, fragte Femke.

Tjark erklärte: »Sie hat im Lauf der Jahre erfahren, was in der Scheune passiert ist. Ihre Mutter ebenfalls – Hespe hat sich ihr einige Jahre später offenbart, um zu zeigen, wie sehr er seine Familie schützt und dass jetzt alle zusammenhalten müssen. Sabine wusste natürlich, dass er die Falschen getötet hatte. Das muss der Moment gewesen sein, in dem ihre Seele vollends zerbrochen ist. Sie durfte nicht darüber reden, was ihr Vater getan hatte, weil ihn das ins Gefängnis gebracht hätte. Sie konnte außerdem weiterhin nicht darüber reden, was Harm getan hatte, der jetzt noch gewichtigere Druckmittel in der Hand hielt: Denn hätte Sabine Harm bei der Polizei belastet, wäre Sabines Vater in jedem Fall mit zum Teufel gefahren.«

Femke seufzte. »So viele Menschen mussten sterben, damit ein Einzelner Rache nehmen kann.«

Fred fügte an: »Oder anders herum betrachtet, weil ein paar Lumpen meinten, das Recht in eigene Hände nehmen zu können – und nicht einmal recht hatten.«

Ja, dachte Tjark. Sechs Menschen waren an dem Abend von Horvaths Brandanschlag gestorben und mehr als zwanzig zum Teil schwer verletzt worden. Warum Horvath sich zu diesem Massenmord entschieden hatte, obwohl er doch zuvor einzelne herausgepickt hatte, darüber konnte man nur spekulieren. Vielleicht hatte er keine andere Möglichkeit gesehen, an Gerdes heranzukommen. Vielleicht war er darüber durchgedreht, dass das Scheunenfest doch stattfinden sollte. Vielleicht hatte er kurz zuvor erfahren, dass seine Familie in der Scheune verscharrt worden war, und dann hatte es bei ihm ausgesetzt. Es war eher müßig, über diese Motive nachzudenken. Die wenigsten Werlesieler würden es tun. Sie hatten anfangs ja sogar die Schuld den Fremden zuschieben wollen und waren von einem islamistischen Terroranschlag ausgegangen. An dem Abend war, wie Tjark später erfuhr, Terroralarm ausgelöst worden. Nun, das war aus der Sicht von Außenstehenden einerseits verständlich.

Ein Brandanschlag auf eine solche Feier vor dem Hintergrund der vielen Attentate in ganz Europa – da lag es auf der Hand, dass man die allergrößte Vorsicht hatte walten lassen. Erst Stück für Stück war dann der Öffentlichkeit klargeworden, dass Horvaths Anschlag nicht islamistisch motiviert war und auch seine vorherigen Morde einen sehr persönlichen Hintergrund hatten.

Und das, dachte Tjark, war am Ende das Bizarre und das wirklich Erschreckende: Aus Angst vor dem Fremden hatte Horvaths Familie sterben müssen – und aus Angst vor dem Fremden wollten die Werlesieler sofort den anderen Fremden in ihrem Ort die Schuld zuschieben. Dass letztlich sie selbst an allem schuld waren und auf den Opfern ihrer eigenen Furcht sogar über Jahrzehnte hinweg getanzt und auf ihren Gräbern gefeiert hatten, würde die meisten weitaus weniger berühren. Falls sie es überhaupt reflektierten. Mommsen jedenfalls schien das kapiert zu haben, wofür seine Aktion mit den Pavillons sprach. Eigentlich überraschend, denn von ihm hätte Tjark das am allerwenigsten erwartet. Offenbar unterschätzte er den Mann, der begriffen hatte, dass sich etwas ändern musste in seinem Ort. Dass man nicht die Fehler der Vergangenheit wiederholen durfte – dass man heimatlose Reiter wie diesen Kerl aus der Legende vom Wilden Acker besser für eine Weile willkommen hieß, als ihn davonzujagen und in ein Gespenst zu verwandeln, das einen in dunklen Alpträumen wie ein Nachtmahr heimsuchte und Furcht verbreitete.

Eine Weile schwiegen alle vier. Tjark streckte sich und zog eine Kaugummipackung aus der Tasche. »Und jetzt?«

»Arbeiten wir weiter«, sagte Ceylan.

»Ich werde meinen Urlaub wieder aufnehmen.« Tjark steckte sich einen Kaugummi in den Mund.

»Klasse«, meinte Ceylan, »und du kommst bitte erst wieder, wenn ich grünes Licht gebe. Hau am besten nach Tasmanien ab oder in die Arktis.«

»Nicht ganz so weit«, meinte Tjark.

Fred fragte: »Etwa wieder in deine Holzfällerhütte nach Lummerland?«

»Ja, Lummerland.«

58.

Lummerland.

Damit spielte Fred nicht auf die Insel an, auf der Jim Knopf in den Kinderbüchern seine Abenteuer erlebte. Er nahm es eher als Begriff für Skandinavien, um Tjark damit ein wenig zu ärgern. Denn natürlich wusste Fred sehr genau, dass sich das Ferienhaus, das Tjark auf unbestimmte Dauer gemietet hatte, in Dänemark an der Nordseeküste befand.

Nun stand Tjark hier, am weiten Strand, blickte auf die Nordsee und lauschte dem Wind und den Wellen. Die Luft war klar, der Himmel bewölkt und grau wie das Meer darunter. Grau wie der Beton der zahllosen Wehrmachtsbunker, die Dänemarks gesamte Nordseeküste sprenkelten. Sie waren ein Teil des Westwalls gewesen und sollten während des Zweiten Weltkriegs eine mögliche Invasion der Alliierten verhindern. Die Befestigungen zu beseitigen wäre viel zu aufwendig gewesen, weswegen man die Bunker einfach hatte stehen lassen. Vielleicht würden sie in tausend Jahren fortgespült sein. Bis dahin sollten sie die Menschen daran erinnern, dass die Vergangenheit immer präsent war und das Heute geformt hatte.

Tjark steckte eine Zigarette an. Er inhalierte tief und genoss die Leere und Weite. Die See und der Strand füllten ihn ebenfalls mit Leere und Weite, was ein sehr angenehmes Gefühl war. Er dachte darüber nach, wie sehr seine eigene Vergangenheit ihn geformt hatte und wie präsent sie immer noch in ihm war. Seine Mutter war vor vielen Jahren von einer dänischen Fähre gestürzt und ertrunken. Das war für ihn eine traumatische Erfahrung ge-

wesen und hatte Tjarks Beziehung zum Meer und zu Dänemark geprägt. Aus keinem anderen Grund stand er gerade hier. Anne Madsen, eine dänische Polizistin aus Aarhus, hatte die Umstände des Todes seiner Mutter schließlich aufgeklärt – und dadurch dafür gesorgt, dass er wieder so etwas wie Leere und Weite in sich spüren konnte, statt in Abgründe zu starren, in denen das dunkle Chaos herrschte. Anne Madsen war eine attraktive Frau Anfang fünfzig und damit älter als Tjark. Er verdankte ihr viel, und da war etwas zwischen ihnen, das sich noch nicht richtig greifen ließ, aber es war fraglos vorhanden. Ein Funke, aus dem ein Feuer werden konnte, und das machte Tjark etwas Angst. Anne hatte Türen in ihm geöffnet, die lange und aus guten Gründen verschlossen gewesen waren. Abgesehen davon hatte nach seiner Meinung eine Beziehung zwischen einem Polizisten aus Deutschland und einer Polizistin aus Aarhus ungefähr so viel Zukunft wie ein Schneeball auf einer Herdplatte.
Tjark zog an der Zigarette und entließ einen Schwall weißen Rauch in die Luft. Er verflüchtigte sich so schnell wie Tjarks Gedanken. Ein einzelnes Vibrieren in seiner Jackentasche ließ ihn aufmerken. Eine SMS war eingegangen. Er klemmte die Zigarette zwischen die Zähne und zog das Smartphone hervor. Einen Moment später musste er über den Zufall grinsen und gab gleichzeitig ein überraschtes Keuchen von sich.
Die Mail stammte von Anne Madsen und war in ihrem gewohnt nüchternen und leicht ironischen Ton verfasst.
»Hallo, Tjark. Ich hoffe, es geht dir gut. Nach deinen zahllosen Mails und Anrufen ;-) ;-) dachte ich, ich melde mich endlich zurück. Die Arbeit steht mir bis zum Hals, und ich komme gerne auf dein Angebot zurück, in deinem Ferienhaus eine Flasche Wein zu leeren – solltest du bald mal wieder im Lande sein und mir dann dieses Angebot machen. Du bist doch bald wieder mal hier? LG Anne.«

Tjark blickte auf das Handy und las die Nachricht erneut. Dann noch einmal. Die Wahrheit war natürlich, dass er Anne seit Monaten keine SMS geschickt, geschweige denn sie angerufen hatte.

Er dachte an Schneebälle und Herdplatten. An Bunker und Strände. An geschlossene und geöffnete Türen. Und daran, dass Leben Veränderung bedeutete. »Scheiß drauf«, murmelte er zu sich selbst und schrieb eine Antwort.

»Rot oder weiß?«

Die Antwort kam prompt. Natürlich war Anne Madsen ein Weißweintyp.

Garantierte Hochspannung
mit Sven Kochs Ermittlerteam
Femke Folkmer und Tjark Wolf

DÜNENGRAB
DÜNENTOD
DÜNENKILLER
DÜNENFEUER

»Eigenwillige, originelle Charaktere, ein spannender Plot und mit Ostfriesland ein Setting, das nicht nur schmückendes Beiwerk ist.« *Krimi-Couch.de*

»Wenn Krimiliteratur, dann unbedingt aus Sven Kochs Feder. Seine Bucher rauben dem Leser nicht nur den Atmen, sondern außerdem den Schlaf. Denn diese bedeuten Ermittlungsarbeit vom Feinsten.« *literaturmarkt.info*